ORIGINAL FANTASY STORY & ADVENTURE

사도연 판타지 장편소설

★
dream
books
드림북스

두 번 사는 랭커 26 음검

초판 1쇄 인쇄 2020년 7월 8일
초판 1쇄 발행 2020년 7월 22일

지은이 사도연
발행인 오영배
편집 편집부
일러스트 우문
표지·본문 디자인 오정인
제작 조하늬

펴낸 곳 (주)삼양출판사 · 드림북스
주소 서울시 강북구 도봉로 173
대표 전화 02-980-2112 팩스 02-983-0660
편집부 전화 02-987-9393 팩스 02-980-2115
블로그 blog.naver.com/dreambookss
출판등록 1999년 3월 11일 제9-00046호

ⓒ 사도연, 2020

ISBN 979-11-283-9911-4 (04810) / 979-11-283-9659-5 (세트)

드림북스는 (주)삼양출판사의 판타지 · 무협 문학 브랜드입니다.

ORIGINAL FANTASY STORY & ADVENTURE
사도연 판타지 장편소설
26
두 번 사는 랭커
| 음검 |
dream books
드림북스

목차

Stage 76.
진혼제

『빌어먹을……! 어찌 필멸자 따위에게 이딴 수모를 겪는 단 말인가!』

토르는 분개한 외침을 터뜨리고 말았다. 속에서부터 치밀어 오르는 울화 때문에 도저히 냉정을 되찾기가 힘들 지경이었다.

연우와 무왕. 두 사제지간에게 당한 오욕은 까마득한 세월을 살아왔던 그도 평정을 유지할 수 없을 정도로 최악이었다.

반신(半神)도 되지 못한 존재들에게 이깟 수모라니.

그것도 자신 혼자만이 아니라, 신의 사회 전체가 그런 결과를 맞은 게 아니었나……!

더구나 그 뒤에 벌어진 후폭풍도 적잖았다.

　　[신의 사회, '천교'가 화전 양면을 펼친 '아스가르드'에 신의가 없노라고 비난합니다!]

　　[신의 사회, '데바'가 '아스가르드'에 대한 평가를 하향 조정합니다.]

　　[신의 사회, '딜문'에 과거에 빼앗긴 영역을 수복하는 것에 대한 논의에 착수합니다.]

　　……

　　[악마의 사회, '니플헤임'이 '아스가르드'와의 전쟁을 준비합니다.]

　　[악마의 사회, '절교'가 '아스가르드'를 대규모 사회로 분류하는 것에 대해 회의적인 반응을 보입니다.]

　　……

　　[비마질다라가 상대할 가치가 없는 존재들이라며 일축합니다.]

　　[케르눈노스가 '아스가르드'에 대한 존재를 잊고자 합니다.]

[동맹군이 협상을 파기한 '아스가르드'에 죄를 묻고자 합니다!]

대표적으로 천계 내에서 차지하던 아스가르드의 위상이 바닥으로 곤두박질을 치고 있었다.

심지어 평상시에는 그들로서도 별반 신경을 쓰지 않던 약소 사회들도 아스가르드의 전력에 대해 의문을 표시하거나, 심지어 그들에게 종주권을 내어 주었던 산하 사회에서도 신뢰가 흔들리고 있는 실정이었다.

딜문과 같이 과거에 충돌이 있었던 곳들은 새롭게 날을 세우기도 하고, 적대 세력인 니플헤임은 아스가르드를 압박할 만한 수단을 전방위로 물색하고 있는 중이었다.

위상을 올리긴 어려워도, 떨어뜨리긴 아주 쉬운 법이니.

이미 아스가르드에 대한 평가는 '신뢰 따윈 찾아볼 수 없는 머저리', 그 이상도 그 이하도 아니었다.

특히 토르의 화를 더 부채질하는 것은.

[신의 사회, '말라흐'가 이번 사건에 대한 입장 표명을 유보합니다.]
[악마의 사회, '르 인페르날'이 '아스가르드'가

보인 무례한 행태에 불쾌한 심정을 표출하며 어떠한
성명도 발표하지 않습니다.]

절대선과 절대악을 대표한다는 양 진영의 주축들이 그들
에 대해 아무 의견도 내비치질 않는다는 점이었다.

말라흐와 르 인페르날은 항상 사회 간에 갈등이나 분쟁
이 벌어지면, 중재를 빌미로 개입을 시도하려는 편이었다.
때로는 내정 간섭이라고 여겨질 정도로 심각해서 짜증이
날 정도였는데.

동맹군과 연합군이 한창 부딪칠 적에도 어떻게든 숟가락
을 얹으려 했던 곳이, 지금만큼은 침묵을 지키고 있었다.

저들에게 명분이 없는 건 아니었다.

사실 아스가르드는 올림포스가 저쪽으로 완전히 넘어간
후, 더 이상 전쟁을 벌여 봤자 좋을 게 없다는 생각에 말라
흐와 르 인페르날의 도움으로 동맹군과 휴전 협상을 벌이
고 있던 중이었고.

그러면서 뒤로는 협상에서 유리한 고지를 차지하기 위해
시의 바다 쪽과 손을 잡아, 연우의 친지들을 인질로 잡으려
는 시도를 했다.

천교가 화전 양면(和戰兩面)이라며 길길이 날뛰는 게 바
로 이런 이유 때문이었다.

하지만 가장 큰 문제는 그런 시도가 실패했다는 점이었으니.

말라흐와 르 인페르날은 자신들이 이용당했다는 사실에 분개한 나머지 모든 협상 중재에서 손을 떼 버리며, 아스가르드에게서 등을 돌렸다.

아스가르드를 도와줄 만한 존재가 아무도 남아 있지 않게 된 것이다.

사실 이 모든 것들이 그들이 스스로 자초한 것이나 마찬가지였지만.

이미 한번 삐딱선을 타기 시작한 토르는 절대 그렇게 생각하지 않았다.

이 모든 게 저들이 동맹군의 눈치를 보면서 생긴 일이고, 연우라는 존재로 인해 빚어진 사건이었다.

그가 보기에 천계는 등신들의 집합소였다. 어찌 필멸자에게 이딴 수모를 겪고도 분개하기는커녕, 다들 꼬리를 흔들 생각만 해 대고 있는 건지. 도저히 이해가 되질 않았던 것이다.

『오딘, 당신은 대체 어디로 간 거요?』

그러니 이럴 때일수록 더 강한 존재가 나타나 적들을 무찌르고, 강렬한 카리스마로 흔들리는 내부를 다잡아야 하건만.

그런 일들을 해내야 할 그들의 주신은 어디론가 실종되어 여태 나타나질 않고 있었다.

『아니지. 이건 우리에게…… 아니, 나에게 기회이기도 한 셈이 아닌가?』

그러다 토르는 도중에 생각을 바꾸기로 마음먹었다.

때로 위기는 기회를 낳기도 하는 법.

아스가르드가 절체절명의 위기에 빠진 이때, 이런 난관을 슬기롭게 헤쳐 나갈 수 있다면? 흔들리는 아스가르드를 다잡아 새로운 주신으로서의 면모를 보일 수 있다면? 그렇다면 새로운 신화도 써 내려갈 수 있을 테니, 이는 새로운 왕의 탄생을 의미하지 않겠는가!

『그래. 나라고 해서 언제까지나 이인자의 자리에만 머물러 있을 이유는 없으니……!』

토르는 주먹을 꽉 쥐었다. 이미 오딘은 주신으로서의 사명을 내팽개친 것이나 다름없는 상황. 그렇다면 이렇게 된 이상, 아스가르드는 새로운 왕을 필요로 했다. 그리고 그 왕좌에 자신만큼 어울리는 이는 없었다.

그렇다면 지금부터 뭘 해야 될까? 토르는 우선 내부 분열부터 다잡아야 한다고 생각했다.

동맹군이 선전 포고를 할 수도 있을 테지만.

『훙. 그깟 전쟁 따위, 적당히 영역을 몇 개씩 할당해 주면 곧 다시 잠잠해지겠지.』

말라흐와 르 인페르날이 아무리 아스가르드에 불만이 있다고 해도, 저들은 진영 간의 균형이 흐트러지는 것을 절대 용납하지 못한다.

균형이 어긋나는 순간, 즉시 천계가 화약고처럼 터져 나갈 것을 잘 아는 데다가, 그들은 올포원에 대적하기 위해 천계의 여론을 하나로 모으고 있던 중이니 어떻게든 수습하려 들 게 뻔했다.

그런다면 아스가르드는 말라흐와 르 인페르날의 보호를 받으면서, 동맹군의 화를 달래 줄 겸 쓰지도 않는 영역 몇 개를 던져 주면 그만이었다.

빼앗긴 것이야 추후에 내부를 정비하고 난 뒤에 다시 되찾으면 그만. 잠시 저들에게 맡겨 두었다고 생각하면 되었다.

그렇게 생각을 하고 나니, 토르는 한결 마음이 편해지는 것을 느꼈다.

여전히 연우에 대한 분개는 남아 있었지만, 이럴 때 천교와 절교가 자주 써먹는 고사성어가 있지 않던가.

군자의 복수는 십 년도 늦지 않는다. 토르는 그렇게 생각하기로 마음먹었다. 지금의 치욕 따위는 얼마든지 나중에 앙갚음할 기회가 있을 게 분명했다.

『그럼 우선 페널티로 시름에 잠겨 있을 이들부터 달래러 가야겠군.』

토르는 생각을 마무리하면서 천천히 자리에서 일어났다. 강신이 강제로 종료되면서 생긴 페널티는 상당하다. 자신도 아직 격이 흔들리고 있을진대, 다른 신격들은 오죽할까. 우선 저들의 성난 인심부터 달래야 할 듯싶었다.

그런데.

'잠깐.'

토르가 대신전을 벗어나려다 말고, 문득 든 생각에 걸음을 뚝 하고 멈추었다.

'올림포스는……? 왜 여태 아무 반응이 없는 거지?'

여러 사회들의 반응을 담은 메시지는 지금도 계속 실시간으로 업데이트되는 중이었다.

하지만 그 어디에서도 연우를 주신으로 받들기로 한 머저리들, 올림포스는 보이질 않았다.

순간, 토르의 등골을 따라 알 수 없는 불안감이 오소소 솟아오르고.

[올림포스의 국시(國是)가 '아스가르드 섬멸'로 변경되었습니다!]

마치 그런 그의 불안을 비웃기라도 하듯이, 올림포스의
메시지가 곧장 떠올랐다.

국시.

사회의 이념과 방침이, 저렇게나 노골적으로 바뀌었다
고?

[신의 사회, '올림포스'가 천계에 존재하는 모든
사회들에게 국시를 공표합니다!]

[국시에 반대하거나 우려를 표하는 모든 의견을
무시할 것이라 발표합니다.]

[지금부터 펼쳐질 전면전에 어느 누구의 개입도
허락지 않으며, 만약 아스가르드를 두둔하거나 도우
려 하는 존재가 있다면, 그곳도 적으로 간주할 것을
선언합니다.]

......

['올림포스'가 '아스가르드'에 선전 포고를 하였
습니다!]

[동맹군, '천교'가 지지 의사를 밝혔습니다!]
[동맹군, '니플헤임'이 지지 의사를 밝혔습니다!]

[동맹군, '동마왕군'이 적극적으로 협조하겠노라
고 선언하였습니다!]

　　[동맹군의 의결에 따라, 지원군의 파병이 결정됩
니다.]

　　……

　　[신의 사회, '말라흐'가 이번 사태에 절대 개입하
지 않을 것임을 공표합니다.]

　　[악마의 사회, '르 인페르날'이 이번 전쟁과 자신
들은 전혀 무관함을 주장합니다.]

『……!』

　연달아 떠오르는 메시지를 보면서 드는 생각은 딱 하
나.

　버려졌다.

　올림포스와 동맹군의 반발이 그가 생각했던 것보다 훨씬
큰 데다가, 응당 나설 줄 알았던 말라흐와 르 인페르날도
그들을 버리려 하고 있었으니까!

　무언가 잘못되었다는 생각에 다른 신격들을 보러 가려는
순간.

　콰아아앙!

아스가르드를 둘러싼 대성역이 큰 폭발과 함께 흔들렸다.

　[‘올림포스’가 대성역, ‘이그드라실의 세 번째 나뭇가지’를 침입해왔습니다!]

*　　　*　　　*

　[‘말라흐’의 서기장, 메타트론에게서 메시지가 도착했습니다.]
　[메시지: 우리는 이번 일에 대해 일절 개입하지 않을 것이다. 원래대로라면 ‘섬멸’과 같은 빅 이벤트는 지양하는 것이 맞을 터이나, 이번 일과 같은 일을 아무 처벌도 없이 그냥 내버려 둔다면 본 사회의 권위를 앞으로 의심하는 이들이 적잖게 있을 터. 이를 막기 위한 희생이라 규정하였다.]
　[메타트론에게서 메시지가 도착하였습니다.]
　[메시지: 그러니 선전 포고를 한 대로 일을 치르되, 부디 불길이 다른 곳으로 튀지 않게 주의했으면 하는 당부를 남길 뿐이니.]

['르 인페르날'의 수좌, 바알에게서 메시지가 도
착했습니다.]

[메시지: 신의 진영을 지탱하는 거대 기둥 중 하나
를 부러뜨리는 데 우리가 반대할 이유가 어디 있으
랴. 하지만 이는 새로운 갈등을 일굴 위험이 있으니,
크게 확대시키지는 말 것을 바라는 바이다. 그리고
아가레스는…… 하아! 그 빌어먹을 머저리는 어떻
게든 잘 데리고 있어 주었으면 한다. 이건 개인적인
부탁이다.]

메타트론과 바알. 말라흐와 르 인페르날을 지휘한다는
두 수장들은 연우가 전쟁을 개시하자마자 곧장 메시지를
보내왔다.

내용은 아주 간단했다.

그들은 이번 사건에 대해 절대 개입하지 않을 것이다.
단, 전쟁의 국면이 다른 곳으로 확전될 양상을 보이는 건
용납지 못한다. 이런 내용이었다.

아스가르드야 그들도 축출하는 것이 이득이라 판단하
였으니 내린 결정이었고, 확전은 그렇지 않아도 나날이
강해지는 연우의 영향력을 어떻게든 한정 짓겠다는 의도
였다.

연우로서도 이번 섬멸전의 목적은 어디까지나 복수였으므로, 다른 것을 노리는 게 아니었기 때문에 굳이 사족을 달지 않았다.

도리어 그는 지원군을 파병하겠다고 발표한 천교와 니플헤임의 결정에 고마워하고 있는 중이었다. 특히 천교는 옥황상제의 실종으로 인해 한창 정신이 없을 텐데도 불구하고 발 벗고 나선 것이니 더 고마울 수밖에 없었다.

여하튼 아테나를 위시한 올림포스 군은 아스가르드에 대한 침공을 시작했다.

목적은 섬멸(殲滅).

과거 우라노스가 펼쳤던 전쟁과는 성격이 완전히 달랐다.

당시에는 병탄을 통한 세력 확장이 목적이었다지만, 지금은 아스가르드 중 어느 누구도 살려 둘 생각이 없는 것이었으니까.

이것으로 무왕이 되돌아올 수 있는 건 아닐 테지만.

그래도 그에게 재미난 여흥거리는 되었으면 하는 바람이었다.

그렇게.

무왕의 장례식이 시작되었다.

　　　　　*　　　　*　　　　*

화르륵!

외뿔부족의 상징은 불. 그들의 시조인 소호 금천이 태양 신이었던 까닭에 붉은 불은 영혼을 정화하고, 혼탁한 세상을 맑게 한다는 의미를 지니고 있었다.

또한, 이렇게 해야만 화장(火葬)된 존재의 영혼이 소호 금천의 곁으로 되돌아갈 수 있다는 믿음이 있기도 했다.

마을의 정중앙에 피어오른 불길은 사흘 밤낮이 되도록 이어졌고.

부족원들의 통곡과 오열, 그리고 뒤따른 침묵도 내내 있었다.

그리고.

연우는 소싯적에 무왕이 깨달음을 위해 들어갔다던 동굴에 들어가, 외부 세상과의 소통을 일절 단절하고 폐관 수련을 시작했다.

무왕이 남긴 유산들을 전부 체득하고.

음검을 깨우치기 위해서였다.

　　　　　*　　　　*　　　　*

연우가 처음 폐관 수련에 들어가기 직전, 영매는 그를 따로 불렀다.

영소(靈沼)에 위치한 모옥이었다.

전통적으로 영매와 그녀의 후계가 아니라면, 어느 누구든 입장이 불허된다는 곳.

시조 소호 금천을 상징하는 태양조(太陽鳥)가 내려앉은 솟대가 유달리 인상적인 그곳에서, 영매는 에도라에 의지한 채 휴식을 취하고 있었다.

"부르셨다고 들었습니다."

"이렇게 직접 얼굴을 마주하는 건 처음이지?"

에도라의 도움으로 상반신을 일으킨 영매가 입가에 엷은 미소를 폈다.

그녀와는 언제나 어기전성으로만 대화를 나눴던 까닭에, 연우는 영매의 목소리가 생각했던 것보다 훨씬 젊게 들렸던 것일지도 모르겠다는 생각이 들었다. 하나 그러면서도 그녀의 목소리에는 중후한 내력이 있어 사람의 의식을 저절로 홀리게 만드는 마력이 담겨 있었다.

영매는 눈가를 붕대로 칭칭 감고 있었다. 장례식이 한창 치러지는 동안, 그녀는 영소에서 기력을 북돋고 있던 중이었다.

원래대로라면 제사장인 그녀가 직접 장례식을 주관하고,

소호 금천에게 그의 품으로 회귀한 존재의 영혼에 안식을 달라고 제사를 지내야만 옳았지만.

라플라스의 습격으로 인해 크게 다친 까닭에 도저히 그럴 겨를이 없었던 것이다.

다행히 필요한 절차는 에도라가 거의 다 진행하고 있었기 때문에 큰 문제는 없었다.

영매는 눈을 가리고 있는 상태이면서도 옅게 웃고 있었다. 마치 연우의 얼굴을 직접 대면하고 있다는 듯이.

듣기로 원래 영매는 선천적으로 앞을 볼 수 없는 소경이었다고 한다.

그래서 청람가에서도 오랜만에 신기를 타고 난 아이가 태어났음에도 불구하고, 장애 때문에 큰 기대를 하지 않았다고 한다. 영매로서의 수련을 제대로 통과하지 못할 것이라 여겼기 때문이었다.

하지만 영매는 포기하지 않았고, 오히려 자신의 장애를 장점으로 승화시키는 데 성공했다.

선천적으로 앞을 볼 수 없으니, 오히려 속세의 편집에 사로잡히지 않을 수 있었고.

그 너머에 있는 진리를 감지할 수 있었던 것이다.

그렇게 해서 그녀는 심안을 곧바로 터득하면서, 역대 영매들 중에서도 가장 신기가 풍부하다는 평가를 받으며 최연소로 이 자리에 앉을 수 있었다.

무왕도 바로 그런 열성적인 모습에 반해 청혼을 했다던가?

왕좌에 앉은 순간, 50여 개나 되는 가문의 영애들과 혼인을 맺고 자식을 낳아야만 한다지만, 그가 진정으로 사랑했던 존재는 영매가 유일했으니.

그녀도 무왕의 겉모습이 아닌, 내면에 있는 모습에 반했기 때문에 두 사람은 그동안 화목하게 지낼 수 있었다.

어쩌면 그 둘의 결실이었던 판트와 에도라가 여러 형제들 중에서도 단연 두각을 드러내는 것이 당연한 일이었는지도 몰랐다.

지금도 마찬가지.

연우는 분명히 영매의 눈을 보고 있지 않은데도 불구하고, 자신의 모든 것이 낱낱이 파헤쳐지는 듯한 기분을 맛보았다.

평상시라면 아주 불쾌했을지도 모르지만…… 이상하게도 영매의 시선은 그렇지 않았다.

너무 따스하기 때문일까.

오래전에 잊었던 시선을 떠올리게 했다.

'……어머니.'

어쩐지 가슴 한편이 저며 왔다.

연우는 그런 마음을 꾹 억누르면서, 천천히 입을 열었다.

"아닙니다. 두 번째입니다."

첫 대면이 아니라는 소리. 영매의 표정이 조금 묘하게 변했다.

"호호! 내 기억에는 없는데. 언제였담?"

하지만 연우는 대답 없이 엷게 웃었고.

영매도 뒤늦게 연우의 말뜻을 깨닫고 가볍게 웃음을 터뜨렸다.

"얄궂구나."

연우가 라플라스 때문에 위기에 빠진 그녀를 구하러 왔을 때를 이야기한다는 것을 눈치챈 것이다.

원래대로라면 이렇게 함부로 언급할 수 있는 사안이 절대 아니었지만.

시간이 지나면서 그녀도 어느 정도 상처를 회복한 듯 보였기 때문에 장난치듯이 던진 것이다.

웬만큼 가까운 사이가 아니면 쉽게 하기 힘든 장난일 테지만. 연우는 그렇게 행동하는 것으로 영매와의 심리적 거리를 단숨에 확 좁힌 셈이었다.

"이런 면을 보면, 제 스승을 너무 똑 닮았단 말이지. 겉보기엔 전혀 그렇게 보이질 않는데 말이야."

연우는 고개를 숙였다.

"기분이 상하셨다면 죄송합니다."

"아니다. 사실 그이는 녹턴이 자신과 가장 닮았다고 했지만, 내가 봤을 때는 전혀 아니야. 가장 닮은 건 너지."

영매가 입가에 엷은 미소를 띠자, 옆에서 가만히 그녀를 부축하던 에도라도 동의한다는 듯이 고개를 끄덕였다.

연우는 가슴이 살짝 울렁였지만, 최대한 내색하지 않고 고개를 저었다.

"그렇게 말씀하시면, 그건 제가 기분이 나쁩니다."

"뭐? 호호호! 과부를 앞에다 두고 이렇게 대놓고 욕을 해도 되는 거니?"

"사실 영매님도 아시잖습……."

"사모(師母, 스승의 부인)라고 부르렴."

"……사모께서도 아시지 않습니까. 스승님의 성격을요. 아마 제가 제일 많이 당했을 겁니다."

"호호호! 그이가 인성이 참 그렇긴 했지."

그런 무왕을 확 휘어잡고 살았던 것이 영매이기도 하니, 사실 연우의 눈에는 그녀가 더 대단해 보였지만.

굳이 그걸 언급하지는 않았다.

"참 재미나. 예전부터 느낀 거지만 너와 이야기를 나누다 보면 참 유쾌하단 말이지. 아들이라고 하나 있는 것은 제 잘난 맛에 사는 까닭에 이야기를 나눠 봤자 재수만 없고, 그나마 딸이 좀 낫긴 하다지만 매번 말도 안 듣고 예민하게만 굴어서 한 대 쥐어박고 싶을 때가 한두 번이 아닌데. 너는 그런 게 없어."

영매의 입가에 맺힌 미소가 더 짙어졌다.

"혹시 여기 들어와서 살 생각은 없니? 데릴사위도 우리는 환영인데 말이지."

"그건 저희 아버지께서 반대하실 것 같아서 안 될 것 같습니다."

웅, 우우웅!

연우의 등에 걸려 있던 비그리드가 호응하듯이 잘게 떨렸다.

"아무래도 그렇겠지? 그래도 사위가 되라는 말에 거부 반응을 보이지는 않는구나."

"어머니."

에도라는 살짝 얼굴이 붉어진 채로 그만하라며 영매의 팔뚝을 살짝 꼬집었다.

그럴수록 영매는 더욱 놀리기 바빴지만.

"이것 보렴. 제 엄마가 자기 부끄러운 말 했다고 이렇게 하는 딸이 또 어딨담?"

결국 에도라는 샐쭉하니 입술을 내밀고 말았다.

연우는 그런 모습을 그저 가만히 바라보았다.

장례식이 치러지는 동안, 기력을 찾지 못하고 내내 식음을 전폐했다는 말을 들어 걱정이 많았는데, 더 이상 그럴 필요가 없을 듯싶었던 것이다.

그만큼 에도라가 옆에서 그녀를 잘 챙겨 주었단 뜻이겠지.

"여하튼 가벼운 잡담은 이 정도로 마무리하기로 하고."

영매는 따스한 목소리로 곧장 본론으로 들어갔다.

"사실 내가 자네를 이리로 부른 것은 줄 게 있어서야."

"……?"

줄 게 있다고?

연우는 무엇인가 싶어서 고개를 갸웃거리다, 곧 영매가 슬그머니 내미는 것을 보고 눈을 크게 뜨고 말았다.

그것은 열쇠였다.

통짜로 된 금을 일일이 세공하여 만든 손바닥만 한 크기의 열쇠.

"이, 이건……?"

"호호. 역시 한 번 들어가 본 적이 있어서 그런가, 어떤 용도인지 단번에 알아맞히는구나. 맞다. 금급 무서고의 열쇠란다."

"……!"

외뿔부족의 무서고(武書庫)는 금, 은, 동, 철급의 단계로 이뤄지며, 그중에 연우는 동급과 철급을 이용한 적이 있었다.

거기서 탄생했던 것이 천익기공이었고, 이후 천익기공은 아트만 시스템으로 변해 그의 육체를 단단히 받쳐 주는 기반이 되었다.

그런 무서고를, 그것도 대대로 왕과 그의 허락을 맡은 이가 아니면 아무도 입장할 수 없었던 곳을 들어가게 해 주겠다고?

"현재 왕좌는 공석이고, 나는 그 권한을 대리하고 있는 중이란다. 당연히 너에게 이곳을 내어 줄 자격은 충분하지."

영매의 목소리는 여전히 상냥했지만, 어느새 깊게 착 가라앉아 있었다.

"그이의 소망은 네가 일족의 지난 비원을 해결해 주는 것이었지. 알다시피 〈양도〉는 이미 에도라에 의해 비밀이 풀렸고, 이번에 신접을 겪으면서 그 이상으로 개척하는 데 성공했단다. 하지만…… 알다시피 그걸로는 부족했지."

연우는 무겁게 고개를 끄덕였다. 확실히 에도라는 양도를 발휘하여 영매를 라플라스로부터 지키는 것은 성공했지만, 그 이상은 해내지 못했다.

무왕이 기대를 걸던 태극혜 반고검의 잠재력에 비하면 한없이 부족한 게 사실이었다.

"그건 다른 반쪽인 〈음검〉과 조화를 이루지 못해서란다. 양도와 음검은 따로 존재할 때에는 전혀 특별할 것이 없어. 하나로 합쳐져야만 비로소 제 모습을 드러낼 수 있을 테 니…… 그때야 시스템이 주는 저주를 꺾을 수 있겠지."

"……."

"그리고 알다시피 우리는 음검의 완성을 더 이상 미룰 수가 형편이야. 우리 일족은 원한을 절대 잊지 않아. 너를 좇아 그이의 복수를 하려 들 것이고, 그러기 위해서는 우선 비원을 해결해야만 해."

영매는 잠시 숨을 골랐다가, 진지한 어투로 물었다.

"여는 게, 가능하겠니?"

연우는 아주 잠깐 대답하지 않고 고민했다.

무왕이 녹턴을 상대로 보였던 마지막 모습들이 눈가를 스쳐 지나갔다. 벌써 며칠이 지났지만, 바로 조금 전에 있었던 일처럼 선명하게 그려졌다.

동작 하나하나, 호흡 하나하나, 묘리 하나하나까지, 전부.

무왕이 보였던 신위를 전부 따라 할 수 있을 것인가? 따라 할 수 없다면 좇을 수는 있을 것인가?

아니.

그것을 뛰어넘을 수 있을 것인가?

하나하나를 곱씹어 보았고.

거기에 자신을 대치시켜 보았다.

그리고.

깨달을 수 있었다.

자신이 가지고 추구할 것들 전부에 무왕의 손길이 묻어 있다는 것을.

그가 앞으로 걸을 길 곳곳에 무왕의 숨결이 포함되어 있다는 것을.

연우는 무왕이 영매를 보면서 했던 말을 떠올렸다.

불멸(不滅).

"스승님의 업이 저를 통해 계속 이어지고 있다는 것을, 필멸이라던 그 점괘가 틀렸음을 보여 드리겠습니다."

Yes or No와 같은 대답도 있을 테지만.

그런 것보단 이런 대답이 더 나을 듯싶었다.

그리고.

그제야 진지하던 영매의 입가에도 미소가 번졌다.

"고맙구나."

*   *   *

그리고 다시 시간은 수련동으로 되돌아온다.

'스승님의 업을…… 아니, 신화를 내가 잇는다.'

무왕의 족적은 이미 저만치 앞서 나아가 찍혀 있다.

연우는 바로 거기서부터 새로운 족적을 찍는 것이다.

혹 무왕이 힘겹게 밟은 길을 전혀 다른 곳으로 트는 게 아닐까 하는 걱정도 들었지만.

연우는 그 무게를 스스로 짊어질 생각이었다.

그것이야말로 무왕의 유지였으니까.

이미 무서고는 다녀온 상태.

외뿔부족이 지난 역사 동안 수집하고 창안한 절대 비급과 신공절학들이 전부 연우의 머릿속에 담겨 있었다.

이것들을 토대로 무왕이 남긴 것들을 낱낱이 해체하고, 그것을 자신에게 맞게끔 고치며, 온통 베일에 싸여 있는 음검을 해석해야만 했다.

아니, 해석하는 정도가 아니었다.

'음검이 여태 나에게 열리지 않았던 건, 어쩌면 나와도 잘 맞지 않기 때문일지도 모른다.'

양도가 오랜 궁구 끝에 외뿔부족에 열린 것은 그들이 태양지체를 타고났기 때문이었다. 반대로 음검은 그래서 열리지 않았다.

연우도 마찬가지. 음검과 가깝지 않기 때문에 열리지 않았을지도 모른다.

그런다면 거기에 맞춰서 체질을 바꾸든가, 음검을 변형시켜야만 한다.

이미 영혼을 완숙의 경지에까지 올린 연우가 체질을 바꾼다는 건, 근본부터 전부 뒤집는다는 뜻이라 불가능에 가까운 영역이었지만.

그래도 그래야만 음검을 열 수 있다면 그렇게 해 볼 생각이었다.

설사 그로 인해 여태 쌓은 것들을 잃어버린다고 할지라도.

'다시 수복하고 쌓아 올리면 그만이다. 이미 한 번 밟았던 길을 두 번이라고 못 밟을까.'

[시차 괴리]

한껏 느려진 의식 세계 속에서.

연우의 두 눈 위로 귀광(鬼光)이 떠올랐다.

*   *   *

'양(陽)은 퍼지고 오르는 성질을 띠고 있기 때문에 심안을 통해 세상을 넓게 관조하려는 에도라에게 더할 나위 없

이 어울린다. 정신세계를 자연 세계로 확장시켜 동화를 이루기 때문이다.'

시간은 흐른다.

'반면에 음(陰)은 뭉치고 가라앉으니, 기를 발산하는 외뿔에게 맞지 않다. 반대로 뒤집어서, 넓은 바깥세상을 안으로 축소시켜야 해. 도리어 자연 세계를 정신세계 안에 담아야 한다.'

속절없이.

얼마나 많이 흘렀는지는 본인도 자각하지 못할 정도였다.

'그런 면에서 스승님이 남기신 팔극검은 태극혜 반고검으로 가깝게 다가갈 수는 있어도, 절대 이것으로 깨우칠 수는 없다. 음양을 해석하기 위해 만든 팔극(八極)의 비기가 도리어 어느 수준부터는 성질에 한계를 규정하기 때문이야. 이것을 해체해야만 해. 팔극이 아니라, 기본의 성질대로.'

가라앉는다.

'그리고 이때 해체하는 것은 팔극검만이 아니다. 내가 가진 모든 것들이 뒤따라야 해. 스킬도, 권능도, 신위도…… 자아까지도, 전부.'

더 깊게.

'모든 것을 해체하여 가라앉히고, 음으로 치환하여 새로 뭉치게 한다. 음은 넓게 퍼진 것을 한곳으로 모으게 할 테니.'

아무도 닿지 못할 만큼 아주 깊은 곳으로.

[권능, '명토 선포'가 삭제되었습니다.]

[권능, '연옥로'가 삭제되었습니다.]

[권능, '그림자 영역'이 삭제되었습니다.]

……

[권능, '아트만 시스템'이 삭제되었습니다.]

……

[신격이 영락하였습니다.]

[신위가 박탈되었습니다.]

[신화가 해체되었습니다.]

……

[해체가 시작됩니다!]

……

[자아가 소멸하였습니다.]

……

[해체된 기운이 잔재 사념의 명령어에 따라 성질 변화를 시도합니다.]

[경고! 성질 변화에 있어서 얼마나 많은 시간이 소요될지 측정할 수 없습니다.]

[경고! 성공 가능성도 현저히 낮습니다. 실패 시 완전한 소멸로 이어질 수 있습니다.]

[경고! 시스템이 이상 현상을 감지하여 해당 대상을 버그 혹은 이레귤러로 지정하였습니다. 보안 체계가 발동하여 해당 대상을 제거하려 시도할 수 있습니다.]

[그래도 계속 진행하시겠습니까?]

[진행을 선택하였습니다.]
[시스템이 버그로 지정한 해당 대상을 제거하기 위한 백신을 투여합니다.]

[성질 변화가 시작됩니다!]

*　　*　　*

"내가 이 자리에 앉는 것에 대해 불만이 있는 자는 지금 어서 나오시오!"

판트는 내공을 한껏 담아 일갈을 내질렀다.

사자후(獅子吼).

마치 백수의 왕, 사자가 포효를 내지르듯 그의 목소리에는 분노와 투기가 가득했다.

무왕의 장례식은 그가 이룬 업적이며 경지를 기리는 뜻에서 한 달이 지나도록 끝나지 않고 있었지만.

이대로 계속 왕좌를 비워 둘 수 없다는 중론에 따라, 왕위 경쟁이 새롭게 개시되었다.

새로운 왕을 뽑는 자리는 원래대로라면 축제와 연회에 가까워야만 했다.

하지만 지금만큼은 그렇질 못했다.

외뿔부족은 위대한 무왕에 대한 슬픔이 가시면서, 그 자리에 분노가 가득 찬 상태. 그들은 전쟁을 개시하려 하고 있었다. 레드 드래곤과 전쟁을 벌일 때와는 전혀 다른, 부족의 명운을 건 복수전이었다.

그렇다 보니 그들은 새로운 부족장이 세상 어느 누구보다 강하길 간절히 바라였으며, 강렬한 카리스마로 일족을 이끌어 주길 염원했다.

어중이떠중이는 절대 용납되지 않는다. 강한 지도력과 무력을 동시에 겸비한 존재여야만 했다.

그리고 그런 자리에 판트가 나선 것은 어찌 보면 당연했다.

아르티야의 멤버이기도 했지만, 그는 그런 걸 전혀 신경 쓰는 투가 아니었다.

이미 필요에 따라서는 아르티야를 탈퇴하고, 일족을 동맹 자격으로 참여시켜도 좋다고 연우로부터 허락을 받은 상태였으니까.

그리고.

판트는 왕위 경쟁이 시작되자마자 가장 먼저 나서서 기세를 떨쳤다.

대지가 울리고, 하늘에서부터는 핏빛 벼락이 쉴 새 없이 내리꽂혔다. 녀석을 따라 퍼지는 돌풍은 왜 그리도 거센지, 거기에 맞서서 과연 제대로 서 있을 수 있을까 싶을 정도였다.

덕분에 부족원들은 하나같이 눈을 크게 떠야만 했다.

페이스리스가 난리를 칠 때 이미 판트의 무위가 기존과 비교도 할 수 없이 높아졌다는 건 알고 있었다지만, 실제로 겪어 보니 짐작했던 것 이상이라는 것을 깨달은 것이다.

그가 그동안 얼마나 수없이 많은 실전을 겪었는지, 대장로로부터 얼마나 혹독한 가르침을 받았는지를 알 수 있는 대목이었다.

소싯적의 무왕과 비교해도 절대 크게 뒤지지 않을 거라

고 대장로가 말했을 때에는 그저 다들 제자이니 그렇게 말하는 줄로만 알았건만, 절대 빈말이 아니었던 셈이었다.

때문에 정작 긴장하게 된 것은 내심 새로운 왕이 되려 마음먹던 왕족들이었다.

무왕의 형제들뿐만 아니라, 판트의 형제들까지도 대부분 나설 준비를 하고 있던 차에 판트가 먼저 승기를 잡아 버렸으니.

자칫 잘못 덤볐다간 뼈도 추리지 못할 게 뻔했다.

그래서 다들 서로 간에 눈치를 보기 바빴고.

"아무도 없는 것이오?"

콰르르릉, 콰릉, 콰르르!

판트가 짙은 분노와 함께 혈뢰를 아주 크게 떨치는 순간, 마을이 와르르 떨렸다.

순간, 대장로의 입가에 웃음기가 번졌고.

긴장한 얼굴로 눈치를 주고받던 형제들 중 몇 명은 두 눈을 질끈 감고 앞으로 나섰다. 여기서 계속 미뤘다간 부족원들의 지지를 받지 못할 수 있었다.

판트는 그들을 보면서 송곳니가 훤히 드러나라 웃었다.

저들에게는 이렇다 할 원한 따윈 없지만.

그래도 자신이 옥좌에 앉을 자격이 있음을 증명해 보여 주기엔 부족함이 없을 듯했다.

그렇게.

콰르르르!

새로운 왕을 가리기 위한 경쟁이 시작되었다.

*   *   *

　　[백신 프로그램이 해당 대상의 성질 변화를 방해
합니다.]

　　[해당 대상이 방화벽을 설치하여 백신 프로그램
의 접근을 차단하고자 합니다.]

　　[실패합니다.]

　　[실패합니다.]

　　……

　　[방화벽이 파괴됩니다.]

　　[백신 프로그램이 진입하는 데 성공했습니다. 해
당 대상의 코드 소스를 추적하여 삭제를 개시하려
합니다.]

　　[해당 대상이 백신 프로그램에 대항하기 위한 방
어 기제(Defense Mechanism)를 작동하고자 합니
다.]

　　[새로운 코드를 생성하는 중입니다.]

[실패합니다.]

[실패합니다.]

……

[성공하였습니다.]

[생성된 바이러스 프로그램이 백신 프로그램을 삭제 및 축출하는 데 성공했습니다.]

[방화벽이 새로운 백신 프로그램의 접근을 차단합니다.]

*　　　*　　　*

"아빠, 아빠! 판트 아저씨가 왕이 되었대!"

『그래? 그렇게 노래를 부르더니 결국 해낸 모양이네.』

차정우의 사념체는 신문을 보다 말고, 문을 활짝 열면서 우다다 달려오는 세샤를 보고는 방긋 웃었다.

그와 아난타, 세샤가 모옥에 머물면서 휴식을 취하며 체력과 마력을 정비하는 동안, 판트는 이따금 그들 가족을 찾아와 말벗이 되어 주곤 했다.

차정우와 판트, 둘 모두 '연우의 인성질에 괴로운 동생들' 이라는 공감대가 형성되어 있던 까닭에 금세 친해질 수 있었던 것이다.

판트는 이따금 차정우 앞에서 자신이 아버지를 이을 것이라고 자신만만하게 외쳐 대곤 했는데, 드디어 소원을 이룬 모양이었다.

"그럼 이제 판트 아저씨를 뭐라고 불러야 하는 거야? 왕 아저씨?"

차정우는 그런 딸이 너무 귀여운 나머지 손으로 머리를 마구 쓰다듬어 주었다. 사념체의 회복 속도는 최근 들어 탄력을 받아 이제 이렇게 물리적인 접촉도 자유로웠다.

『왕저씨라고 부르자꾸나.』

"왕저씨?"

세샤는 별 이상한 호칭도 다 있다는 생각에 고개를 갸웃거렸지만.

"좋아. 헤헤헤! 이제부터 판트 아저씨는 왕저씨야!"

곧 어감이 좋다면서 밝게 웃어댔다.

차정우는 세샤에게서 저 말을 들었을 때 판트의 얼굴이 어떻게 변할지 참 기대가 되었다.

그때, 아난타가 과일이 한가득 든 바구니를 들고서 차정우의 곁으로 다가왔다.

"뭐 보는 중이야?"

『바깥세상 이야기.』

"어떻게 되고 있는데?"

『별거 있나. 형이 시킨 대로 잘 돌아가고 있지.』

차정우의 사념체는 보고 있던 신문을 접으면서 탁상에다 아무렇게나 던졌다.

—아르티야, 정복을 선언하다!

아주 노골적인 타이틀을 달고 있는 신문은 이제 탑의 주인이 누구인지를 확실하게 말해 주고 있었다.

오랫동안 이어지던 8대 클랜의 질서가 결국 종식되고, 아르티야의 세상이 도래했음을 선언한 것이다.

76층에 대한 공략이 끝나고, 화이트 드래곤과 다우드 형제단의 잔당들에 대한 토벌이 전부 끝났다는 뜻이었다.

덕분에 아홉 왕의 자리도 새롭게 재편되고 있었으니.

올포원.

영왕, 차연우

혈검, 칸

폭시 테일, 도일

소무왕(少武王), 판트

마희, 에도라

대주교, 휼

검략가, 레온하르트

달의 아이

아홉 개의 자리 중에서 무려 다섯 개가 아르티야 소속이거나 그들과 관련된 인물로 채워진 것이다.

아난타는 그걸 보면서 기분이 묘해질 수밖에 없었다.

아르티야.

차정우가 세웠지만 무너졌던 곳이, 결국 친형의 손에서 다시 깨어나 모든 복수를 마친 셈이었으니까. 이제 사실상 올포원을 제외하면 하계에서 그들을 해코지할 수 있는 작자들은 전부 사라진 것이나 마찬가지였다.

눈을 뜨고 난 뒤에 세상이 크게 변했다는 건 알고 있었지만, 그래도 이렇게 접하게 되니 새삼 신기하기만 했다.

『시의 바다는 여전히 오리무중이지만.』

차정우의 사념체는 여전히 그들의 골치를 썩이는 존재를 떠올리면서 인상을 찡그렸다. 여태까지 벌어진 사건들의 최종 흑막이며, 아난타에게는 애증의 대상이 수장으로 있는 곳.

그들이 또 보이지 않는 곳에서 무엇을 꾸미고 있을지 모르기 때문에, 어떻게든 찾아야만 했다.

『그보다 몸은 좀 어때?』

"멀쩡해. 대장로께서도 회복이 아주 빠르다고 해 주셨고."

『다행이야.』

아난타가 잠에서 깨어난 뒤, 대장로는 일족의 공동 보고에서 영약을 상당수 빼내어 그녀에게 주었다. 장로원의 재가도 있었기 때문에 그녀는 빠른 속도로 회복할 수 있었고, 지금에 와서는 전성기 시절의 힘을 거의 다 찾은 상태였다.

『나도 마력이 꽤나 많이 보충되었어. 그럼…… 역시 움직여야겠지?』

차정우의 사념체의 말에 아난타는 무겁게 고개를 끄덕였다.

『형이 돌아올 때까지 기다리려고 했지만, 더 이상 미룰 수는 없겠지.』

폐관 수련에 들어간 연우는 나올 기미를 보이지 않는다.

하지만 브라함의 소식은 여전히 깜깜무소식이니. 그들로서는 나날이 걱정이 산더미처럼 커질 수밖에 없었다.

어쩌면 시의 바다를 쫓다가 종적이 사라진 것일 수도 있고.

브라함 역시 본체가 데바의 창조신인 브라흐마였던 것을 감안한다면, 실종된 제우스나 오딘 등처럼 어디론가 끌려 간 것일 수도 있다.

물론, 후자는 대개 천마증을 겪었던 이들에게만 빚어진 현상이었다고는 하지만, 그래도 이대로 마음을 놓고 있을 수만은 없었다.

세샤에게는 잠시 여행을 다녀오겠노라며 말을 해 뒀고, 따로 에도라에게 맡아 달라고 부탁도 한 상태.

사실 두 사람만 이대로 가기엔 위험할지도 모르지만……
그들 말고도 동행이 한 명 더 있었기 때문에 크게 걱정이 되지는 않았다.

『그럼 가자.』

아난타가 고개를 끄덕이면서 탁상 위에서 째깍째깍 돌아 가던 회중시계를 추슬러 품속에다 갈무리했다.

그리고 밖으로 나섰을 때.

"준비는, 다 끝났나?"

대장로가 안경을 고쳐 쓰면서 기다리고 있었다.

핏빛 현자.

한때, 탑의 전설로 불렸던 그가 헤븐윙과 함께 은거를 깨 는 순간이었다.

　　　　　※　　　　　※　　　　　※

　[성질 변화가 알 수 없는 이유로 가속화됩니다. 막
바지 단계에 접어들었습니다.]
　[현재 변화율은 89, 90, 91%…… 96%입니다.]
　……

　[성질 변화가 완성되었습니다.]
　[최종 완성률: 103.1%]

　[음의 기운이 하나로 뭉쳐지기 시작합니다.]
　[존재가 구현됩니다.]

연우는 천천히 눈을 떴다.

'얼마나…… 시간이 흐른 거지?'

사실 그로서도 도저히 시간 개념이 좀처럼 잡히질 않았다.

시차 괴리 스킬을 전개하고 있어 사고 속도가 워낙에 빨
라졌던 데다가, 나중에는 자아며 의식까지 해체되어 도중
에 기억이 뚝 끊겼던 탓이었다.

자칫 존재가 흔적도 없이 완전히 삭제될 수도 있는 위험
도 있었지만.

'그래도 성공했어.'

연우는 자신의 체질이 완전히 바뀌었다는 것을 자각하고 있었다.

신령(神靈)의 완전한 해체와 재조립.

그 과정에서 불순물이 모두 사라지고, 완전히 음의 성질로 변한 것이다.

이미 영혼이 완숙의 경지였기에 격은 크게 달라진 게 없었지만.

영혼과 육체는 아예 새롭게 탄생했다고 해도 과언이 아닐 정도였다.

[올림포스의 신, '타나토스'가 찬탄의 눈빛으로 당신을 바라봅니다.]

[멤피스의 신, '오시리스'가 당신을 위한 사자의 서를 작성하고자 합니다.]

[천교의 신, '태산부군'이 당신을 보며 고개를 숙입니다.]

[에아의 신, '네르갈'이 당신이 이룬 영혼을 보며 깊게 탄식합니다.]

[데바의 신, '크시티가르바'가 당신에게 부탁을 하고자 합니다.]

......

[니플헤임의 악마, '헬'이 붉은 혀로 입술을 적십니다. 기쁜 마음에 몸을 부르르 떱니다.]

['아이쉬마—다이바'가 이제 당신이 명실상부한 칠흑왕의 진정한 후예임을 믿어 의심치 않습니다.]

......

[모든 죽음의 신들이 당신에게 경탄합니다.]

[모든 죽음의 악마들이 당신을 숭배합니다.]

[죽음의 태엽이 완전히 복구되었습니다.]

[죽음의 태엽이 강화되어 천계에 존재하는 모든 죽음의 신위 속에 있던 톱니바퀴들과 맞물리는 데 성공했습니다.]

['죽음'의 개념이 이제 당신의 손에 잡혔습니다!]

음령(陰靈).

연우는 자신의 영혼을 두고 그렇게 칭했다.

음검을 깨우치기 위해 영혼의 뿌리부터 아예 음의 성질

을 띠는 존재로 바꾸었고, 그로 인해 죽음의 신위는 더할 나위 없이 강화되었다.

신위만 두고 본다면 이제 천계에서도 그와 견줄 수 있는 존재는 없는 것이나 마찬가지였으니. 언제나 고고한 태도만 보이던 죽음의 신과 악마들이 처음으로 저런 자세를 보이는 것도 당연했다.

이대로 탈각만 시도한다면, 음령은 완전히 개화되어 '죽음'을 개념으로 하는 새로운 개념신이 탄생할 테지.

모든 죽음의 신위들을 발아래에 두게 되는 것이다.

그리고 그의 개안을 환영이라도 하듯이.

팟!

['그림자 영역' 이 자동으로 설정되었습니다.]
[수석 사도가 임시 강림합니다!]

그림자가 퍼져 나간 자리를 따라, 아테나가 불쑥 내려앉았다.

"올림포스의 주신을 뵙습니다. 휘하 제신(諸神)들을 대신해 성취를 경하드리며, 일전에 분부하신 일에 대한 보고를 드리고자 찾아왔습니다."

아테나는 부복한 채로 고개를 들 생각도 하지 못했다.

분명 연우의 격이 크게 변하거나 한 건 아닌데도 불구하고, 이상하게 그를 보고 있으면 영혼마저 얼어붙을 것 같은 한기가 느껴졌던 탓이었다.

그를 둘러싼 기질이 완전히 바뀌어 있었다.

일견 두려움마저 느껴질 정도라, 그녀는 재빨리 여태 보관하고 있던 머리통 네 개를 꺼냈다.

방금 전에 죽은 듯, 경악에 잔뜩 젖어 있는 생생한 얼굴들.

토르와 헤임달을 비롯한 아스가르드 수장들의 것이었다.

"아스가르드는 이미 완전히 전멸하였으며, 그들이 있던 대성역은 분부하신 대로 죽음의 대지로 만들어 두었습니다. 현재 올림포스를 비롯한 동맹군은 도망친 잔당을 뒤쫓는 한편, 아스가르드의 멸망으로 이쪽에 날을 세우고 있는 이들을 견제하고 있는 중입니다."

연우는 아무 대답 없이, 그저 당연하다는 듯이 고개를 끄덕였다. 그리고 손을 가볍게 털어 토르 등의 머리를 부서뜨렸다. 흩어진 신력들이 전부 아테나에게로 흡수되었다.

화아아!

아테나의 눈이 저절로 휘둥그레졌다. 토르를 비롯한 아스가르드 주신들의 신력이라면 아주 대단한 것일 텐데도 불구하고, 흡수하지 않고 아무렇지 않게 자신에게 건네준 것이니. 감읍할 따름이었다.

하지만 연우로서는 이미 아스가르드의 멸망 따윈 의심치 않고 있었다. 오히려 아직까지 정리가 되지 않았다면, 아테나에게 적잖게 실망했을 게 분명했다.

그보다 그에게는 더 중요한 게 있었다.

"내가 폐관 수련을 시작한 뒤로 얼마나 지났지?"

아테나의 머리가 더 깊게 숙여졌다.

"대략 2년이 흘렀습니다."

Stage 77.
시(詩)

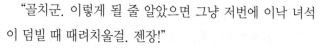

"골치군. 이렇게 될 줄 알았으면 그냥 저번에 이낙 녀석이 덤빌 때 때려치울걸. 젠장!"

판트는 어김없이 오늘 아침에도 수북하게 쌓인 서류의 탑을 보면서 인상을 와락 일그러뜨렸다.

분명히 어제도, 엊그제도, 그 전날에도 이만한 양쯤 되는 서류들을 처리했던 걸로 기억하는데. 매일 아침마다 새롭게 주어지는 서류들은 도통 줄어들 기미를 보이질 않았다.

왕이 되면 저절로 무소불위의 권력을 마음껏 휘두를 수있을 줄 알았던 그로서는 날벼락 같은 나날의 연속이었다.

분명히 그동안 그가 봐 왔던 왕, 아버지는 늘 하고 싶은 대로 하고 다녔던 기억밖엔 없었건만.

놀러 가고 싶으면 놀러 가고, 싸우고 싶으면 싸우고…… 그러면서도 아무도 제지하지 않는 한량 생활의 끝판왕.

'색시가 많은 건 덤이고. 하렘! 이것이야말로 모든 남자들의 로망 아니냐고!'

판트가 왕의 자리를 탐냈던 것도 바로 이런 이유들 때문이었다.

어머니 영매와 여동생 에도라의 잔소리로부터 탈피하기 위해서.

그런데 정작 왕좌에 앉고 보니, 생각했던 것과는 정반대였다.

하루 일과가 딱딱 자로 잰 듯이 모두 정해져 있었던 것이다.

늦잠 따윈 허락되지 않는다. 새벽 5시에 기상해서 죽 한 사발 정도로 식사를 간단히 하고, 6시에 장로 및 주요 간부들과 조회(朝會)를 가지며 갖가지 보고를 듣고, 끝난 뒤에는 조강(朝講)이라고 해서 선왕들의 무공 이론을 탐독하여 연구해야만 한다.

정오부터는 주요 현안을 검토하고, 오후 3시부터는 본격적으로 탑 곳곳에서 빗발치는 서류 등을 검토해야만 한다.

이것을 끝내고 나면 보통 밤 8시는 되어 이때야 비로소 겨우 저녁 식사를 들 수 있고…… 11시가 되면 바로 취침하거나, 시간을 쪼개어 무공 수련을 해야 한다.

취침 시간과 기상 시간이 일일이 정해져 있었다. 식사는 매번 영양분을 골고루 섭취해야 한다면서 녹색 채소만 줄줄이 나오는 판국이니. 이따금 단백질 섭취를 위해 주어지는 고기는 퍽퍽한 닭가슴살이나, 소의 우둔살이 전부였다.

어딘가에 얽매이는 것을 죽어도 싫어하는 판트로서는 미치고 환장할 시간표였다.

이대로 있다간 없던 공황 장애라도 생길 판국이라, 때로는 시위를 해 보기도 했지만.

―그럼 일러바치겠습니다.
―뭘?
―대장로님께요.
―……젠장!

스승님에게 몰아서 일러바친다는 말이 돌아오니 욕지거리밖에 나오질 않았다.

대장로는 언제나 사고만 치고 다니던 무왕에게 실컷 데인 나머지, 이번 대 왕은 단단히 잡고자 했다.

그렇다 보니 판트로서는 늘 쥐여살 수밖에 없었다. 대장로에게 반항할 생각은 감히 하지도 못하는 중이었다. 아직 혈뢰를 극성으로 깨우치지 못했는데 덤비길 어딜 덤빈단 말인가.

아니, 보통 왕이 명령을 내리고 길잡이 역할만 해 주면, 이런 자질구레한 것들은 아랫사람들이 도맡아 처리해야 하는 거 아니야?

하지만 나중에 아버지도 겉보기에만 한량 같았을 뿐, 실제로는 성실한 축에 속했다는 것을 알고 난 뒤로는 저항을 거의 포기하다시피 하고 있었다—사실은 영매가 옆에서 매번 잔소리를 해서 생긴 결과였지만.

그나마 이 짜증 나는 스트레스를 풀 데라고는 간간이 덤비는 경쟁자들을 때려눕히는 것이었는데. 요즘은 다들 그의 실력과 권위를 그럭저럭 인정하는 편이라 더 이상 경쟁자도 나타나질 않았다.

하!

판트는 땅이 꺼져라 한숨을 내쉬면서, 꼭대기에 있던 서류를 가장 먼저 뽑아 읽기 시작했다.

매번 이 지겨운 자리를 때려치운다고 징징거려도, 정말 그만뒀다간 이제야 겨우 수습되어 가는 일족의 질서가 다시 어지러워질 걸 알기 때문에 그러지도 못하는 중이었다.

그러던 그때.

초점 풀린 판트의 눈에 이채가 살짝 스치더니.

팟!

판트의 신형이 아래로 움푹 꺼졌다. 갈 곳을 잃은 서류가 나풀나풀 바닥에 떨어지고, 판트는 어느새 자신의 뒤편에 다가와 있던 괴한의 후방을 점하면서 주먹을 휘두르고 있었다.

파지직, 콰르르릉—

지난 2년 동안 단련해 이제는 8성에 다다른 혈뢰가 거친 천둥을 일으키면서 튀었다. 그 기세 그대로 단숨에 괴한을 휩쓸려는데.

스걱—

무언가가 어긋나는 소리와 함께 혈뢰가 갑자기 툭 하고 꺼졌다. 그리고 날카로운 칼바람이 판트의 목덜미를 스치고 지나갔다.

주르륵!

"……!"

판트의 동작이 뚝 멈췄다. 살짝 갈라진 목의 상처를 따라 흐르는 핏물도 핏물이었지만, 어느새 자신 쪽으로 돌아보면서 여유롭게 웃고 있는 괴한의 얼굴을 보았기 때문이었다.

"제법이군. 발걸음도 빨라지고. 뇌(雷)의 성질을 경신술에도 접목할 수 있게 된 거냐?"

"형님!"

판트는 '으하하!' 크게 웃음을 터뜨렸다. 그 소리가 방금 전 혈뢰가 터졌을 때보다 훨씬 더 컸다.

"이제야 나오신 거유?"

"그래."

"너무 안 나와서 조만간 수련동을 깨부수고 들어가 봐야 하는 게 아닌가 싶었었는데! 으하하! 이제야 돌아오시다니. 근데."

판트는 반가운 마음에 껄껄 웃음을 터뜨리다, 순간 연우를 빠르게 위아래로 훑었다.

"별반 달라진 건 없는 것 같수? 조금 음울해진 게 전분데?"

폐관 수련을 하고 나오면 막 엄청 달라져 있다거나 그래야 하는 거 아닌가? 하물며 이렇게 나왔다는 건 〈음검〉을 깨우쳤다는 뜻이 테고.

판트는 그런 궁금증 가득한 얼굴로 고개를 갸웃거렸고.

"그래도 너 하나 때릴 정도는 되지."

연우는 가볍게 피식 웃었다.

애당초 그는 탈각과 초월을 하지 않는 한, 성장을 이룰 수 없던 차였다.

그런데도 이렇게 많은 시간을 들였던 건, 전부 체질을 바꾸기 위해서였던 것이고.

이제는 수치도 제대로 표기되지 않는 스테이터스 창에도 '속성'란은 딱 한 글자만 적혀 있었다.

음(陰).

"흐! 그렇게 자신만만하게 단언하지 않는 게 좋을 거요."

판트는 연우의 대답이 맘에 들지 않았는지, 자신만만하게 소리쳤다. 2년 동안 달라진 건, 연우만이 아니었으니까.

"그래?"

"그렇지. 혹시 아오? 이제는 이 몸이 드디어 '형'이 될 차례일지도!"

그 순간.

팟!

연우가 재빨리 움직이면서 손에 쥐고 있던 비그리드를 휘둘렀고.

까아앙!

판트는 어느새 손날에 맺은 벽천인(劈天刃)으로 비그리드를 가볍게 튕겨 내고 있었다.

예전이라면 절대 막지 못했을 한 수였지만, 지금은 아주 간단했다.

"하하! 말하지 않았수! 이전처럼 호락호락한 내가 아닐······!"

판트는 자신만만하게 내뱉던 말을 도중에 끊어야만 했다. 어느새 눈 깜짝할 새에 새로운 주먹이 눈가로 날아들고 있었으니까.

빠아악!

*　　　*　　　*

아르티야의 일통 이후, 이대로 탑이 붕괴되는 게 아닌가 싶을 정도로 들썩이던 여론도 어느새 잠잠해 있었다.

사람은 누구나 적응의 생물이라, 어느새 아르티야의 질서에 순응하고 거기에 맞춰서 지냈던 것이다.

물론, 워낙에 많은 반골이 모인 곳이다 보니, 곳곳에서 아르티야를 타도하기 위한 움직임도 있긴 했지만, 정작 어느 누구도 그들을 뛰어넘는 기적을 이뤄 내지는 못했다.

그렇게 시간만 흐르던 중 언제부턴가 랭커들 사이로 이상한 소문이 돌았다.

─그동안 멈춰 있던 61층부터의 클리어 랭킹이 바뀌기 시작했다!

각 층계에 기록된 클리어 랭킹은 어디서나 관찰이 가능하다. 그리고 60층까지는 1위를 차지하고 있는 이름이 대부분 똑같았다.

###. 비공개 처리가 되어 있었던 것이다.

물론, 그것이 아르티야의 수장인 영왕이란 사실을 모르는 사람은 아무도 없었다. 그저 왜 아직까지도 공개 처리를 하지 않는지를 두고 여러 의문이 나돌기만 할 뿐.

그래도 61층부터는 전혀 없던 랭킹이 새롭게 갱신되었다.

그동안 잠잠하기만 하던 ###가 나타난 것이다.

당연하게도 ###는 1위를 차지했고, 2위와의 점수 차도 도저히 따라잡을 엄두가 나지 않을 만큼 컸다.

하지만 정작 사람들을 놀라게 한 건 그게 아니었다.

61층부터 76층까지, 16개 층계의 기록을 갈아 치우는 속도.

그것이 불과 1시간도 걸리지 않았던 것이다.

＊　　　＊　　　＊

[이곳은 76층, 십야(十夜)의 관입니다.]

십야.

열 개의 밤이 존재한다는 독특한 이름을 가진 층계답게, 스테이지는 온통 어둠에 젖어 있었다.

그저 하늘에 매달린 달과 총총 박힌 무수히 많은 별 무리가 지상을 비출 뿐.

다만, 달은 여태껏 연우가 지구나 여러 층계에서 보던 것과는 모양새가 아주 많이 달랐다.

아주 컸다.

정말 위성이 맞나 싶을 정도로.

둥근 원형이 전부 보이지 않고, 3할쯤 되는 부분만 지평선에 걸쳐진 형태로 보였던 것이다.

곰보처럼 얼룩덜룩한 표면도 너무 선명하게 잘 보였다. 우주로 나가는 기술만 제대로 구현된다면 곧장 저쪽으로 넘어갈 수 있을 듯 보일 정도였으니.

'저래서는 중력 차가 커서 일반 생명체가 살기 어렵지 않나?'

연우는 문득 그런 생각이 들었지만, 이내 어차피 온갖 이적과 마법이 빚어지는 세계에서 무엇이 불가능하겠냐는 생각으로 잡념을 지워 냈다.

대신에 별 무리 사이로 유유히 날고 있던 부유성 라퓨타를 찾고 눈을 빛냈다.

위성의 크기에 비하면 반딧불이처럼 너무 작지만, 스테이지에 끼치는 영향력은 그보다 훨씬 큰 곳.

사라진 화이트 드래곤을 대신해 76층을 독차지한 아르티야의 본거지였다.

연우는 하늘 날개를 접으면서 그 위로 조용히 내려앉았다.

마당에는 이미 연우가 온다는 소식을 들었던 도일이 기다리고 있었다.

"오랜만이야, 형."

"잘 지냈나?"

"나야 늘 똑같지."

도일은 이제 소년티를 거의 벗어던지고, 제법 의젓한 모습을 하고 있었다. 이목구비도 또렷해지고, 키도 제법 큰 것 같았다.

'이제는 칸보다 크겠는데?'

칸이 들었다면 화를 냈겠지만.

"시의 바다는?"

"역시 그 정보부터 찾네."

"그놈들부터 어떻게든 치워야만 하니까."

연우의 두 눈이 흉흉하게 빛났다.

무왕은 올포원을 넘어서라는 유언을 남겼다. 그리고 연우는 당연히 그것을 지킬 생각이었다. 하지만 지금은 아니었다. 시의 바다부터 쳐야만 했다.

무왕을 직접적으로 해하고, 영매로부터 '눈'을 가져간 놈들이 아닌가. 그 꿍꿍이부터 파헤쳐 처치해 둬야만 했다.

거기다 전 우주에 걸쳐 아다만틴 노바를 싹 쓸어 간다는 정황부터, 주신들의 실종이며, 마해와의 결탁까지.

'거기다 탈각과 초월이 그렇게 빈번하게 벌어졌는데도 불구하고, 올포원이 움직이지 않았던 것도. 시의 바다가 어떤 견제를 했었던 게 분명하다.'

아니, 그런 걸 다 떠나서라도.

무왕을 그렇게 만든 놈들을 용서할 수 있을 리가 만무했다.

'브라함의 행방은 여전히 오리무중이고…… 브라함을 찾으러 갔다던 정우나 대장로도 언제부턴가 연락이 끊겼다고 하고.'

브라함이 여전히 살아 있는 건 분명했다. 연결 고리가 끊어지지는 않았으니까. 다만 저쪽에서 접촉을 차단하고 있어서 무슨 일이 있는지를 알 수 없을 뿐. 그래도 이따금 느껴지는 걸 봐서는 억류되어 있거나, 약화가 된 건 아닌 게 분명했다.

연우는 브라함 등이 시의 바다를 쫓아 히든 스테이지같이 외부와 철저히 유리된 곳으로 간 게 아닐까 하는 추측을 하고 있었다.

그리고 다행히 연우와 아르티야도 잠자코 있기만 했던 건 아니었다.

"일전에 형이 지시했던 거, 어느 정도 결과를 봤어."

그동안 판트와 칸은 연우의 지시에 따라 2인자의 자리를 두고 다투는 것처럼 외부에 비쳤던 상태.

"판트 형은 그동안 외뿔부족 쪽에 집중하느라 부유성을 비우고 있어서 칸 형이 움직이기가 편했어. 그쪽으로 끄나풀들이 제법 많이 붙었거든."

연우는 도일이 간략하게 정리한 보고를 건네받았다. 그는 빠르게 내용을 훑고, 눈을 가늘게 좁혔다.

판트에게서도 그동안 차정우와 대장로가 보낸 서찰들을 받아 외워 두었던 상태.

여러 정보들이 머릿속으로 빠르게 조합되었다가 사라졌다.

"꽤나 많은 인사들이 연루되어 있군."

"아마 그놈들 중에는 자신들이 엮여 있는지 모르는 치들도 많을걸?"

"조만간에 다 정리해."

"그렇게 할 참이야. 그리고 그동안 칸 형이 저쪽과 많이 친해져서 마침 그쪽에 집회가 있다는 말에 움직이고 있는 중이야."

시의 바다는 어디에나 존재한다. 칸은 그동안 그곳으로 합류를 한 척 굴었던 상태였고, 때마침 과실을 따려던 참이었던 모양이었다.

연우의 눈이 빛났다.

"어디냐, 거기가?"

*   *   *

[이곳은 66층, '세기말 도시의 관'입니다.]

'여기가 맞나?'

연우는 순간적으로 확 닥쳐오는 황량한 바람에 목깃을 세워 입가를 가렸다.

'여기는 뭔가를 꾸미기에 그다지 적합하지는 않을 텐데?'

연우로서는 빠르게 공략하기에 바빠 제대로 스테이지를 관찰할 기회가 없었다고는 하지만.

그래도 동생이 남긴 일기장을 통해 각 층계의 특색은 정확하게 기억하고 있었다.

그리고 그의 기억 속에 66층은 별다른 특징을 찾기가 어려운 스테이지였다.

세기말 도시.

이곳은 이름처럼 종말을 맞은 도시의 음울한 분위기를 물씬 풍겼다.

마천루를 이루었을 회색 콘크리트 건물은 대부분 붕괴되거나, 녹색 넝쿨 따위로 감싸져 을씨년스러운 분위기를 풍겼고.

원래는 잘 닦여 있었을 아스팔트 도로는 관리가 되질 않아 대부분 갈라져 그 틈 사이로 꽃이나 잡초 따위가 자라고 있었다.

사고 난 차량들이 아무렇게나 뒹굴고, 녹슨 표지판 근처엔 터진 고무 타이어나 쓰레기 따위가 놓여 있었다.

원래는 지하철역이었던 곳으로 짐작되는 지하 통로는 온통 어둠에 젖어 이따금 쥐나 두더지 따위를 토해 내는 중이었다.

'갖가지 핵전쟁으로 완전히 붕괴되고만 문명의 잔해…… 아마 그런 설정이었지?'

연우로서는 좀비 따위가 나오는 아포칼립스류 영화에서 자주 보던 장소라 크게 낯설지 않았다.

아니, 그렇게 멀리 갈 것도 없이, 내전이 빈번하게 벌어지는 아프리카나 중동에 가면 볼 수 있는 곳이긴 했다.

다만, 이곳은 그보다 더 극악한 환경이기는 했다.

버림받은 도시이다 보니 사람 따위 찾아보기도 힘들며, 방사능이나 생체 가스 같은 것들이 남아 생존에 치명적인 영향을 끼치기 때문이었다.

물론, 무채독을 지닌 연우에게는 별다른 피해도 주지 못했지만.

여하튼.

무언가를 획책하기에는 그다지 좋지 않은 장소인 건 확실했다.

'하지만 반대로 뒤집으면, 외부의 눈을 피해 비밀 결사 집회를 가지기엔 적합한…… 그런 장소란 뜻이기도 하겠지.'

연우는 눈을 가늘게 좁혔다.

'정우와 아난타도 여기에 온다는 말을 남기고 연락이 끊겼다고 했었지?'

연우는 판트로부터 66층에 대한 단서를 받은 상태였고, 도일에게서도 정보를 받으면 같이 취합해서 결과를 도출해 낼 생각이었다.

하지만 브라함이 먼저 사라지고, 정우 등이 그 뒤를 쫓아 종적이 끊어졌으며, 이제는 칸이 집회를 위해 움직이는 곳이 모두 동일하다는 사실을 알았을 때에는 더 이상 가만히 있을 이유가 없었다.

이곳에 뭔가 있다.

연우는 그렇게 확신했다.

그리고 현재.

그는 타인이 자신을 알아볼 수 없게 변장을 마친 상태였다.

검은 코트 대신에 집회를 위해 붉은 피풍의(避風衣, 모래바람을 막기 위한 망토)를, 머리는 하얀색으로 염색하고, 얼굴에는 나무를 깎아 만든 가면을 썼다.

비그리드도 아공간에 던져 두고, 등에는 길고 짧은 두 자루의 창을 걸어 두었으니 겉보기로 '영왕'을 알아보기란 힘들 테지.

기세도 잘 갈무리했으니, 아홉 왕쯤 되는 작자가 아니면 그를 측정해 낼 수도 없을 터였다.

연우는 칸이 움직였다는 곳으로 향했다.

인근에서 얼마 떨어지지 않은 지하철역.

탑의 시스템으로도 읽을 수 없는 글자가 적힌 간판은 금방이라도 떨어질 듯이 위태롭게 달려 있었다. 역사(驛舍)로

통하는 지하 계단은 빛 한 점 들지 않았지만, 연우는 대수롭지 않게 안쪽으로 걸음을 옮겼다.

어차피 빛에 구애를 받는 경지는 뛰어넘은 지 오래였으니, 한참 아래로 내려가다가 벽을 따라 플랫폼까지 도착할 수 있었다.

너무 어두컴컴하고 조용해서 실수로라도 찾지 않을 것 같은 장소.

이따금 히든 피스를 찾아 스테이지를 구석구석까지 배회한다는 플레이어들이 있다지만, 그들도 그냥 지나칠 게 분명한 장소였다.

그런데도 연우는 별다른 동요 없이 개찰구를 지나 승강장까지 도착했다. 아래쪽 선로 쪽에 녹이 잔뜩 슨 철길이 보였다. 저 위로 무엇이 지날까 싶었지만.

부아앙!

30분가량을 넘게 기다렸을 때 즈음, 저 멀리서 소름 끼치는 쇳소리와 함께 무언가가 선로를 따라 승강장 쪽으로 달려왔다.

『지금 역사 안쪽으로 외선 순환행 열차가 들어오고 있습니다. 안전선 바깥으로 한 걸음 이상 물러나 주시길 바랍니다.』

노이즈가 잔뜩 낀 안내 방송이 흘러나왔다. 전기나 마력

장치가 전혀 없어 보이는 곳에서 움직이는 열차. 당연히 평범할 리가 없었다.

연우는 승강장에 멈춘 열차에 올라탔고, 열차는 곧 문이 닫히면서 다시 달리기 시작했다.

'일단은 아무도 없나?'

연우가 눈을 가늘게 좁히면서 열차 안쪽을 조용히 거닐었다. 동생도 일기장에서 발견하지 못한 히든 피스를 찾아낸 셈이었지만, 그렇기에 아무 정보도 없어 바짝 경계할 수밖에 없었다.

열차는 그 뒤로도 역사가 나타날 때면 정지하고, 문을 열며, 몇 초가 지난 뒤에는 다시 문을 닫고 출발했다. 그러는 내내 아무도 타질 않았다. 누구 하나라도 올라타면 그 뒤를 밟으면 될 텐데. 연우는 아쉬운 마음에 가볍게 혀를 찼다.

연우가 내린 곳은 그가 있던 곳에서부터 20개 정도 떨어진 역이었다.

그곳은 여태 보았던 다른 역사들과는 달랐다.

세기말과 어울리지 않게 갖가지 전광판이 가득해 환하게 안쪽을 비추고 있었다. 플랫폼 바깥으로 향하는 계단에는 이곳으로 움직이라는 듯 화살표 모양의 전광판이 달려 있었다.

"이름."

그때, 연우 옆으로 로브를 푹 뒤집어쓴 플레이어가 다가왔다. 어둠에 가려져 남자인지 여자인지 알아보기 힘든 모습.

연우는 상대가 랭커 급의 인사라는 사실을 단번에 알아차릴 수 있었다. 어중이떠중이가 흘러오면 바로 제거해 버리는 임무를 맡은 문지기인 모양이었다.

"아벨."

"그런 이름은 못 들었는데?"

"병신 같은 소리를 잘도 하는군."

연우는 가볍게 콧방귀를 뀌면서 왼쪽 소매를 걷어붙였다.

순간, 천장에서부터 내려온 빛에 부딪혀 왼쪽 팔뚝이 환하게 빛났다. 기괴한 형태를 자랑하는 문신이 형광을 뿌리며 나타났다.

시(詩).

저들이 소속원을 알아보기 위해 찍는다는 인장(印章).

"제 본명을 밝히고 다니는 형제도 있나? 그딴 머저리가 있다면 이쪽에서 먼저 손절을 해 버릴 생각인데."

연우는 출발하기 직전, 도일이 이미 파악해 뒀던 첩자 한 명을 급습했었다.

아무리 자기 신념이 확고한 작자라 할지라도, 연옥로의

불길을 이용한 고문에는 당해 낼 수가 없는바. 녀석을 통해 '시'를 진즉에 왼쪽 팔뚝에 새겨 두었던 것이다.

'시'는 카피를 방지하기 위해 소속원에 따라 다른 모양을 자랑한다. 그래도 공통적인 특징도 있기 때문에 서로를 알아보기가 쉬웠다.

이것이라면 어렵지 않게 통과할 수 있겠지.

하지만.

"종말은."

'이런. 암구어가 있었나?'

집회에 이런 게 있다는 말을 듣지 못한 연우로서는 잠시 말이 없을 수밖에 없었고.

팟!

순간, 문지기가 움직였다. 팔찌 형태로 손목에 감겨 있던 채찍을 휘두르려던 것이지만.

그보다 먼저 녀석의 그림자가 위로 길쭉하게 치솟으면서 녀석을 완전히 집어삼켰다.

[음령술(陰靈術) ― 영기(影氣)]

음령을 이루면서 음의 속성을 띠는 것들은 모두 연우의 의지에 종속되게 되었으니.

그중 하나가 바로 그림자라, 이제는 자신의 그림자만이 아니라 타인의 그림자도 제어할 수 있게 되었다. 물론, 그보다 약한 존재들에 한정된 것이긴 하지만. 그래도 그림자를 제어할 수 있다는 것은 그것과 연결된 본체도 어느 정도 구속하고 통제하는 것이 가능하다는 뜻이었다.

하물며 필멸자들의 그림자 따위야, 그의 손바닥 위에 있는 것이나 마찬가지였다.

그리고 다시 그림자가 완전히 씻겼을 때.

로브 사이로 드러난 녀석의 눈은 흐리멍덩하게 변해 있었다. 그사이 망량이 체내에 다량으로 주입되면서 영혼이 동면 상태에 빠진 것이다. 이제 녀석은 연우의 망석중이 인형이나 다를 게 없었다.

'귀찮게. 처음부터 이럴 걸 그랬나?'

마음 같아서는 이대로 계속 세워 두고 싶지만, 그래서는 다른 자들에게 들키기 쉬웠다.

가벼운 암시 정도면 되겠지. 연우가 손을 가볍게 튕겼다.

그러자 녀석의 동공이 다시 초점을 되찾으면서 한 걸음 뒤로 주춤 물러섰다.

"형제여, 어서 오시오. 의심한 것을 사과드리겠소."

암구어를 댔을 뿐만 아니라, 연우의 신분이 높다는 암시를 무의식에다 깊숙하게 밀어 넣은 것이다.

연우는 소맷자락을 아래로 내리면서 고개를 가로저었다.

"아니요. 요즘 들어 세상이 워낙에 어수선하다 보니, 여러 이단자들이 '그분'의 말씀을 어지럽히려 든다는 것을 잘 알고 있소이다. 그럴 때일수록 같은 형제와 자매라 하여도, 경계에 경계를 기울이는 것은 당연할 것이오."

"이해해 주어서 감사하오."

"위쪽에 형제들은 꽤 모였소?"

"생각보다 많은 형제분들이 부름에 응답을 하신 듯하오."

"아무래도 간만에 있는 집회이다 보니 그렇겠지. 하면 어디로 가면 되오?"

"계단을 따라 6번으로 나가시오."

"66층의 6번 출구라. 꽤나 그럴듯하군. 수고하시오."

연우는 목례를 한 뒤, 문지기가 가리킨 방향으로 움직였다.

문지기는 그런 연우를 물끄러미 보았다. 두통이 있어서 갑자기 왜 이러나 싶은 마음이 들었지만, 곧 다음 열차가 들어온다는 안내 방송에 고민을 거두고 다시 본래 자리로 돌아갔다.

＊　　　＊　　　＊

'경계가 삼엄하군.'

연우는 눈을 가늘게 좁히면서 가볍게 혀를 찼다.

역사를 벗어나기까지, 수시로 검문을 해 오는 통에 문지기들을 일일이 상대하느라 짜증이 났던 것이다.

거기다 도처에 숨어 있는 것들은 왜 이리도 많은 건지. 위로 올라올수록 함부로 그림자와 망령을 쓰기에도 힘들 것 같았다.

'사람도 제법 많고.'

역사 위쪽에 마련된 광장에는 제법 많은 인파가 몰려 있었다.

어림잡아 봐도 이백여 명.

이곳이 랭커 급 인사들만 출입할 수 있는 66층인 것을 감안한다면, 말도 안 되는 숫자인 게 분명했다.

'시의 바다 소속원이 이렇게나 많았었나?'

진짜 소속원들만 있는 건지, 아니면 그들에게 코가 꿰인 이들까지 모인 건지는 알 수 없지만.

이건 분명히 그간 세간에 알려진 것보다 시의 바다가 가진 저력이 대단함을 말해 주는 증거였다.

'이 집회는 그저 하부 조직 중 한 곳이 진행하는 것에 지

나지 않을 테니까.'

원래 계획대로라면 이곳에 올라오자마자, 단숨에 집회장을 덮쳐서 놈들의 영혼을 소울 컬렉션에다 욱여넣고 단체로 고문을 해 브라함 등의 행방을 찾을 생각이었지만.

'조금만 더 지켜볼까.'

연우는 조금만 더 상황을 살펴봐야겠다는 생각이 들었다. 아직 간부진도 나오지 않은 듯한 데다가, 본격적으로 집회가 시작되면 다른 무언가가 있을지도 몰랐으니까.

집회는 아주 엄숙했다. 사람들은 하나같이 가면을 써서 정체를 숨기고 있었고, 말도 최대한 나누지 않았다. 그저 중앙 단상을 중심으로 모인 채, 주최자가 나타나기만을 기다리는 모양새였다.

그리고 그 속에서 연우는 칸으로 짐작되는 자를 찾을 수 있었다.

가면과 로브를 뒤집어쓰고 있다지만, 특유의 기질을 완전히 바꿀 수는 없었으니까.

그는 정체를 알 수 없는 무리들에 뒤섞여 조용히 무언가 논의 나누고 있었다.

아마도 그동안 칸을 회유하고, 결국 집회로 끌어들인 장본인들이겠지. 칸도 시의 바다와 끈을 만들기 위해 꽤나 많은 노력을 기울였다고 들었다.

그러다 순간 칸이 어떤 시선을 느꼈는지, 이쪽으로 고개를 돌리다가 연우와 눈이 마주쳤다.

연우도 칸을 단숨에 알아봤듯이, 칸도 순간 연우를 알아본 눈치였다.

『눈 돌려.』

하지만 연우의 재빠른 메시지에 칸은 시선을 다른 곳으로 돌리면서 딴청을 피웠다.

옆에 있던 이가 고개를 갸웃거렸다.

"음? 아는 얼굴이라도 있소?"

"하하. 그럴 리가. 그럼 큰일 아닙니까? 잠시 오늘 저녁은 여러분과 무엇을 먹을까 갑자기 고민이 들던 차였습니다."

"허허. 사람도 참. 칸은 이런 면이 참 신기하오."

연우는 별 대수롭지 않게 넘기는 칸을 보면서 가볍게 피식 웃었다.

그리고 다른 집회 참가자들을 보면서 몇 번이고 고민했다.

이들을 언제 치는 게 좋을까.

그의 그림자는 이미 지하로 흐르면서 녀석들의 그림자와 맞닿아 있는 지 오래였다.

신호만 주어진다면 언제든지 저들의 그림자가 제 주인을 잡아먹을 터였다.

굶주린 짐승처럼.

*　　　*　　　*

'덮치자.'

연우는 집회를 가만히 살펴보면서 그렇게 결론을 내렸다.

중앙 단상에 간부진으로 보이는 이들이 올라오고, 이런저런 소리를 떠들기 시작했을 때까지만 해도 무언가 있지 않을까 하고 기대를 했었다.

비밀과 보안을 중요시하는 녀석들이 위험을 무릅쓰고 집회를 가진 데엔 그만한 이유가 있을 테니까.

하지만 아무래도 그의 예상은 보기 좋게 어긋난 모양이었다.

단상 위에서 무언가 있는 것처럼 거창하게 떠들어 댄다지만, 귀담아들을 거라고는 하나도 없는 개소리에 불과했다.

종말이 어쩌니, 개벽이 어쩌니, 시가 실현된다느니 하는 별 영양가 없는 소리만 흘러나올 뿐. 앞으로의 계획 같은 건 찾아볼 수 없었다. 무슨 사이비 교단의 집회처럼 보일 지경이었다.

브라함의 소식이 끊어진 장소여서 끝까지 들어 주려 했지만.

아무래도 그냥 모조리 잡아다가 주리를 트는 게 훨씬 이득일 듯싶었다.

어차피 집회에 참여할 놈들도 전부 참여한 듯싶었으니까.

그래서 각각의 그림자 속에 미리 넣어 둔 망령들을 건드렸다.

[망령의 벽]

놈들의 발치에 잡힌 그림자들이 아지랑이처럼 출렁이던 그 순간.

텁!

갑자기 뒤쪽에서 연우의 어깨를 짚는 손길이 있었다. 뭔가 싶어서 고개를 돌리려는데.

『잠자코 기다려!』

다급한 어조로 가득 찬 어기전성이 연우의 귓가에 꽂혔다.

이런 곳에서 만나게 될 거라고 생각하지 못했던 목소리.

레온하르트였다.

"너……!"

연우는 전혀 생각지도 못한 만남이라 자신도 모르게 육성으로 그를 부를 뻔했지만, 곧 주변에 보는 눈이 많다는 사실을 깨닫고 어기전성으로 돌렸다.

『네가 어째서 여기에 있는 거지?』

『그건 내가 묻고 싶은 말이다. 네가 왜 여기에 있는 거야?』

레온하르트의 목소리는 어딘지 모르게 당황스러움과 함께 조급함이 가득 묻어났다.

연우는 그제야 일기장에서 오래전에 보았던 말을 떠올릴 수 있었다.

레온하르트는 나에게 실망한 이후, 시의 바다로 자리를 옮겼다.

물론, 연우가 이 사실을 완전히 잊고 있었던 것은 아니었다.

다만, 무의식중에 방어기제로 떠올리려 하지 않았다는 말이 옳았다.

여러모로 레온하르트는 그에게 애증의 대상이었으니까.

그가 발데비히처럼 동생에 대한 의리를 끝까지 지키려다

가 결국 지쳐 나가떨어졌다는 사실은 알고 있었다. 그리고 그 뒤로 결국 동생에 대한 복수를 위해 시의 바다마저도 나와 환상연대를 만들었다는 사실까지도.

다만, 동생의 마지막을 지켜 주지 못했다는 생각에 연우는 그를 용서할 수 없었고, 그래서 그동안 그의 손을 뿌리쳐 왔다.

애당초 떠올릴 생각도 않았던 것이다.

하지만 이렇게 시의 바다의 비밀 집회에서 '우연히' 만나게 된다면 이야기는 전혀 달라진다.

녀석은 아직 시의 바다와의 관계를 끊지 않고 있었던 건가?

그렇다면.

'적으로 간주해야겠지.'

여기서 내버려 둘 수 없었다.

화아악!

연우의 그림자 중 일부가 지면을 따라 촉수처럼 길게 쭉 뻗쳐 나오면서 레온하르트의 그림자를 깊숙하게 찔렀다.

"흡!"

순간, 레온하르트는 저도 모르게 헛바람을 들이켰다. 육신, 아니, 그것을 넘어 보이지 않는 무언가가 영혼을 관통한 듯한 통증 때문이었다.

실제로 연우가 각성한 음령술은 그림자를 기반으로 둔다. 정확하게는 그림자라는 물리적 공간을 빌려, 이데아에 새겨진 상대의 관념적 공간을 강제로 침범하는 것이다. '존재'를 직통으로 연결하는 것이라고 보면 되었다.

'나'라는 존재를 담고 있는 작은 세계, 즉, 소우주(小宇宙)를 확장시켜 상대는 물론, 자연 공간과 그 너머에 있는 이데아에까지 강제로 각인(刻印)시키는 것.

그것이 연우가 터득한 〈음검(陰劍)〉이며, 새로운 권능일지니.

여기에 노출된 존재는 연우를 능가하는 격을 지니거나, 혹은 맞대응할 수 있는 기술과 재주를 가지고 있는 것이 아니라면 절대 피할 수 없었다.

그리고 레온하르트 역시 새로운 아홉 왕으로 불릴 정도로 뛰어난 하이 랭커.

조금만 더 영력을 갈고닦는다면 초월은 불가능할지라도, 탈각은 충분히 노려 볼 만한 실력을 지니고 있었다.

그러니 금세 자신의 영혼을 사로잡은 '보이지 않는 손'을 감지하지 못할 리가 만무했다.

그는 연우에게 전혀 생각지도 못한 재주가 있다는 사실에 적잖게 당황한 눈치였다.

"무슨 일인가?"

그러다 옆에 있던 동료가 무언가 수상쩍다 여겼는지, 의심에 젖은 얼굴로 레온하르트를 불렀다.

워낙에 은밀하게 이뤄진 집회이다 보니, 조금만 수상쩍은 행동이 벌어져도 경계를 할 수밖에 없었다. 그는 여차하면 바로 검을 뽑을 생각으로 허리춤에 손을 가져가고 있었다.

하지만 녀석은 그 이상 다른 반응을 보이지 못했다.

어느새 연우의 그림자에서 삐져나온 다른 그림자 가지가 녀석의 그림자를 관통해 버렸기 때문이었다.

녀석의 육체가 나무토막처럼 뻣뻣하게 굳었다. 숨소리가 옅어지고, 두 동공에서는 초점이 사라지고 없었다. 다만, 겉보기엔 별 차이가 없는 데다가, 아주 은밀하게 이뤄져서 누구도 눈치를 채지 못하고 있었다.

그뿐만이 아니었다.

화아악!

연우의 그림자에서 삐져나온 검은 가지는 그 자리에 있던 모든 플레이어들의 그림자를 관통하고 말았으니.

"종말이 곧 닥쳐 '그분'이 오실……!"

단상 위에서 한창 신나게 떠들어 대고 있던 자도 도중에 딱딱하게 굳고 말았다.

마치 이 공간에 흐르던 시간이 아예 멈춘 것처럼, 집회에 참여하고 있는 모든 이들이 정지하고 말았다.

['죽음의 태엽'이 작동합니다!]
[영역에 노출된 모든 이들의 기능이 정지합니다.]

"허!"

레온하르트는 전혀 생각지도 못한 광경에 저도 모르게 감탄을 터뜨렸다. 그로서는 이렇게 플레이어를 장난감처럼 갖고 노는 연우의 재주가 신기하기만 했던 것이다.

그동안 화이트 드래곤을 어렵지 않게 무너뜨리고, 탑을 완전히 장악했다는 건 알고 있었지만…… 2년 만에 나타나서는 도저히 말도 안 되는 모습만을 보이고 있으니 충격을 받을 수밖에.

검략가라고 불리면서 탑 내의 갖가지 지식을 머릿속에 담고 있는 그로서도, 그 메커니즘을 도저히 추론할 수가 없었다.

그만큼 연우가 터득한 음검은 기존의 상식을 완전히 뒤집는 신비한 기예였고.

이를 바탕으로 터득한 음령은 시스템과는 전혀 다른 체재로 운영되고 있었다.

의념 통천.

진정한 의미의 그만의 '신화'가 작동하고 있는 셈이었다.

"우선 네가 왜 이곳에 있는지부터 묻도록 하지."

연우는 그런 레온하르트의 충격을 무시한 채, 팔짱을 끼면서 차가운 어투로 물었다.

레온하르트는 그제야 화들짝 정신을 차리면서 천천히 얼굴을 덮고 있던 후드를 벗었다.

그 순간, 이번에는 연우의 두 눈이 크게 떠지고 말았다.

레온하르트의 얼굴이…… 화상으로 흉측하게 망가져 있었다.

*　　　*　　　*

"……"

칸은 말없이 팔짱을 낀 채로 연우와 레온하르트를 번갈아 보았다.

저들 사이에 무슨 일이 있었는지는 몰라도, 이 일에 자신이 끼어들 곳이 없다는 것쯤은 알고 있었다.

『……이런 모습으로 말을 하기가 너무 어려워서. 어기전성으로 말을 하더라도 이해해 줬으면 좋겠는데.』

연우가 감지한 레온하르트는 모든 게 망가져 있었다.

얼굴은 아예 뭉개져 있었다. 피부는 화상으로 이리저리 문드러지고, 코는 짓눌려 입과 연결되어 있다시피 했다.

한쪽 눈은 실명했는지 초점이 잡히질 않았으며, 다른 쪽 눈마저도 눈꺼풀이 망가져 제대로 감지 못하는 상황이었다.

성대도 망가졌는지 숨을 쉴 때마다 철판을 손톱으로 긁는 듯한 소름 끼치는 소리가 났다. 억지로 말을 하기도 어려워 보였다.

거기다 로브로 가려져 있어서 여태 몰랐지만, 손발도 형구(形具)로 속박되어 있었다.

누가 봐도 죄수가 따로 없었다.

대체 그동안 무슨 일이 있었던 건지. 2년 전에 봤을 때는 전혀 이런 모습이 아니었을 텐데.

연우는 한순간 가슴 한편이 찌릿하게 울리는 것을 느꼈지만, 겉으로는 전혀 내색하지 않았다.

그저 무뚝뚝한 음색으로 물어볼 뿐.

"어쩌다 그렇게 된 거지?"

『배반에 대한 대가지.』

"배반?"

『시의 바다는 절대 배반을 용서치 않거든.』

시의 바다를 나온 것 때문에 저렇게 됐다고? 하지만 2년 전에 환상연대를 만들었을 때는 저렇지 않았을 텐데?

연우의 머릿속으로 한순간 의문이 스쳤지만, 곧 이유를 깨달을 수 있었다.

"이중 첩자였나?"

『비슷해.』

레온하르트는 씁쓸하게 웃으면서 고개를 끄덕였다. 제대로 된 표정을 지을 수 없는 얼굴은 전혀 그렇게 보이질 않았지만, 음성에는 회한이 짙게 묻어났다.

"환상연대가 시의 바다가 부리는 위장막일 거라고는 생각도 못 했는데."

레온하르트는 시의 바다를 나와서 환상연대를 일궜다.

신생 거대 클랜에 손꼽힐 뿐만 아니라, 나중에는 8대 클랜에도 들어갈 만한 곳을.

연우도 비슷한 업적을 이뤘다지만, 그래도 수중에 아무것도 없던 이가 단기간에 해내기엔 아주 어려운 일인 것이다.

하지만 배후에 누군가가 있다면. 시의 바다가 있어서 지원을 해 주었다면 충분히 가능했다.

『정확하게는 환상연대를 이루는 여러 조직 중 상당수가 시의 바다와 관련이 있지. 여기에 참가한 이들도 상당수가 시의 바다 소속이다.』

어떤 명분으로 그들을 설득했는지는 모른다.

하지만 레온하르트는 당시에 연우가 차정우라고 생각하고 있었고, 연우에 대해 일찌감치 정체를 추론했던 시의 바다로서도 이익이 된다 싶었기 때문에 이를 승인해 주었을 것이다.

그리고 이것저것을 요구하였겠지.

연우와 접촉을 하라거나, 아니면 결탁하라거나. 그런 유의 요구.

하지만 레온하르트는 이런 명령을 성공하지 못했다. 아니, 정확하게는 성공하려 노력을 기울이지 않았다.

만약 레온하르트가 정말로 시의 바다의 명령을 충실히 이행할 생각이었다면, 연우가 부재중인 동안 어떻게든 아르티야와 동맹 체재를 갖추려 노력했을 것이다.

하지만 레온하르트는 그동안 화이트 드래곤을 몰아붙이는 데만 집중할 뿐, 전혀 그런 기미를 보이지 않았다.

연우는 그제야 그 이유를 어느 정도 알 것 같았다.

"……나에 대한 시의 바다의 관심을 가리고, 그동안 저들의 뒤를 조사했던 거였나?"

레온하르트는 그동안 그를 지원해 준 시의 바다를 농락해 왔던 것이다.

시의 바다가 연우에 대해 강한 호기심을 갖고 있단 것을 깨닫고, 아무것도 알아낼 수가 없도록.

　　―시의 바다에 투신했었다고 들었는데?
　　―그랬었지. 하지만 얼마 있지 않아 금방 나왔었
다네.

　　―거긴 내 집이 아니지 않나.

　　―모든 게 잘못 돌아가고 있었지. 배신자들은 서
로가 잘났다며 뛰어다니고……

　　―그래서 그런 것들을 어떻게든 바로잡고 싶었다
네.

　처음 환상연대의 주인이라면서 그의 앞에 정체를 드러내
던 날.
　녀석은 반가운 마음에 이런저런 말들을 하면서도, 곳곳
에 다른 무언가의 의도가 숨어 있음을 자신에게 가르쳐 주
려 했다.
　하지만 연우는 평상시라면 충분히 그런 메시지를 읽어
냈을 텐데도 불구하고, 분노에 젖은 나머지 전혀 간파하지

못했다.

　그리고 현재에 다다르고 말았으니.

　시의 바다도 바보가 아닌 이상에야 레온하르트가 수작을
부리고 있단 것을 깨달았을 테고, 여기에 대해 제재를 가한
게 틀림없었다.

　그게 바로 지금과 같은 몰골이었으니.

　연우는 자신으로 인해 레온하르트가 이렇게 되었단 사실
에, 그동안 그런 것도 모른 채로 그를 멸시해 왔단 사실에,
그런 수모를 겪고도 여전히 그가 자신을 보호하려 했다는
사실에 가슴이 아리는 것을 느껴야만 했다.

『그럴 시도만 했던 거지. 별반 소용이 없었다.』

　하지만 레온하르트는 그마저도 자신의 실수라며 미안해
하고 있었다.

　*아직 모든 게 낯설기만 한 탑의 환경에 모두가 잔뜩 긴장
하고 있는 와중에, 혼자서 개미 구경을 한답시고 쭈그려 앉
아 개미가 지나다니는 것을 관찰하고 있던 플레이어.*

　첫인상부터 특이해도 그렇게 특이할 수가 없었다.

　연우는 미안하다는 말을 하고 싶었다. 그러나 섣불리 나
오지 않았다. 자신에게 그럴 자격이나 있을까.

"……그럼 여기에 있었던 건?"

『환상연대장의 자리에서도 강제로 끄집어 내려지고 말았으니, 할 수 있는 거라곤 죄수 생활밖에 더 있겠나? 집회나 제대로 이행할 수 있게 하라는 말에 끌려왔던 차였는데…… 자네가 보이더군.』

여기서 만난 것 자체가 우연이란 뜻이었다.

그리고 그 말은.

'진실.'

용신안으로도 그렇고, 녀석과 접촉된 그림자도 절대 한 점 거짓된 말이 없음을 말해 주고 있었다.

스륵.

연우는 레온하르트와 연결된 그림자 가지를 조용히 거두었다. 레온하르트도 보이지 않는 손이 사라졌음을 깨닫고 왜 그러나 싶어 눈을 살짝 크게 떴다. 그가 여태 보았던 연우는 절대 의심을 거두는 법이 없었으니까.

하지만 그럴수록 연우는 어떤 말도 꺼내기가 어려워졌다. 만약 여기서 자신을 만나지 않았더라면 어떻게 되었을까? 그는 계속 이런 신세로 지내야만 했을까?

알 수 없었다.

"……여기서 뭘 하고 있었던 거지?"

그래서 연우는 화제를 돌렸다.

레온하르트는 여전히 연우의 갑작스러운 태도 변화가 미심쩍은 눈치였지만, 본론이 보다 중요하기 때문에 두 눈이 침착하게 가라앉았다.

『올포원을 사냥할 준비.』

"뭐?"

전혀 생각지도 못한 말.

연우의 두 눈이 부릅떠졌다.

『정확하게는 올포원을 대체할, 시스템의 새로운 화신을 만들기 위한 준비지.』

순간, 연우의 머릿속으로 번뜩 꽂히는 사실이 하나 있었다.

2년 전에 여러 신의 사회들을 들썩이게 만들었던 사건.

"……혹시 그 새로운 화신을, 천마중에 젖은 주신들 사이에서 뽑는 건가?"

새로운 시스템의 화신을 만든다?

그걸 대체 어떻게 해내려는 건지는 알 수 없지만.

만약 시의 바다가 노리는 게 정말 그것이라면, 올포원의 대체재라 할 수 있는 건 그리 많지 않았다.

그리고.

『그것까지 알고 있었나? 보아하니 올포원의 진짜 정체에 대해서도 알고 있는 눈치고.』

레온하르트는 연우가 실력을 키운 것은 물론, 하계의 존재라면 절대 알 수 없을 사실까지 알고 있는 걸 보고 적잖게 놀란 눈치였다.

특히 올포원의 정체가 시스템의 화신이라는 것을 알고 있는 존재는 그리 많지 않다.

자신 역시도 시의 바다에서 오랫동안 머물면서 이리저리 탐문을 해 보고, 그렇게 모은 정보의 조각들을 맞추어 알아낸 사실들이었으니까.

검략가(劍略家)라는 별칭이 괜히 생긴 것이 아니었다.

옛 아르티야의 모사 역할을 담당했으며, 환상연대를 일군 희대의 지략가. 시의 바다가 그가 이중 첩자였단 사실을 알아내고 나서도 죽이지 않고 처벌을 하는 것에 그쳤던 것은, 그만큼 그가 가진 재주가 대단하기 때문이었다.

『맞네. 천마종, 그리고 주신 혹은 창조신. 이게 가장 중요한 키워드지.』

"⋯⋯!"

『자네가 알고 있는지 모르겠지만, 옛날부터 시의 바다는 올포원을 견제하는 역할을 해 왔다. 시스템을 극복하려던 무왕이나, 76층에서 층계를 넘을 준비를 오랫동안 해 오던 여름여왕과는 반대로, 저들은 음지에서 올포원을 저지했었지.』

이유는 몰라도, 오래전에 시의 바다가 하계로 내려오려던 올포원을 막아 낸 건 아주 유명한 일화였다.

그 일은 그때껏 이름만 알려졌을 뿐이지, 인지도는 없었던 시의 바다에 대한 세간의 평가가 확 달라지는 계기가 되었다.

『물론, 올포원을 '저지'할 수는 있을지언정 '제거'는 하지 못했던 게 현실이었고.』

레온하르트의 두 눈이 깊게 가라앉았다.

『이에 수뇌부에서 머리를 쥐어짠 것이라네.』

그 말에 언뜻 연우의 머리를 스치는 게 있었다.

"시스템의 소스 코드가 천마종과 연관이 있나?"

『……그것에까지 생각이 미쳤나? 나도 알아내는 데 한참 시간이 걸렸었는데.』

"너와는 접할 수 있는 정보의 질이 다르니까."

『자네…… 최고신이나 개념신의 사도라도 된 건가?』

"뭐?"

『그렇지 않고서야 어찌 그런 정보들을……?』

레온하르트가 흔들리는 것도 당연했다. 아무리 그가 뛰어나다고 해도, 일개 플레이어인 그로서는 연우가 어떤 여정을 걸어왔고 경지를 내디뎠는지를 짐작하기 힘들 테니까.

'올림포스의 주신이라고 했다간 아예 까무러치겠군.'

그동안 천계의 존재들과 계속 부딪쳐 왔던 까닭에, 연우로서도 이런 반응이 오히려 신선하게 느껴질 정도였다.

일일이 호기심을 해결해 줄 이유는 없었지만.

"나도 정확한 건 몰라."

레온하르트는 여전히 연우가 영 미심쩍었지만, 그래도 질문을 피하지 않았다. 목소리가 나지막하게 깔렸다.

『……천마증은 이를테면 바이러스화된 코드라네. 감염된 상대를 좀먹어 가 결국엔 존재를 해체시키지. 하지만 반대로 시스템에 '유일하게' 접근할 자격이 있는 천마의 코드가 일부 묻어 있기도 해.』

연우는 머리를 빠르게 굴렸다.

탑을 세운 장본인은 천마. 당연한 말이겠지만, 탑을 구성하는 시스템을 구축한 것도 당연히 천마일 터. 접근 권한도 그가 유일하게 지니고 있을 게 분명하다.

그런데 천마증은 그런 존재를 이루는 데이터 중 일부라고 한다. 그것에 감염되었다는 것은…… 즉, 시스템에 접근할 자격을 조금이나마 보유하게 되었단 뜻!

'그렇다는 건, 시스템의 소스 코드를 그대로 끌어와 접촉시킬 수도 있단 뜻일 테니…… 천마증을 잘만 이용한다면 새로운 시스템의 화신을 만들 수 있다는 게 바로 이런

뜻이었군.'

물론, 대략적으로 이론은 맞을지 몰라도, 현실은 엄연히 다른 법이지만.

'천마가 그렇게 안일하게 시스템을 관리하고 있을 리가 없잖아.'

하지만 시의 바다로서는 충분히 시도해 볼 만한 일이라고 여겼을 테지.

그들의 제안을 받은 주신들로서도 나쁠 건 없었을 것이다. 어차피 이대로 있다간 신격이 해체될 뿐이니, 차라리 새로운 올포원이 되는 게 낫다고 여겼는지도 모른다.

그런다면 그들이 그토록 증오하는 탑의 시스템을 맘대로 갖고 놀 수 있을 테니.

탑 내 세계에서만큼은 '황'과 다를 바 없는 확고한 위치에 앉게 되는 것이다.

"그럼 이 집회에서 하려던 건, 대체 뭐지?"

『천마중이 있어 접근 권한을 획득했다고 해도, 소스 코드를 추출하는 건 이야기가 전혀 다르지. 그걸 위한 방법, 알고 있나?』

"아니."

레온하르트는 연우가 모르는 정보가 조금이라도 있단 사실에 그래도 마음이 편해진 듯 보였다.

『당연한 말이지만, 소스 코드를 '수정'하거나 '추출'할 방법 따윈 일반인들에게 없어. 다중으로 꾸며진 복잡한 〈보안 체계〉를 뚫어야 하네. 그리고 그것들은 달리 이리 부르기도 하지.』

레온하르트의 목소리가 묵직하게 깔렸다.

『최고 관리자.』

연우의 두 눈에 이채가 어렸다.

"십이지(十二支)로군."

『맞네.』

자의 이블케를 비롯한 열두 명의 최고 관리자들.

그들의 원래 정체가 보안 체계였을 줄이야.

순간, 연우의 머리를 스치는 게 있었다.

'마해에서 벌어졌던 일들.'

거기서 묘의 라플라스는 타계 신으로서의 힘을 가졌을 뿐만 아니라, 플레이어로 각성을 하기도 했다. 그리고 해의 루피가 사망을 하고, 미의 타넥이 큰 피해를 입지 않았던가.

'그 모든 것들이 보안 체계를 허물기 위한 작업들이었다면?'

순간, 등골이 서늘해졌다.

『열두 개로 나눈 건, 아마도 누군가가 함부로 소스 코드에 손을 대려는 것을 막기 위해서였던 것 같지만…… 그래도 완벽한 보안은 아니지. 그들 중 누군가가 체계를 하나로 통합해 버린다면 그만이니.』

"십이지 사이에서 내분이라도 일어났나?"

『그렇다네. 그들 중 누군가가 시의 바다와 손을 잡고, 반란을 일으킨 거지.』

그제야 어째서 라플라스가 시의 바다에 가담했는지를 알 것 같았다.

『그리고 반란은 성공했다네. 정확하게 얼마나 죽고 다쳤는지는 모르지만…… 시의 바다는 중앙 관리국을 접수하는 데 성공했어. 그리고 이 집회는.』

레온하르트는 숨을 살짝 삼키다가 힘겹게 내뱉었다.

『도망친 생존자들을 잡기 위한 병력 소집이었다네.』

"……!"

연우는 두 눈을 크게 떴다.

살아남은 최고 관리자가 있다고?

'반드시 수중에 넣어야 한다!'

이대로 둔다면 시의 바다가 시스템의 수정 권한을 가져가게 된다. 그것만큼은 막아야 했다.

'음검을 깨우친 지금도 아직까지 올포원과 승부를 장담하기 어려워. 하지만 시의 바다까지 그렇게 되고 나면…… 생각도 하기 싫군.'

연우는 조금씩 조바심이 들기 시작했다.

하지만 이럴 때일수록 냉정을 되찾아야 한다.

이미 시의 바다가 깔아 둔 판이 있고, 자신은 그것을 뒤집어야만 하는 상황.

섣불리 움직여서는 오히려 상대의 경계심만 살 뿐이었다.

우선 여기에 관련된 레온하르트의 생각이 가장 중요했다.

"그럼 넌 뭘 하려던 거였지?"

여태 묵직하던 레온하르트의 목소리에 씁쓸함이 담겼다.

『방관.』

"뭐?"

『죄수로 부려지고 있다지만, 그래도 이유는 알고 부려져야 하지 않겠나? 이런 내막들을 알게 된 건 그저 그 이유를 알고 싶어서였을 뿐이라네. 만약 빈틈을 찾아낼 수 있었다면 더 좋았을 테고.』

흉측하게 뭉개진 레온하르트의 입술 끝이 크게 비틀렸다.

『하지만 그런 건 없었지. 아니, 있다고 해도 나와는 전혀 무관했어. 시스템이니 올포원이니, 나에게는 별세계의 이야기나 다름없었으니까.』

연우는 이해한다는 듯이 무겁게 고개를 끄덕였다.

레온하르트는 그가 지닌 특유의 비상한 머리로 선후 관계를 전부 파악했다고 해도, 그것에 손을 쓸 수 없다는 사실에 좌절했을 게 분명했다.

힘이 없었으니까.

그리고 자포자기했겠지.

예전부터 지금까지, 그로서는 바꿀 수 있는 게 아무것도 없었다. 그저 이용만 당할 뿐.

그렇게 계속 실패만 거듭해 오면서 자존감이 바닥을 치고 말았을 것이다.

지금 레온하르트에게서 느껴지는 것도 그랬다.

무력감.

"이봐, 레온하르트."

그것이.

『왜 그러지?』

너무 보기 싫었다.

"정우가 돌아왔다고 하면, 넌 어떻게 할 거지?"

『……그게 무슨 소리지?』

우울함에 젖어 있던 레온하르트의 눈이 살짝 커졌다. 흉측하게 망가진 눈동자가 흔들리고 있었다.

거기에 비친 것은 레온하르트가 과거에도 현재에도 지키고 싶어 했던, 소중한 친구와 똑같은 얼굴.

"녀석이 되살아난 건 아니다. 하지만 사념체만은 남아 있어 제 의사를 표시할 수 있지. 그리고…… 난 녀석을 되살릴 방법을 찾고 있다. 그리고 근접했다고 생각하고 있어."

『그게 무슨 소리냐고 묻지 않나!』

레온하르트는 연우가 자신을 놀린다고 생각했다. 여전히 동생을 두고 떠난 것에 대한 원한을 삭이지 못하고, 우스운 꼴이 되어 버린 자신을 고소하다며 비웃는 것이라고.

하지만.

그를 직시하는 연우의 두 눈은 깊었다.

"만약 그렇다면, 너도 같이할 테냐?"

『…….』

레온하르트의 움직임이 뚝 멈췄다. 흉측한 얼굴이 파르르 떨렸다.

『그, 게…… 사실인가?』

눈동자가 흔들리고 있었다.

믿을 수 없지만, 믿고 싶어 하는 얼굴.

말이 안 된다고 여겼지만, 진실이길 애타게 갈망하는 눈.

연우는 대답 대신에 아까 전부터 숨죽여 이곳을 보고 있던 존재를 불렀다.

"발데비히. 보고 있지?"

『발데비히라고?』

레온하르트의 시선이 한쪽으로 홱 하고 돌아갔다.

그곳에서 길게 쭉 뻗어진 그림자를 따라 무언가가 천천히 올라오고 있었다.

오래전에 헤어졌다가 소식이 끊어졌던 친구, 발데비히가 착잡한 표정으로 그를 바라보고 있었다.

비록 그때보다 키나 덩치는 비교도 할 수 없을 정도로 커졌지만, 맑은 눈만큼은 발데비히가 틀림없었다.

『자…… 네?』

「오랜만이군, 친구.」

연우는 재회한 두 사람을 보면서 팔짱을 풀었다.

"정우와 관련된 건, 나보다 발데비히가 더 자세히 설명해 줄 수 있겠지. 함께할 건지 말 건지는 다 듣고 나서 정해."

그 말을 남긴 채, 연우는 두 사람이 해후를 즐길 수 있도록 자리를 비켜 줬다.

*　　　*　　　*

"대체 언제 깬 거야?"

"방금."

"그럼 말이라도 해 주지. 그런데 저것들은 어떻게 하려고?"

칸은 주변을 둘러보면서 입맛을 다셨다. 시간이 정지한 것처럼 멈춘 집회 참가자들을 보고 있으니 영 속이 쓰렸다. 그로서는 온갖 고생을 하면서 다 낚았다고 생각했던 걸 막판에 그르치게 된 셈이었으니까.

"별 차이 없어."

"뭐?"

탁!

연우는 가볍게 손가락을 튕겼다.

[영역에 노출된 모든 이들의 기능이 재가동합니다.]

그러자 정지했던 참가자들이 거짓말처럼 다시 움직였다.

"……것이니, 우리는 모두 세상이 겁화에 휩싸여 정화될 그 날을 위해……!"

단상에서 뭐라 지껄여 대던 간부도 계속 소리를 질러 댔고, 다른 참가자들도 하던 일들을 마저 이어서 했다.

정지했던 시간이 되돌아온 듯한 모습.

연우는 다시 손가락을 튕겨 그것들을 도로 정지시켰다.

['죽음의 태엽'이 작동합니다!]
[영역에 노출된 모든 이들의 기능이 정지합니다.]

"이들은 자신에게 무슨 일이 벌어졌는지 전혀 자각하지
못해. 필요하다면 어느 정도 기억을 조작하거나, 암시를 거
는 것도 가능하고."

"허!"

칸은 기가 찬다는 듯이 헛웃음을 흘리고 말았다. 대체 폐
관 수련을 하며 무슨 재주를 익혔기에 이런 게 가능한 걸
까? 차이도 적당히 나야지, 이 정도면 경외심밖에 들지 않
았다.

연우는 이미 이 자리에 있는 모든 이들이 전부 자신의 그
림자에 종속되어 영혼도 망령으로 격하되었다는 것을 굳이
말하지 않았다. 말하자면, 이들은 이미 죽어 그의 꼭두각시
인형으로 전락한 지 오래란 뜻이었다.

연우는 이들을 치우지 않고 최대한 활용할 생각이었다.

'이들 틈에 섞여 들어서, 생존했다는 최종 관리자를 도
중에 낚아채야 한다.'

수정 권한은 그만큼 중요한 열쇠였다.

'브라함은 이 모든 사실들을 알아내고 66층을 방문했을 게 분명해. 정우 녀석도 마찬가지로 브라함의 행적을 읽었던 거고.'

연우는 그제야 조각조각 났던 퍼즐들이 하나로 맞춰지면서 온전한 그림이 무엇인지 알 수 있었다.

아마도 생존자 근처에 브라함과 동생이 같이 있을 테지. 설사 그렇지 않다고 해도 단서가 있을 게 분명했다.

'관건은 저들의 '눈'을 어떻게 피해서 가냐는 건데.'

저들이 영매의 '눈'을 가져간 이상, 이쪽의 움직임을 읽힐 수도 있는 것이니까. 비록 아직은 생존자 쪽으로 시선을 두고 있어서 그런지 이쪽 상황을 알아챈 것 같지는 않았지만, 그래도 주의를 기울여야만 했다.

그때, 레온하르트가 발데비히와 이야기를 끝내고 이쪽으로 걸어오는 게 보였다. 무언가를 다짐한 듯, 눈빛이 단단해져 있었다.

"어떻게 할지, 정했나?"

레온하르트가 무겁게 고개를 끄덕였다.

『함께하겠다. 지난 속죄를 할 수 있게 해다오.』

"좋아. 그럼 우선 치료부터 하지. 그런 몸으로 싸워 봤자 큰 도움이 되지 않을 테니까."

『치료할 방법이, 있나?』

레온하르트의 눈이 살짝 커졌고.

연우의 한쪽 입술 끝이 말려 올라갔다.

"쉬워."

『어떻게?』

"죽었다 살아나면 돼."

『……?!』

레온하르트가 불안감에 본능적으로 뒤로 주춤 물러섰지만, 그보다 연우의 손길이 빨랐다.

* * *

"아, 아, 아!"

레온하르트는 몇 번 목을 가다듬어 보았다. 오랫동안 말을 하지 않아 착 가라앉아 있었지만, 그래도 익숙한 목소리였다.

성대가 다치기 전의 목소리.

그리고.

신체도 '징죄'를 받기 이전으로 되돌아가 있었다.

아니, 갖가지 노폐물이 빠지면서 오히려 더 강화된 측면이 없잖아 있었다. 마력 기관의 효율이 이전과 비교도 할 수 없었던 것이다.

"맘에 드나?"

연우는 그런 레온하르트를 보면서 피식 웃으며 물었고.

레온하르트는 연우의 동공에 비친 자신의 모습을 보면서 홀린 듯 고개를 끄덕였다.

원상회복.

연우는 그의 육체를 '재구성' 했을 뿐만 아니라, 영혼도 깨끗이 치료해 주었다.

신도 계약을 통해서.

"절망에 빠진 신도를 구원해 주는 건, 신으로서 응당 해야 할 일이지."

"자네는…… 신이라도 된 건가?"

레온하르트는 여전히 믿기지 않는다는 투로 연우를 바라볼 뿐이었다.

그가 알고 있는 지식으로, 자신에게 주어진 이런 일들은 도저히 말이 되질 않았으니까.

"비슷해."

"……."

이적(異蹟). 그렇게밖에 표현할 수 없지 않을까.

하계에 존재하는 플레이어들로서는 도저히 이루지 못할 일들. 신들의 손길이 닿았다고밖에 말할 수 없다.

연우는 레온하르트에게 '새 삶' 을 살 것을 권고했다.

올림포스에 귀의해라.

우리를 위한 신도가 되어라. 그런다면 새로운 기회가 주어질 것이니.

레온하르트는 그러겠노라고 대답했고, 그 결과가 바로 이것이었다.

그리고 실제로 그는 분명히 아무것도 없는데도 불구하고, 자신의 뒤로 거대한 무언가가 들어선 듯한 느낌을 강하게 받고 있었다.

신의 사회에서도 손꼽히는 규모를 자랑한다는 올림포스가 자신을 가호하고 있다는 사실을 실감할 수 있었던 것이다.

무엇보다 그동안은 외롭다는 감정이 강했다면, 지금은 어딘가 의지할 곳이 생겨 마음이 든든해졌다. 배경이 생긴 것만으로도 이렇게 마음가짐이 달라질 줄이야.

그렇기에 레온하르트는 이제 연우가 너무 멀게 느껴졌다.

도저히, 쉽게 다가갈 수 없을 것 같은 경외감.

상대는 이제 자신이 숭배를 해야 할 대상이었다.

"……죽으라는 끔찍한 농담이 없었더라면 더 좋았겠지만."

처음 연우가 던진 말엔 가슴이 철렁했다. 지금 생각해도 여전히 아찔한 농담이었다.

"이것에 대한 대가는…… 뭐지?"

레온하르트는 연우가 자신을 치료해 준 게 공짜는 아닐 거라고 생각했다. 그가 얼마나 자신을 꺼려 하는지를 잘 알고 있었으니까. 그리고 자신 역시 여전히 죄인이라는 생각은 못 벗어던지고 있었다. 이렇게 망가지면서까지 살았던 것은 전부 지난날에 대한 속죄였을 뿐.

"없어."

"없…… 다고?"

"정우 녀석을 위해 뛰어 준다. 그것 외에 더 뭐가 필요하나?"

"……."

"그래도 뭔가를 하고 싶다면."

연우가 두 눈을 가늘게 좁혔다.

"이번 일이 끝나고 난 뒤에 환상연대를 다시 접수해라. 그리고 시의 바다로부터 떼어 내서, 올림포스를 위한 성전(聖殿)이라도 지으면 되지 않을까 싶은데. 가능하다면 성기사단(The Crusaders)이나 전사(Paladin)들을 나중에 만들어도 좋고."

신의 이름하에 움직이는 조직이 커지면 커질수록, 그들

의 무력이 강해지면 강해질수록, 모시는 신과 사회의 격이 높아지는 건 당연했다.

이미 아르티야도 성향이 조금씩 바뀌면서 연우를 위한 선전 활동을 벌이고 있었고, 이미 층계 내에서 연우의 위명은 누구도 따라잡을 수 없을 만큼 거대했으니.

그것도 전부 신화였다.

"꼭…… 꼭 그러도록 하지."

레온하르트의 눈가에 열망이 잔뜩 피어올랐다. 실의에 젖어 절망에 빠진 사람이, 다시 자신을 쏟아부을 수 있는 신념을 되찾았을 때 보이는 눈빛이었다.

황홀(恍惚).

혹은 광신(狂信)에 가까운 눈빛이었다.

칸은 또 누군가가 코 꿰였다는 생각에 멀리서 그런 레온하르트를 불쌍하게 바라보고 있었지만.

"그보다."

연우는 레온하르트의 상념을 깨면서 말했다.

"이 집회가 도망치는 최고 관리자를 잡기 위해서 있는 거라고 했었지?"

"맞네. 그가 66층에 있다는 첩보가 입수되었거든. 그리고 이 자리에 있는 이들이 모두 자신들이 숨어 있는 조직에서는 어느 정도 위치가 되는 이들이기도 한 터라…… 포위망을 구축하기 훨씬 쉽다는 것도 있고."

연우는 이해한다는 듯이 고개를 끄덕였다.

시의 바다뿐만 아니라, 그들의 손길이 닿아 있는 여러 클랜들의 시선도 알게 모르게 함께 움직인다면 그만큼 잡기가 수월해질 테니까.

"그렇다면 이 틈에 섞여야겠어."

연우는 여전히 정지되어 있던 인물들 중에서, 간부 급 인사이지만 가장 눈에 띄지 않는 존재를 물색했다.

그러다 한 놈이 눈에 띄었다.

처음 레온하르트가 연우를 불렀을 때 제지하려던 작자.

"저놈이 좋겠군."

[망자의 술(術)]

그쪽으로 손을 내뻗자마자.

퍼석!

녀석은 마치 파도에 휩쓸린 모래성처럼 그대로 고운 입자로 변해 제자리에 무너졌다.

대신에 녀석의 그림자가 그대로 연우에게로 딸려 오면서 발끝에 흡수, 잿빛 아지랑이가 피어올라오면서 연우의 상반신을 감싸 안았다.

우드득, 두득, 골격이 뒤틀리는 소리가 나면서 얼굴을 비롯한 체형이 크게 변했다. 그러고 난 뒤에 나타난 모습은 분명히 방금 전에 죽어 사라진 간부의 것이었다.

흡수한 영혼에서 사념을 떼어 내 위장을 한 것이다. 이렇게 하면 기질까지 똑같아지기 때문에 절대 분간할 수가 없었다.

레온하르트는 이제 더 놀랄 것도 없다는 듯이 덤덤하게 바라보면서 말했다.

"그자의 이름은 라스라네. 집회를 이끈 간부들 중에서도 가장 말단이지. 내 감시역이기도 했고."

"잘됐군. 떨어지지 않을 수 있으니까."

이 정도면 괜찮겠다 싶어서 고개를 끄덕이는데.

"부탁이 있네만."

"……?"

"이 일이 끝나거든, 혹시 그놈을 내가 가져갈 수 있겠나?"

"왜?"

"그놈이 그동안 제일 많이 날 괴롭혔었거든."

레온하르트가 차갑게 눈빛을 일렁였다.

종교에 귀의한 교인이 되었다지만, 다행히 올림포스는 다른 곳들과 달리 사랑이나 자비와는 거리가 멀었다.

피식.

연우는 가볍게 웃으면서 그러라고 고개를 끄덕였다.

"마음대로."

"고맙네."

그리고.

　[영역에 노출된 모든 이들의 기능이 재가동합니
다.]

도망치는 최고 관리자를 가로채기 위한 작전이 시작되었
다.

집회 참가자들이 움직이고.

그 속으로 연우와 레온하르트, 칸이 다시 조용히 숨어들
었다.

*　　　*　　　*

66층, 세기말 도시의 관.

어느 동굴 속.

"하아, 하아! 빌어먹을 이블케."

하양은 피가 뚝뚝 떨어지는 복부를 손으로 짓누르면서 욕지거리를 내뱉었다.

한때, 최고 관리자였으며, 사(巳)의 칭호를 받기도 했던 그였지만.

그래서 온갖 지식을 머릿속에 담고 있고, 시스템에 대한 관리도 중앙 관리국에서 가장 잘 다룬나고 알려진 그였지만, 이 상처만큼은 도저히 치료가 불가능했다.

가이아의 저주.

이블케가 달아나던 그에게 적중시켰던 독.

"대체 이딴 걸…… 어디서 가져온 거지?"

분명히 신화를 흩뜨리는 가이아의 저주는 대지모신이 아니면 쓸 수 없을 텐데? 어떻게 관리자들이 쓸 수 있는 거지? 하양은 의문의 해답을 찾기 위해 머리를 수도 없이 굴렸지만, 도저히 답을 찾을 수가 없었다.

너무 오랫동안 쫓겨 다니느라, 아스가르드가 이미 무왕을 잡기 위해서 시의 바다로부터 가이아의 저주를 받아 썼다는 사실을 모르는 그로서는, 그저 '이블케가 모종의 세력과 손을 잡은 게 분명하다'고 추측하는 게 전부였다.

그리고 한편으로는 그동안 무(武)에 소홀했던 자신의 지난 세월을 원망했다.

최고 관리자의 신분은 머리만 잘 쓰면 된다는 생각에 그랬던 것인데. 그것이 지금 자신의 발을 단단히 붙잡고 있었다.

물론 중앙 관리국의 모사를 자처할 만큼 뛰어난 머리 덕분에 여러 계략을 짜서 여기까지 도망칠 수 있었던 것이기도 하지만.

궁지에 내몰린 사람은 누구나 자신의 단점 때문에 이렇게 된 것이라 원망할 수밖에 없었다.

"조금만 더 힘을 내세요. 탑 외 지역으로 간다면 어떻게든 방법이 생길 테니까."

아난타는 그런 하양을 부축하면서 몇 번이고 그를 격려했다.

외뿔부족 마을까지만 가자. 그런다면 어떻게든 해답이 생길 것이다. 그러니 조금만 더 힘을 내자고.

그것은 단순한 희망 고문 따위가 아니었다.

아무리 날고 기는 중앙 관리국이라 하여도, 외뿔부족의 마을에 직접적으로 손을 대는 건 힘들었으니까.

외뿔부족은 소호 금천의 후예들. 트리니티 원더의 정신을 계승한다고 자처하는 중앙 관리국이 함부로 할 수 있는 존재가 아니었던 것이다.

그리고 영매는 그동안 무왕을 앗아간 가이아의 저주에 대해 이것저것 연구를 해 왔던 까닭에 해독제를 마련했을지도 몰랐다.

문제가 있다면, 이블케 일당이 움켜쥔 중앙 관리국이 한창 폭주 중이고, 방어막이 되어 주었던 무왕이 부재중이라는 것이지만.

그래도 아난타는 최소한 탑 내에 있는 것보단 나을 것이라고 판단하고 있었다.

다만, 지금은 중앙 관리국의 시선이 여기저기에 너무 많이 깔린 까닭에 탑 외 지역으로의 탈출이 쉽지 않았다.

대장로가 따로 미끼가 되어 저들의 이목을 따돌리고 있다지만, 그것도 얼마나 갈 수 있을지.

째깍, 째깍—

목에 건 회중시계의 바늘이 애처롭게 돌아가는 소리가 귓가에 울렸다.

"흐흐, 흐. 내 꼴도 참 우습군. 명색이 최고 관리자라는 작자가 플레이어를 도와주지는 못할망정 오히려 도움을 받고 있는 처지라니. 자네들이 아니었다면…… 진즉에 난 죽은 목숨이었겠지."

하양은 울컥하고 치솟은 피를 바닥에다 게워 냈다. 2년도 넘는 추격전으로 인해 그는 이미 체력도 마력도 전부 바닥을 기고 있었다. 격도 망가진 지 오래였다.

아난타는 그런 하양을 안타까운 눈으로 바라봐야만 했다.

자신들이 발견하는 게 조금만 더 빨랐더라면. 이렇게까

지 되지는 않았을 텐데.

"약한 말씀 하지 마시라니까요."

"하지 않는다."

하양은 힘겹지만 단호한 어투로 말했다.

남들은 뱀처럼 간사하고 교활하다면서 손가락질하던 두 눈이, 지금 이 순간만큼은 굳은 의지로 활활 타오르고 있었다.

'이대로 죽을 수 없다. 국장이 남긴 이것만큼은.'

하양은 옷깃 안쪽에 숨겨 둔 목걸이를 꽉 쥐었다.

이것은 열쇠였다.

시스템의 소스 코드를 둘러싸고 있는 최종 보안 체계를 해제할 수 있는 마지막 열쇠.

죽은 클루스가 그에게 남긴 유산인 것이다.

중앙 관리국에서 이블케의 반란이 있고 난 후.

하양은 국장 클루스로부터 '마지막 열쇠'를 받고 관리국을 탈출하는 데 성공할 수 있었다. 아주 오래전부터 혹시나 하는 생각에 그 혼자서 따로 마련해 두었던 비상 통로가 있었던 덕분이었다.

그 뒤로는 지금과 같았다.

쫓기고, 도망치고, 쫓기고, 도망치고…….

그 와중에 하양은 이블케 일당의 뒤에 시의 바다가 존재하며, 그들이 최종적으로 노리는 목표가 올포원 사냥이라는 것까지 알아낼 수 있었지만.

그런다고 해서 달라지는 건 아무것도 없었다.

이렇게 다친 몸으로 혼자서 할 수 있는 건 아무것도 없었으니까.

반격을 한다는 건 애당초 선택지에도 없었고, 무언가를 획책하려 해도 중앙 관리국의 시선에 걸릴까 조심스럽기만 했다.

만약 2년 전에 브라함이 나타나 그를 구해 주지 않았더라면, 그는 진즉에 죽은 목숨이 되지 않았을까.

지금은 그마저도 가이아의 저주 때문에 위태롭기만 했지만.

그때, 그들이 있던 동굴 안쪽으로 누군가가 다급하게 뛰어오는 소리가 들렸다.

하양은 상념에서 벗어나 아난타와 함께 그쪽으로 시선을 돌렸다.

대장로가 피로 흠뻑 젖은 모습으로 서 있었다. 이지적인 눈매를 돋보여 주던 안경은 이미 자잘한 생채기로 낡아 버린 지 오래였다.

"마룡이 나타났네. 아무래도 이곳에서도 빨리 피해야 할 듯싶어."

다시 도망쳐야 한다는 말에 아난타의 얼굴이 딱딱하게 굳었다.

하양은 추격대가 누군지 깨닫고 작게 이름을 중얼거렸다.

"디아블로……."

코드 네임 진(辰). 최고 관리자들 중에서도 가장 강하다고 알려져 있으며, 최초의 마룡이기도 한 존재가 턱밑까지 다다른 것이다.

*　　*　　*

"밥은요? 좀 먹겠대요?"

트와이스가 던진 질문에 빙왕은 쓰게 웃으면서 고개를 가로저었다.

"이번이라고 크게 다르겠나."

"하!"

트와이스는 땅이 꺼져라 한숨을 내쉬었다.

2년 전, 페이스리스의 갑작스러운 방문 이후.

특별한 건 없어도, 심심하지는 않던 그들 파티는 모든 게 변해 버리고 말았다.

페이스리스를 따라 잠시 어딘가를 방문하겠다고 나섰던

녹턴이 한참 뒤에 돌아와서는 방에 틀어박힌 채로 여태 두 문불출을 했던 것이다.

곡기도 제대로 입에 대지 않으려고 해서 몇 번씩이고 빙 왕이 옆에서 챙겨 주긴 했지만, 그마저도 거절하기 일쑤라 이제는 지칠 지경이었다.

삶에 의욕이 없는 사람을 옆에서 계속 챙겨 주다 보면, 그 사람마저도 덩달아 무기력증에 빠지기 마련이었으니까.

아무리 빙왕이 긍정적인 사람이라고 해도 힘든 것이다.

더구나 저러면서도 어떻게 된 일인지 제대로 설명하질 않으니 더 답답해질 수밖에.

다만, 외뿔부족 마을에서 변고가 있었고, 그로 인해 언제 부턴가 무왕이 보이질 않는다는 소문이 돌고 있는 걸 봐서 는 그것과 관련된 게 아닐까 하고 막연하게 추측할 뿐이었 다.

"그럼 어쩔 수 없네요."

트와이스는 미간을 찌푸리다, 결국 가방을 어깨에 걸친 채로 자리에서 일어났다.

빙왕은 뒷머리를 벅벅 긁었다.

"결국 가시려는가?"

"지금까지 기다려 준 것만 해도, 사실 오래 기다려 준 것 아닌가요?"

그들은 용병이었다.

의뢰를 받아 하루하루를 먹고사는 용병.

날품팔이와 다를 바가 없는 삶인 것이다.

그런 입장에서 2년을 같이 쉬었으니, 그녀로서는 의리를 다 지켜 준 셈이었다.

빙왕도 이해한다는 듯이 무겁게 고개를 끄덕였다. 사실 트와이스가 마지막까지 고민에 고민을 거듭했다는 건, 누구보다 그가 잘 알고 있었으니까.

"하긴 그도 그렇지. 은퇴를 한 나는 그렇다 치더라도, 자네는 아니니까."

"할아버지는 어쩌시려고요? 계속 저 화상 옆에 있으시게요?"

"어쩌겠나. 내가 없으면 조만간에 아사라도 할 판국인데."

트와이스는 뺨을 크게 부풀렸다.

"할아버지가 계속 저 화상을 옆에서 챙겨 주시니까, 저렇게 생떼 부리는 거잖아요!"

"어쩌겠나. 싸움이야 기가 막히게 할지 몰라도, 세상일에는 한없이 무지한 어린아이인 것을."

"대체 그 '어쩌겠나'는 몇 번이나 나오는 건지……. 그냥 내버려 두고 저랑 같이 가죠?"

"어쩌겠나."

"아, 그럼 저도 이제 몰라요! 할아버지 알아서 하세요! 저는 그냥 갈 테니까!"

트와이스는 뭔가 마음에 들지 않는 듯, 심통이 단단히 난 채로 발끝에 걸린 돌멩이를 뻥 하고 걷어차면서 돌아섰다.

빙왕은 여전히 사람 좋은 미소를 지으면서 손을 흔들어 주었다. 그동안 이런저런 우여곡절도 많았지만, 그래도 그가 손녀처럼 아꼈던 아이다. 앞으로 딴 곳에 가서도 잘 지내기를 바랄 뿐이었다. 물론, 가진 재주도 좋고 똑똑하기도 하니 제 앞가림은 충분히 잘할 거라 믿어 의심치 않았지만.

그러다 트와이스는 한참 걷다 말고 도중에 뚝 하고 걸음을 멈추면서 이쪽을 잠깐 돌아봤다.

미련이 잔뜩 담긴 얼굴.

"정말 같이 안 가요?"

"잘 가시게. 몸 조심히 하고. 이따금 연락도 하시고."

"아, 진짜!"

트와이스는 마지막 제안까지 거절당하자, 잔뜩 심통이 난 얼굴로 발끝에 걸린 또 다른 돌멩이를 다시 뻥 하고 걷어찼다.

그러고는.

"진짜! 나만 나쁜 년이지!"

씩씩대면서 이쪽으로 되돌아왔다.

그 모습이 너무 귀여운 나머지, 빙왕은 저도 모르게 껄껄 웃음을 터뜨리고 말았다.

"허허허!"

"웃지 마요!"

트와이스가 빽 하고 소리를 질러 대도, 빙왕의 웃음소리 는 도무지 그치질 않았다.

*　　　　*　　　　*

'사부님, 전 어찌하는 게 좋겠습니까? 이 우둔한 제자는 아직도…… 아직도 모르겠습니다.'

녹턴은 가부좌를 튼 채로 가만히 눈을 감았다. 몇 년이나 지났음에도 불구하고 눈앞에서 아른거리는 잔상은 도무지 지워지질 않았다.

그는 고뇌했다.

그리고 찾고 싶었다.

무왕이 자신에게 남긴 메시지는 무엇이며.

삶의 의미는 또 무엇인지.

*　　*　　*

집회의 참가자들은 수뇌부를 따라 어디론가 빠르게 이동했다.

이번에는 지하철이 아닌 도시의 외곽. 회색 콘크리트의 숲이 빠르게 지나가자 앙상하게 메마른 나무들로 가득한 숲과 벌판이 눈앞에 나타났다.

'어디 다른 집결지라도 있는 걸까?'

아까 전부터 계속 인원이 불어나고 있었다. 수뇌부가 자꾸 어딘가와 통신을 하고 있는 걸 봐서는 실시간으로 명령을 하달받고 있는 게 분명했다.

'전형적인 포위망이야. 우리가 있는 위치는…… 대략 북서쪽. 진형의 왼쪽 날개 끝쯤 되는 것 같은데. 대체 어디서 이렇게 많은 인력들이 튀어나온 거지?'

못해도 천 단위는 훌쩍 넘는 것 같았다.

66층이면 상당히 높은 층계. 거기서 이만한 인력을 동원한다는 것은 시의 바다가 가진 저력이 아주 대단하단 뜻이었다.

66층에 들어온 뒤로, 감각을 계속 곤두세우고 있었던 연우로서는 조금 놀랍기도 했다.

그러면서도 한편으로는 대체 이들이 쫓는다는 목표들이

어디 있는지를 감지할 수가 없어 미간을 찌푸려야만 했다.

『그래도 크로이츠가 자네를 따라간 건 다행이라고 생각한다네.』

그런 와중에 레온하르트가 불쑥 던진 말은 저쪽을 주시하던 연우의 이목을 옆으로 끌어당겼다.

크로이츠.

환상연대의 부대장이었으며, 지금은 아르티야에 투신한 환영기사단의 수장.

『크로이츠는 시의 바다 쪽이 아니었나 보지?』

두 사람은 주변의 이목이 있어 어기전성을 이용한 전음으로 대화를 주고받는 중이었다.

레온하르트는 몸이 치료된 것을 들키지 않기 위해 후드를 깊게 눌러 쓴 상태로 입술을 달싹였다.

『저쪽 사람이었다면 내가 옆에 두지 않았겠지. 내가 가장 아꼈던 친구라네.』

『혹시 시의 바다 쪽에 연루될까 싶어 내게 보낸 거였군.』

『비슷하네. 자네와의 개인적인 연결 고리를 만들 생각이기도 했고. 결과적으로 잘 안 됐지만.』

연우는 가만히 고개를 끄덕였다.

확실히 크로이츠는 시의 바다 쪽과 연관이 있다는 보고를 받지 못했으니까.

그만한 인사가 첩자였다면, 도일의 조사에서 걸리지 않았을 리가 없었겠지.

『대체 놈들의 인원은 얼마나 되는 거지?』

『나도 몰라. 내가 보았던 건 저들이 가진 한쪽 단면이 전부였으니. 하지만 한 가지만큼은 확실하지.』

레온하르트의 목소리가 나지막하게 깔렸다.

『탑의 사람들은 모두 그들에게 속고 있다는 것.』

연우는 인정할 수밖에 없었다.

하계는 물론, 천계와 관리국에까지 마수를 뻗치는 곳을 두고 평범한 클랜이라 할 수 없겠지.

더구나 트리니티 원더였던 이예의 소속도 시의 바다로 표시되었던 걸로 기억한다. 즉, 시스템이 초월자의 사회로도 인정하고 있다는 뜻이었다.

이만큼 비대한 규모를 가지고 있으면서도, 어떻게 여태 외부로 크게 드러나는 일 없이 조용히 지낼 수 있었던 걸까? 사람이라면 어느 누구나 권력욕을 갖고 있기 마련일 텐데, 그렇게 기나긴 시간 동안 비밀을 지킬 수 있었단 사실이 놀라울 따름이었다.

'역시 하르모니아부터 찾아서 끌어내야 해.'

연우의 두 눈이 깊게 가라앉을 무렵.

포위망을 구축하고 있던 플레이어들이 웅성대기 시작했다.

붉은 포탈이 열리면서 세 명의 인사가 모습을 드러냈기 때문이었다.

하나같이 연우의 피부를 따끔거리게 할 만한 강자들.

'제법 강한데.'

특히 세 명 중 가장 중앙에 서 있는 흑발의 사내는 연우로서도 쉽게 승부를 장담하기 힘든 만큼 강한 힘을 지니고 있었다.

그 순간.

두근!

연우의 심장께에 자리 잡은 드래곤 하트가 크게 요동쳤고.

흑발의 사내도 무언가를 감지했는지, 두 눈을 부릅뜨면서 이쪽을 휙 하고 돌아봤다.

하지만 연우와 달리 그는 아무것도 찾을 수 없었다.

이미 그때는 연우가 재차 마력을 갈무리하고 인파 속에 몸을 숨긴 뒤였기 때문이었다.

"왜 그래?"

흑발 사내가 무언가를 찾기 위해 연신 두리번거리자, 그와 같이 왔던 묘령의 여인이 머리끝을 손으로 돌돌 말면서 고개를 갸웃거렸다.

흑발 사내가 짐짓 굳은 얼굴로 물었다.

"66층, 분명히 폐쇄되었겠지?"

"무슨 소리야? 시스템 권한으로 락이 걸린 걸 마지막으로 확인한 게 바로 너면서?"

여인은 '얘가 왜 이러나' 싶은 얼굴로 바라봤고.

같이 온 세 사람 중 나머지 한 사람이 인상을 딱딱하게 굳혔다.

"왜 그러나? 놈들의 기척이라도 벌써 감지한 겐가?"

흑발 사내는 여전히 미련이 남은 듯한 얼굴로 주변을 더 둘러보다 이내 고개를 가로저었다.

"아닐세. 아무래도 내가 잘못 느낀 모양이야."

갑자기 드래곤 하트가 공명을 하는 듯하기에 정신이 번쩍 들었었는데, 아무래도 착각을 한 모양이었다.

하긴 이런 곳에 동족이 있을 리가 없겠지. 흑발 사내는 자신이 생각해도 어이없는 가정에 헛웃음을 흘리고 말았다.

여름여왕을 끝으로 용종이 멸종하면서 마룡의 개체 수도 급감한 이때. 만약 동족이 움직였다면 자신이 모를 리가 없었다. 그는 최초이자 모든 마룡들의 왕이기도 한 존재였으니까.

그리고 그런 그를 자극할 정도라면 실력도 그만큼 뛰어나야 할 텐데…… 그만한 존재가 있을 리 만무하지 않은가.

그러니 잘못 느낀 게 분명할 것이다.

무언가를 느꼈어도, 아마 66층 어딘가에 몸을 숨기고 있을 하양과 마지막 열쇠의 기운을 감지한 게 분명했다.

하지만 서늘하게 남은 위화감은 왜 이리도 피부 끝을 여전히 찌릿찌릿하게 만들고 있는 건지.

흑발 사내는 인상을 찌푸리면서 전군에 걸쳐 포위망을 움직이라는 명령을 내렸다.

그리고.

『디아블로로군.』

흑발 사내를 한순간 긴장케 했던 연우는 움직이는 포위망 속에 묻힌 채로, 여전히 녀석에게서 시선을 떼지 않고 있었다.

절대 정체를 모를 수가 없는 존재이기 때문이었다.

진의 디아블로.

관리국장인 인의 클루스와 함께 '최강'의 수식어를 지닌 존재.

그리고 녀석과 같이 온 다른 두 사람도 같은 최고 관리자들이었다.

유(酉)의 라피스 라줄리.

오(午)의 로시난테.

라피스 라줄리는 원래 탑의 초창기 시절부터 존재했다고

알려진 존재로, 오늘날 마법학의 기초를 이루고 있는 대연산식(大演算式)을 창안한 대마도사 출신이었다.

그리고 로시난테는 겉보기에는 이성적으로 보일지 몰라도, 검을 쥐는 순간 저돌적인 성격으로 변하는 광전사(Berserker).

디아블로까지는 아니더라도, 까다로운 존재들인 건 분명했다.

'애당초 최고 관리자들부터가 한때 탑 내에서 최고 자리에 오르거나, 탈각을 시도하다 올포원에 부딪쳐서 넘어간 이들이 대부분이니.'

괜히 관리국이 천계, 올포원과 함께 3대 균형 축을 이루는 게 아니었다.

그런 곳의 수장이니만큼 절대 무시해서는 안 되었다.

'하지만 관리국은 결국 이블케와 라플라스를 비롯한 반란군 손에 넘어가고 말았고…… 시의 바다는 이걸 적절하게 이용하면서 올포원마저 대체하려고 한다. 그래서는 3대 균형 축 중 2개가 녀석들에게로 넘어가고 말아.'

연우의 두 눈이 가늘게 좁혀졌다.

'천계와 직접적으로 전쟁이라도 치르려는 건가? 아니면 다른 뭔갈 꾸미고 있는 걸까? 이블케, 대체 넌 무슨 생각을 하고 있는 거지?'

이블케가 관리자들 중에서도 가장 비밀이 많은 존재라지만, 이건 도저히 그 속내를 짐작하기 힘들지 않은가.

대강이라도 추측할 만한 것이 있어야 하는데. 도무지 짚이는 게 없었다.

'무언가를 놓치고 있어. 무언가를.'

그 순간, 머릿속을 스치는 한 단어.

'시(詩).'

시의 바다는 '시'라는 문장을 통해 서로를 알아본다. 하지만 정작 그 '시'가 정확하게 무엇인지는 알려진 바가 없었다.

연우도 그동안 궁금해하지 않았었고.

하지만.

'이곳에 왔을 때부터 '종말'이나 '그분', 그런 단어 따위가 자꾸 귀에 거슬린단 말이지.'

기억 한편, 어디선가 익숙한 단어들이었으니까.

『레온하르트.』

『왜 그러지?』

『시의 바다가 말하는 '시'라는 것. 대체 그게 뭐지?』

그래서 혹시나 하는 생각에 레온하르트에게 물었고.

『나도 정확하겐 모르지만…… 일종의 예언서라더군. 세계 종말에 대해 언급하는 예언서.』

연우는 어디서 그런 말들을 들었는지를 떠올릴 수 있었다.

'타계의 신!'

기어 다니는 혼돈이 몇 번이고 운운하지 않았던가.

종말에 대해서.

—모든 우주와 차원의 지식이 총망라된, 태초의 거룩한 말씀과 종말의 성스러운 예지가 담긴, 역사와 시공의 기록이 한낱 필멸자 따위가 감내할 수 있는 물건이라 여기는 것인가? 미쳤구나! 광오하도다, 인간!

타계의 신이 말하는 종말이란 그들의 '아버지', 칠흑왕이 눈을 떠 세상을 멸망시킬 때를 가리킬지니.

달의 아이 하르모니아 역시 자신처럼 칠흑왕의 후예였다.

'그럼 놈들이 말하는 '시'라는 게 계시록을……?'

거기까지 생각이 미쳤던 그 순간.

"……온다."

별안간 무언가가 느껴졌다.

익숙한 기질.

아난타 일행이었다.

　　　　*　　　　*　　　　*

　　—놈들의 포위망이 너무 조밀해졌어. 더 이상 숨
어 있는 걸로는 안 될 것 같으니…… 뛰게. 절대 뒤
돌아보지 말고, 앞으로.

팟—

아난타는 등에 하양을 업은 채로 뛰었다. 용종의 피를 물
려받은 까닭에 의지만으로도 구현되는 기초 마법들은 달리
는 속도를 더해 주고, 힘을 증강시켰으며, 실드를 겹겹이
쌓아 외부 충격을 튕겨 내는 중이었다.

물론, 그것만으로 모든 공격들을 막을 수는 없는 노릇이
었다. 더구나 지금은 반격을 가하기도 어려운 상황.

다행히 목에 건 회중시계가 빠르게 돌아가면서 차정우의
사념체가 발현한 마력이 마법을 강화시켜 주고 있고, 이따
금 현신(現身)까지 하면서 적들을 물리치고 있다지만 그것
만으로는 부족할 수밖에 없었다.

그런데도 아난타는 달려야만 했다.

장애물이 있어도, 언덕이 있어도, 포위망이 아무리 두껍
게 보인다고 해도, 오로지 직선으로.

저만치 앞에서 대장로가 길을 열어 주고 있었다.

달려드는 작자들 모두가 탑 내에서도 내로라하는 고수들이며 시의 바다가 자랑하는 최정예들이었지만, 대장로는 그들을 상대로도 절대 밀리지 않았다.

아니, 오히려 압도적인 힘을 선보이고 있었다.

쾅!

발을 구를 때마다 장장 수 킬로미터에 달하는 지반이 내려앉고, 하늘에서는 핏빛 벼락이 쉴 새 없이 빗발치면서 포위망을 몇 번씩이나 갈기갈기 찢어 놓았고.

콰르릉—

정권을 내지를 때마다 불어닥친 광풍과 강기로 이뤄진 소낙비는 닿는 모든 것들을 송두리째 뜯어 버렸다.

벼락, 광풍, 호우…… 그야말로 폭풍우가 따로 없었다.

66층을 형성하고 있던 도시는 이미 거의 다 부서진 지 오래였으니.

핏빛 현자.

무왕의 명성에 가려지고 세월에 흐려져서 그렇지, 그도 한때 탑을 손에 쥐었던 존재가 아니던가.

당연히 충분히 탈각과 초월을 논할 수 있는 고수였으며.

이깟 놈들 따위는 한 트럭으로 가져다 놓는다고 하더라도, 절대 눈 하나 깜빡하지 않았다.

콰콰콰쾅!

중앙 관리국과 시의 바다에서도 어떻게 제대로 제재를 가할 수 없었던 존재.

2년이 넘는 시간 동안 하양이 무사히 도망칠 수 있었던 것이, 괜히 잘 숨어 다녀서만은 아니었던 것이다.

『……무왕만 괴물인 줄 알았는데, 저 영감님도 참 대단하단 말이지.』

차정우의 사념체는 회중시계에서 아난타를 돕다 말고, 이따금 대장로의 압도적인 신위를 보면서 고개를 절레절레 흔들었다.

이미 수십 번도 넘게 본 전투였지만, 볼 때마다 가슴 한편이 찌릿찌릿해질 정도였다.

핏빛 벼락을 부르며 세상을 찢어발기는 존재.

무왕이 전장을 휘어잡으면서 무, 그 자체로써 적들을 압도하는 무신(武神) 혹은 전신(戰神)이었다면, 대장로는 투신(鬪神)이었다. '싸움'이라는 범주 안에서는 무왕도 그에게 한 수를 접어 줘야 하지 않을까?

외뿔부족은 대체 어떻게 된 집단이길래 저런 괴물들을 하나도 아닌, 둘이나 배출할 수 있었던 건지.

생각하면 생각할수록 참 말도 안 되는 일족인 게 분명했다.

『저 양반이 탈각이나 초월을 한다면, 대체 어떻게 되려나?』

그리고 그렇게 된다면 또 이번엔 어떤 일이 빚어질 것인 가.

그런 생각을 뒤로한 채.

쿠릉, 쿠릉, 쿠르릉―

콰르르르!

이미 몇 번이고 스테이지를 박살 내고도 남았을 충격파 가 휩쓸고 지나갔다. 붉은 섬광이 연신 번쩍이다 나타난 광 경은 모두를 떨게 만들었다.

"……미친."

"저런 걸 뚫고 대체 어떻게 접근하라는 건지."

다행히 충격파에 휩쓸리지 않거나, 가까스로 몸을 내뺄 수 있었던 플레이어들은 두려움에 찬 눈으로 대장로를 바 라보았다.

"더 있나?"

대장로는 그런 놈들을 돌아보면서 손을 까닥거렸다. 그 을음만 조금 묻은 채로 손을 까닥이는 모습은 별반 지쳐 보 이지도 않았다. 그것으로도 모자라 오른손은 뒷짐을 쥐고 있는 모습이 마치 그들을 도발하는 듯해 더 화나게 만들면 서도, 한편으로는 보는 사람들을 한층 두렵게 만들었다.

바로 그때.

"크하하핫!"

갑자기 커다란 웃음소리가 쩌렁쩌렁하게 울리더니, 하늘에서부터 막강한 기세가 퍼졌다. 뭔가가 대장로가 흩뿌리고 있던 혈뢰를 모조리 밀어 버리고 지상에 내리꽂혔다.

쾅!

덕분에 스테이지의 지면을 채우고 있던 낙진이 위로 붕 떠올라 희뿌연 안개를 만들어 낼 정도였다.

순간, 대장로의 눈살에 맺힌 주름이 더 깊어졌다.

상대하고 싶지 않았던 작자가 나타났으니까.

오의 로시난테.

관리자들 중에서도 가장 미치광이인 녀석이 나타난 것이다.

처음 다른 관리자들과 함께 나타났을 때만 해도 이지적인 눈빛을 자랑했지만, 지금은 전혀 그런 것이 보이질 않았다.

"외뿔부족의 대장로, 아르하트! 그대는 이미 본 관리국에서 위험인물로 지정된바. 지금부터 구축에 들어가 주마."

[중앙 관리국의 표결에 의해 시스템이 플레이어, '아르하트'를 위험군으로 지정하였습니다.]
[시스템의 가호가 약화됩니다.]

낡은 안경 아래, 대장로의 두 눈이 깊게 가라앉았다.

"관리국이 언제부터 파벌 놀이를 하고 다녔는지 모르겠군. 되도록 플레이어들의 일에 간섭하지 않는 게 너희들의 기본 방침 아니었나?"

"방침과 정책은 언제든 바뀔 수 있는 것인지라."

"그럼."

대장로의 입술 끝이 비틀렸다.

"도로 엎을 수도 있겠군."

그 순간.

화아악!

한순간, 새로운 기세가 퍼져 나갔다.

여태껏 흘리던 투기와는 한껏 다른 기세.

대장로의 육체가 눈부신 배광(背光)으로 휩싸였다.

여태껏 선보이던 혈뢰의 선홍색과는 전혀 느낌이 달랐다.

로시난테의 얼굴이 꿈틀거렸다.

"너, 설마……?"

"길을 열어야 하는지라."

『로시난테! 놈을 막아라!』

그때, 디아블로가 다급하게 소리를 쳤다.

로시난테는 반문하지도 않고, 본능적으로 손에 들고 있던 칼을 꽉 쥐면서 빠르게 튀어 나갔다.

하지만 그때는 이미 늦은 뒤였다.

[플레이어, '아르하트'가 탈각(脫殼)을 시도합니다!]

배광이 가라앉은 순간, 새로운 형태의 기세가 휘몰아쳤다.

신력이었다.

그리고.

콰아앙!

그런 배광을 뚫고, 대장로가 대포에서 쏘아진 탄환처럼 튀어나와 로시난테에게로 쇄도했다.

[탈각이 성공적으로 이뤄졌습니다.]

['아르하트'의 계급이 '플레이어'에서 '반신(半神)'으로 상향 조정되었습니다.]

……

[초월을 준비 중입니다.]

……

[66층이 반신, '아르하트'의 임시 성역으로 선포

되었습니다!]

고작 반신, 데미갓을 이뤘을 뿐인데도 불구하고.

대장로는 이미 66층의 스테이지를 자신의 성역으로 삼고 있었다.

그만큼 그가 이룬 경지며 격이 다른 존재들을 압도한다는 뜻. 움직임도 그만큼 빨라 단숨에 로시난테에게로 치닫고 있었다.

로시난테는 반사적으로 대각선 방향으로 검을 휘둘렀다. 하지만 대장로는 관성의 법칙을 무시하고 달리던 도중에 멈춰서 검을 회피, 그리고는 손을 벼락처럼 뿌려 녀석의 가슴팍을 후려쳤다.

녀석이 입고 있던 흉갑이 우그러지면서 박살 났다. 조각들이 허공으로 수도 없이 튀어 올랐고, 충격이 내려앉은 자리에는 사람 머리통만 한 바람구멍이 뚫려 있었다.

[시스템 오류!]

[시스템 오류!]

[알 수 없는 영향으로 인해 데이터를 복원할 수 없습니다.]

원래 관리자는 시스템의 의지를 대변하는 존재. 때문에 상처를 입어도 시스템에 의해 '데이터 복원'이 이뤄져야 하지만, 대장로가 심은 신력이 이를 방해하면서 오류를 일 으켰다.

결국 로시난테는 눈에서 초점이 사라지면서 그대로 바닥에 주저앉았다.

즉사하고 만 것이다.

최고 관리자의 죽음.

그것도 한낱 플레이어가, 아니, 반신이 해냈다고?

천계의 초월자들도 두려워하는 존재가 그들인데도 불구하고?

[대부분의 신의 사회가 큰 충격에 빠집니다.]
[대부분의 악마의 사회가 외뿔부족에 대한 진지
한 검토를 하고자 합니다.]

플레이어들은 물론, 이를 지켜보고 있던 천계까지 도저히 믿을 수 없다며 충격에 빠진 가운데.

화르륵!

하늘에서부터 브레스가 잔뜩 쏟아졌다.

어느새 본체로 돌아간 디아블로가 하늘에서 아가리를 젖

혔다가 내리고 있었다. 쉴 틈을 주지 않고 곧장 대장로를
치워 버리고자 한 것이다.

더불어.

　　[최고 관리자, '유(酉)'가 축복을 내립니다!]
　　[관리국의 가호가 따릅니다.]
　　[관리국의 축복이 따릅니다.]
　　……
　　[가호와 축복이 더해진 대상들의 상태가 '광란'
　　으로 변경되었습니다!]

　라피스 라줄리가 대연산식을 바탕으로 광역 마법을 걸었
다. 거기다 관리국의 권한을 이용, 시스템의 보호까지 더해
지면서 마법의 위력은 몇 배로 증폭하고 말았다.

　거기에 노출된 플레이어들은 두 눈을 까뒤집은 채로 다
시 열의를 불태웠다.

　이 힘이면 어떻게든 할 수 있다.

　그런 자신감이 그들의 눈을 멀게 만들었던 것이다.

　그것을 보면서 대장로는 사방으로 내뻗었던 신력을 안쪽
으로 끌어당겼다. 응집된 기운이 꽉 쥔 손끝에 걸렸다.

　'이번에는 쉽지 않겠는데.'

탈각을 이루면서 증폭된 기운을 휘몰아쳐 로시난테를 제거하긴 했지만, 디아블로와 라피스 라줄리까지 전부 한꺼번에 상대하기란 쉽지 않은 일.

더구나 시스템의 권한이 자꾸만 방해를 하고, 아난타와 하양이 탈출할 수 있도록 길까지 열어야 하는 촉박한 상황이라는 것을 감안한다면…… 이대로는 힘들었다.

중과부적. 한 손이 열 손을 한꺼번에 당해 내기란 어려운 법이니까.

'초월까지 가야 하나?'

찰나의 순간 동안, 대장로는 진지하게 고민했다.

초월을 이루는 것은 크게 어렵지 않았다. 하지만 문제는 바로 그 뒤.

과연 신격을 달성하고 나서도 이들을 한꺼번에 물리치는 게 가능한가? 안 된다면, 그때는 어떻게 해야 하지? 가능하다면 그 뒤에는? 과연 존재를 유지하는 게 가능한가?

올포원이 지난 2년 동안 알 수 없는 이유로 행동을 멈췄고, 77층에서 두문불출 중이긴 하다. 녀석이 막으러 오지 않으리란 것도 잘 알고 있었지만, 그래도 그에게는 판트가 제대로 성장할 때까지 외뿔부족을 보호해야 한다는 의무가 있었다.

당연히 함부로 결정을 내리기가 꺼려질 수밖에 없었다.

하지만 디아블로를 상대로 여유를 부리는 것도 말이 안

되는 짓이기 때문에, 대장로는 초월을 시도하려 했다.

그래야만 한순간이라도 시스템의 제약에서 벗어날 수 있을 테니까.

그 순간.

[알 수 없는 힘이 스테이지를 잠식합니다!]

관리자와 플레이어들의 머리 위로 공통 메시지가 떠오르더니.

채채챙!

퍼버벅—

별안간 대장로와 아난타 쪽으로 포위망을 형성하던 플레이어들 중 상당수가 흠칫하더니 옆에 있는 동료들에게 칼을 휘두르기 시작했다.

"킥!"

"가, 갑자기 이게 무슨!"

"윌슨! 이게 무슨 짓인가!"

그 때문에 갑작스레 급습을 당한 플레이어들 중 상당수가 급소를 찔려 죽거나 중상을 입고 말았다.

그들의 그림자가 불길하게 흔들리고 있었다.

[알 수 없는 힘이 스테이지의 모든 권한에 무단 침입을 시도하고 있습니다.]

[알 수 없는 이유로 방화벽이 허물어졌습니다.]

[알 수 없는 이유로 권한이 침해되었습니다.]

……

[주의! 버그가 발생하였습니다!]

[주의! 버그가 발생하였습니다!]

……

[버그로 인해 시스템의 가호가 일시 중단되었습니다.]

[부여된 모든 효과가 사라집니다!]

……

[축복이 취소되었습니다.]

[가호가 취소되었습니다.]

……

[알 수 없는 이유로 '시의 바다' 소속 플레이어들의 상태가 '광란'에서 '혼란'으로 변경되었습니다!]

[광역 마법이 강제 취소되었습니다.]

[페널티가 주어집니다!]

"우웨에엑!"

라피스 라줄리가 바닥에 주저앉은 채로 피를 한가득 토해 냈다. 마법이 강제로 취소되는 것으로도 모자라 그녀가 손대고 있던 시스템 권한까지 모조리 차단되면서, 모든 페널티가 고스란히 그녀에게 주어진 까닭이었다.

이는 당연히 마력 기관을 넘어서서 격이 붕괴될 정도로 끔찍한 충격을 낳을 수밖에 없는바.

치직, 치지직—

라피스 라줄리의 몸뚱이는 노이즈가 잔뜩 껴서 금방이라도 존재가 부서질 것처럼 위태롭게 굴었다.

『라줄리!』

디아블로는 그런 동료를 뒤늦게 눈치채고 내뱉던 브레스를 도중에 멈추고서 그쪽을 돌아봤지만 이미 때는 늦은 뒤였다.

메시지에 공통적으로 적힌 단어가 등골을 서늘하게 만들었다.

'알 수 없는 힘(Unknown Effect)' 혹은 '이유'라고 명시된 문구.

그건 시스템도 파악할 수 없는 미지의 힘이, 직접 '시스템에 영향을 끼쳐' 이런 참상을 빚어냈단 뜻이었다.

관리자들의 간섭을 배제한 채로!

그것이 의미하는 바를 전혀 모르는 게 아니었기 때문에, 디아블로는 다급해질 수밖에 없었다.

'그놈이다! 무리에 숨었던 그놈……!'

관리자가 아닌데도 불구하고, 시스템의 권한을 직접 잘라 낼 수 있다면 큰일이 벌어지고 만다. 관리국이 필요 없게 되어 버리는 셈이니까.

그리고 그건 나아가 시스템을 완전히 장악하고자 하는 시의 바다에게도 천적이 될 수밖에 없다는 뜻.

하지만 디아블로는 이런 모든 참상을 벌인 자를 찾을 수가 없었다.

그보다 먼저.

좌아악!

어느새 지면을 어둡게 덮고 있던 검은 그림자가 높게 일어났다.

[경고! 이레귤러가 출현하였습니다!]
[경고! 이레귤러가 출현하였습니다!]

......

[경고! 알 수 없는 힘이 막강한 영향력을 끼칩니
다!]

......

[알 수 없는 힘이 스테이지를 장악합니다!]

＊　　　＊　　　＊

연우가 깨우친 음검은 사실 탑 내에 존재하는 수많은 스
킬이나 권능과는 완전히 궤를 달리했다.

시스템은 입장한 플레이어를 데이터로 인식하고, 이런
데이터가 어떤 업적을 이뤄 낼 때마다 적절한 보상을 주면
서 수치를 상향 조정한다.

성장에 직접적으로 강한 영향을 끼치면서 데이터가 이룬
업적을 시스템에 강하게 종속시키는 것이다.

이는 플레이어가 초월에 가까워질수록 시스템에 강하게
얽매이게 되는 모순적인 상황에 노출된다는 의미였다.

연우는 바로 이것을 찢어 놓고자 했다.

하지만 스승인 무왕도 한평생 시스템의 간섭에서 완전히
벗어나질 못해 결국 올포원을 능가하질 못했던바.

이것을 뛰어넘는다는 것은 결코 쉬운 일이 아니었다.

그래서 연우는 생각을 달리 먹었다.

아예 처음부터 새로 시작하자고.

탈각과 초월을 통해 '황'에 다다른 무왕마저도 넘어서지 못한 것이 시스템이라면, 애당초 그것을 뛰어넘을 방법이 없다는 뜻과 다를 바가 없었다.

그렇다면 애당초부터 다른 방식을 꾀해야만 했다.

시스템에서 완전히 벗어나는 것.

즉, 시스템이 보유한 클라우드에 기록된 데이터를 삭제하고, 전혀 새로운 인물로 태어나는 것이었다.

그래서 연우는 과감히 여태껏 자신이 이룬 모든 것들을 강제로 해체시켰다.

스킬, 권능, 신격, 신화는 물론, 자신의 자아까지도……

역시나 목적을 이루기 위해서라면 자신의 목숨마저도 도구처럼 사용하는 그의 냉정한 성격이 반영된 결과였다.

물론, 그냥 해체하기만 하고 새로 정립되질 않으면 아무 의미가 없어지게 되는 셈이니, 의념 통천을 이용해 '의지'를 강하게 남기는 것도 잊지 않았다.

성공 확률이 극도로 낮은 도박이었지만.

연우는 가까스로 성공을 이뤄 낼 수 있었다.

음령을 이루면서, 시스템에서 완전히 벗어나는 데 성공

한 것이다.

다만, 여기에는 한 가지 주의할 점이 있었다.

'탑의 시스템은 자신에게 기록된 데이터가 아니라면, 누구든 거부한다는 것.'

시스템은 일정한 규칙을 바탕으로 활동하기 때문에, 여기에 해당하지 않는 존재에게는 딱 두 가지 선택지만 내린다.

종속.

혹은 방출.

그리고 음령을 이룬 순간, 연우는 방출될 수밖에 없는 입장이었으니. 시스템이 그를 이레귤러로 인식해서 모든 자격과 권한을 박탈하기 때문이었다.

탑에서 쫓겨나서야 올포원을 쓰러뜨리겠다던 목적도 이루지 못하게 되는 셈이 아닌가.

설사 어떻게 방법을 찾아내서 탑 내에 잔류한다고 해도, 층계를 오르지 못하게 되니 방출되는 것과 다를 바가 없었다.

그래서 연우는 도중에 생각을 다시 틀어야만 했다.

'시스템의 제약에서 벗어나더라도, 한쪽 발은 시스템에 담가 두고 있어야 해. 데이터를 완전히 삭제해서는 안 된다.'

연우는 마해의 왕인 라플라스가 플레이어의 자격을 얻었던 것에 힌트를 얻었다. 마해는 타계(他界)의 존재로부터 비롯된 것이고, 이는 탑이 절대 허용할 수 없는 성질을 띠고 있다. 기어 다니는 혼돈이 그토록 탑 내에 영향력을 끼치려 했지만, 결국 연우에 의해 수족이 죄다 잘려 나간 것도 그 때문이지 않던가.

하지만 라플라스는 편법을 이용해 그런 한계를 넘어섰으니, 연우도 바로 이 점을 모방했다.

'플레이어로서의 자격도 유지하되, 필요할 때에는 언제든 시스템의 제약에서 벗어날 수 있게. 맹점을 노릴 수 있는 존재여야만 해.'

그렇기에.

[경고! 해당 대상자가 현재 사용 중인 권능은 시스템에 기록되지 않은 데이터를 기반으로 하고 있습니다! 버그를 사용할 시, 그만한 제재가 가해질 수 있습니다.]

[경고! 해당 대상자가 현재 사용 중인 권능은 전혀 허용되지 않은 모델을 기반으로 하고 있습니다! 이레귤러는 시스템에서 배제되는 것이 원칙입니다! 사용을 중단하여 주십시오!]

[경고! 해당 대상자가…….]

……

[시스템이 해당 대상자를 버그로 지정하여 축출을 시도합니다.]

　　[백신이 가동됩니다.]

　　[해당 대상자가 플레이어임이 확인되었습니다. 백신 가동이 중단됩니다.]

　　[시스템이 해당 대상자를 버그로 지정하였습니다.]

　　[백신 가동이 실패하였습니다.]

　　……

　　[해당 대상자를 버그 유저라고 판단, 시스템의 방화벽 체계가 5단계로 일시 상승하였습니다.]

　　[백신이 강제 가동됩니다.]

　　……

　　[해당 대상자에 대한 접근이 실패하였습니다.]

　　[해당 대상자에 대한 접근이 실패하였습니다.]

　　[백신이 해당 대상자를 축출하는 데 실패하였습니다!]

　　……

　　[시스템이 해당 대상자에 대한 판단을 유보합니다.]

[해당 대상자는 플레이어가 아닙니다. 발견된 특징에 따라 새로운 자격이 주어집니다.]

[어뷰저(Abuser).]

[해당 대상의 자격은 '어뷰저'입니다.]

어뷰저.

탑 내에서 최초로 탄생한 자격을 등에 업은 채.

연우는 음령술이 잔뜩 깃든 그림자를 사방으로 퍼뜨렸다.

＊　　＊　　＊

[경고! 알 수 없는 힘이 스테이지를 강제로 장악하고자 합니다!]

스테이지를 뒤덮은 그림자는 마치 해일처럼 출렁이면서 거대한 몸집을 일으켰다.

"아, 안……!"

거기에 완전히 노출되고만 라피스 라줄리는 안색이 시퍼렇게 질린 채로 악다구니를 내질렀다.

대마법사인 그녀는 지금 이 그림자가 얼마나 말도 안 되는 구조식으로 짜여 있는지를 단번에 알아차릴 수 있었다.

스스로 세상의 모든 지식을 섭렵했다고 할 수는 없다지만, 그래도 웬만한 지식 체계쯤은 모두 머릿속에 담고 있는 그녀로서도 이 그림자는 처음 보는 체계로 이뤄져 있었고.

단순히 권능이라고 치부하려 해도, 관리자로서 보기에 이것은 절대 성립할 수가 없는 형태였다.

도저히 말도 안 되는 결과물이 바로 자신의 눈앞에 있는 것이다.

그녀의 눈에 깃든 것은 미지(未知)에 대한 공포였다.

그래서 어떻게든 탈출하고자 발버둥 쳐 보려 했다. 원래 그녀였다면 어떻게든 자신의 몸 정도는 내뺄 재주가 있었 겠지만, 이미 강한 페널티를 입어 중상을 입은 상태로 연우 의 마수로부터 달아날 수 있는 방법은 없었다.

아니, 있다고 하더라도.

[권능, '하데스의 식령검'이 목표를 접지하였습 니다!]
[권능, '하데스의 식령검'이 날카로운 톱니 이빨 을 들이댑니다!]

검은 그림자 속에 숨겨진 야수의 잔혹한 눈빛에 노출된다면, 머릿속이 새하얘질 수밖에 없었다.

그것은 시스템에 기댄 관리자에게 있어서 천적이나 다름없었으니까.

결국 라피스 라줄리는 별다른 저항도 하지 못한 채, 그대로 몸이 갈가리 찢겨 사라지고 말았다. 마치 수많은 들개들에게 뜯겨 먹히듯이.

그리고 검은 그림자는 수위를 점차 높이면서, 이번에는 하늘을 유영하고 있는 디아블로에게로 향했다.

'십이지는 나로서도 골치가 아픈 작자들이다. 거기다 시의 바다와 협력하고 있다면 더더욱. 그러니 한 놈이라도 더 제거할 수 있을 때 제거해야만 해.'

대장로와 아난타가 궁지에 몰릴 때까지도, 연우가 즉각 나서지 않았던 건 전부 적절한 타이밍을 찾기 위해서였다.

녀석들이 전력을 다할 때. 비수를 꽂아 넣었을 때 단번에 숨통을 끊을 수 있는 기회를 노렸던 것이다.

그리고 지금이 바로 그 타이밍이었다.

촤촤촤촤!

검은 그림자 위로 뾰족한 가시들이 끝없이 치솟았다.

디아블로가 어떻게든 브레스를 내뿜으면서 가시들을 치

워 보려 했지만, 직접 닿은 부위들만 녹아내릴 뿐 별다른 충격은 주지 못했다.

결국 디아블로는 날개와 몸뚱이에 구멍이 숭숭 뚫린 채 지상으로 추락하고 말았다.

그 역시 갑작스러운 이레귤러의 출현으로 허를 완전히 찔리고 말았던 것이다.

그 순간, 연우가 움직였다.

[죽음의 태엽이 작동합니다!]

팟!

출렁이는 검은 그림자 위로, 비그리드를 한 손에 쥔 채 나타나 디아블로에게로 날아든 것이다.

음검을 깨우친 이후, 처음으로 이뤄 낸 합일. 막강한 기세가 폭풍처럼 휘몰아쳤다.

최고 관리자 중에서도 손꼽히는 강자라는 디아블로를 이참에 완전히 제거하기 위해서였다.

[알 수 없는 힘이 최고 관리자, '디아블로'를 제거 목표로 지정하였습니다!]

그 순간, 디아블로도 재빨리 인간 형태로 폴리모프를 시도하면서 거무스름한 광채와 마기를 잔뜩 흩뿌렸다.

　　[최고 관리자, '디아블로'의 요청에 따라, 시스템이 이레귤러를 제거하기 위해 '디아블로'를 백신으로 지정하였습니다!]

콰르르릉!

불길이 사방으로 번져 나갔다.

스테이지 일대가 휘청거리는 동안.

"아!"

아난타는 대장로와 함께 유일하게 그림자 해일에 휘말리지 않은 상태로, 수많은 불꽃이 명멸을 거듭하는 하늘을 멍하니 바라보았다.

『형이 드디어 돌아왔구나.』

그때, 회중시계가 돌아가면서 차정우의 사념체가 나타나 싱긋 미소를 지었다.

그동안 쫓기듯이 여기까지 왔다지만, 이제는 전혀 그럴 걱정이 없었으니까.

애당초 연우가 질 거란 생각 자체가 들지 않았다.

그리고 그와 함께하고 있는 아버지까지도.

콰아아앙!

커다란 폭음과 함께, 연우가 완전히 밀려나 검은 그림자의 바다 위로 착지했다.

그는 눈을 가늘게 좁히고 있었다.

디아블로와 충돌하기 직전에 공간을 열고 나타난 존재 때문이었다.

"홍홍홍! 이거 참 오랜만에 뵈어용. 설마 이런 시기에 떡하니 방해하실 줄은 생각도 못 했어용!"

라플라스는 연우를 보면서 방긋방긋 미소를 지었다. 영매의 '눈'을 가져간 이후 처음으로 가진 맞대면.

"……."

연우는 섣불리 움직이지 않았다.

디아블로 하나면 모를까, 라플라스까지 나타난 이상 동시에 상대하기란 절대 쉽지 않은 일이었으니까.

"놈은 내가 상대한다. 비켜!"

디아블로는 피로 온통 도배된 채 으르렁거렸다. 이미 본체가 상처투성이가 되었다 보니, 폴리모프 형태도 크게 다르지 않았던 것이다.

하지만 그는 도중에 난입해서 자신을 구해 준 라플라스를 사납게 노려보았다. 그에게는 녀석이 방해를 한 것으로만 비쳤으니까.

라플라스는 그런 디아블로를 한껏 비웃을 뿐이었지만.

"그딴 몰골로 참 잘도 지껄이시네용. 지금은 그냥 닥치고 제 말 들으세용."

"비키래도 뭘⋯⋯!"

"이블케의 명령이랍니당."

"⋯⋯!"

디아블로의 분노는 도중에 끊어졌다.

라플라스는 단단히 심통이 난 얼굴로 팔짱을 꼈다.

"이건 참 너무하지용. 다들 왜 이리도 이블케의 말은 잘 듣는 건지. 뭐, 저도 이블케의 명령은 잘 따르지만용. 홍홍홍!"

기존 관리자들을 모두 축출하고, 중앙 관리국을 접수한 그들에게 이블케라는 존재가 주는 무게는 결코 가볍지 않았다.

수장이라는 정도를 넘어선 주군과도 같은 존재.

그런 이가 내린 명령이라면 따를 수밖에 없었다.

결국 디아블로는 분노를 삭인 채 이를 바득바득 갈아야만 했다. 그리고 연우를 노려보면서 언젠가 자신에게 이딴 수모를 준 녀석을 용서치 않으리라 마음을 먹었다.

라플라스는 그런 녀석을 이해하는 척 어깨를 다독여 주며, 연우에게 말했다.

"이번에도 도중에 방해를 한 것 같아 미안하지만, 일단은 저희가 많이 열세인 것 같으니 먼저 가 보겠습니당. 이로써 전적은 일 대 일이 된 셈이니, 이의 없으시겠지용?"

연우가 별다른 대답을 하지 않았는데도 불구하고, 라플라스는 혼자서 북과 장구를 치면서 공간을 열어 스테이지를 빠져나가고자 했다.

하지만 연우의 대답은 말 같은 게 아니었다.

행동이었다.

[용신안]
[화안금정]
[검은 구비타라 ― 현자의 눈]

연우는 금색으로 물든 눈으로 녀석들의 약점을 어떻게든 찾아내고자 했고.

[죽음의 태엽이 맹렬한 속도로 회전합니다!]
[수많은 톱니바퀴들이 같이 맞물려 돌아갑니다!]

콰르릉!
라플라스 뒤쪽으로 포탈이 열리려던 때를 틈타, 검뢰를

녀석들의 중앙에다 터뜨렸다.

음검은 시전자의 의념을 외부로 방출시켜 세계를 강제로 비트는 기예. 당연히 물리적 법칙을 뛰어넘어 그가 원하는 지정 장소에다 검뢰를 일으키는 것도 가능했다.

검붉은 섬광이 번쩍인다 싶더니 단숨에 디아블로의 안면을 사선으로 가로지르고 지나갔다. 이번에는 라플라스가 어떻게 손을 쓸 겨를도 없었다.

"미안한데, 어쩌지?"

[권능, '하데스의 식령검'에 깃든 수많은 죽음들
이 게걸스럽게 존재를 탐닉합니다!]

그리고 디아블로 영혼의 남은 잔재들마저 갈가리 찢겨 검은 그림자 속으로 빨려 들어가고 말았다.

[최고 관리자, '디아블로'를 식령하는 데 성공하
였습니다!]

"이번에는 순순히 못 보내 줄 것 같은데?"

연우는 황망하게 눈을 치켜뜬 라플라스에게로 다시 검뢰를 터뜨렸다.

콰아앙!

라플라스의 몸뚱이가 단숨에 튕겨 나면서 포물선을 그리며 바닥으로 추락했다. 비록 디아블로처럼 완전히 찢어 놓지는 못하더라도, 적잖은 상처를 입었던 건지 피투성이가 되어 있었다.

팟!

그런 녀석 앞으로 공허가 활짝 열리면서 연우가 나타났다. 한 손에 검붉은 뇌전이 번뜩이는 비그리드를 든 채로, 앞으로 깊숙하게 내찔렀다.

쿠르릉—

검뢰팔극은 어느새 오극(五極)으로 접어들면서 막강한 파괴력을 자랑하는 중이었다.

라플라스의 얼굴은 온통 짜증으로 일그러져 있었다. 언제나 웃음기 가득하던 스킨헤드였지만, 지금만큼은 웃는 낯을 유지하기 힘든 듯 보였다.

"그래도 저에게는 은인이기도 하고 해서 봐 드리려 했었는데……."

그도 그럴 것이 이 자리에서 최고 관리자를 하나도 아니고 셋이나 잃었으니까. 이는 그들로서도 적잖은 피해였다. 특히 자신이 지키는데도 불구하고 디아블로를 잃은 건 오만이 부른 참사나 마찬가지였다.

"이래서야 짜증 나서 더 이상 그러기도 힘들잖아용!"

검뢰가 닿기 직전, 라플라스의 몸뚱이가 마치 풍선처럼 부풀어 올랐다가 터졌다. 그리고 휘몰아치는 막강한 기운은 그 자리에다 끝도 없이 거대한 크기를 자랑하는 그림자를 토해 냈으니.

그것은 괴물이었다.

한 치의 앞도 분간하기 힘들 만큼 어두운 안개 사이로, 수천수만 개의 다발로 이뤄진 촉수가 드글거리고 수십 개의 눈이 끔뻑이고 있는 이형(異形)의 괴물.

타계에서나 존재할 수 있을 것 같은, 혼돈과 무질서가 빚어낸 창조물은 일찍이 연우도 마해에서 본 적이 있던 라플라스의 본체였다.

녀석은 연우가 있는 쪽으로 촉수를 거세게 내리쳤다. 해(亥)의 루피를 단박에 때려잡았던 충격파가 검뢰오극과 부딪치면서 사방으로 폭발이 번져 나갔다.

마치 크리스마스 트리처럼 검은 안개 곳곳으로 수도 없이 많은 명멸이 맺히길 반복하고.

이. 블. 케. 는.

오. 라. 고. 하. 지. 만.

저. 는.

절. 대. 안. 봐. 줘. 용.

그어어어—

라플라스는 엄청난 양의 사념을 마구 발산하면서 스테이지를 마해와 비슷한 환경으로 뒤바꿔 놓고자 했다.

〈최고 비상 권한 발동〉
〈심상 개변〉

　　[최고 관리자의 요청에 따라, 66층에 주어진 모든
　환경적 조건이 변화합니다!]

마해의 왕이 부리는 심상 개변만 하더라도 보일 수 있는 권능이 절대 작지 않을 텐데, 거기다 최고 관리자로서의 권한까지 사용하니 스테이지 전체가 들썩였다.

비록 연우가 뻗은 그림자로 뒤덮였다지만, 그보다 우선하는 스테이지의 본질은 시스템에 있는바. 그것을 직접 작동하니 여태껏 보이던 스테이지 환경이 전부 뒤바뀌었다.

그렇게 나타난 곳은 마해였다.

수많은 마물들이 득실거리던 곳.

끼아악!

꺅! 꺄아악!

물결이 거칠게 출렁일 때마다 기괴한 울음소리가 퍼지면서 온갖 기괴한 형태를 자랑하는 괴물들이 연달아 튀어나왔다.

그것들은 라플라스의 명령에 따라 오로지 연우를 잡아먹고 말겠다는 일념만 머릿속에 담은 것들이었다.

하나하나가 이미 웬만한 신격들쯤은 쉽게 잡아먹을 수 있는 것들이었지만.

「주군에. 게. 살의를. 드. 러내는. 자. 죽어. 마땅하. 다.」

연우 뒤편으로 공간이 갈라지면서 두 개의 인페르노 사이트가 나타나더니, 곳곳에서 공허가 열리며 권속들이 줄지어 쏟아졌다.

샤논과 한령, 레베카 등 이제는 연우를 상징한다고도 할 수 있는 것들. 연우가 음령을 달성하고 '죽음'의 개념에 더 가까워지면서 더더욱 깊은 어둠을 간직한 이들이 일제히 마해로 뛰어들었다.

죽음의 권속들과 이형의 괴물들이 한데 뒤엉켜 난전을 치르는 모습은 마치 세상의 종말을 그린 성화를 보는 듯, 기괴하면서도 찬란하고, 또한 아름답기까지 했다.

그리고.

[죽음의 태엽이 감기는 속도가 더욱더 빨라집니
다!]

연우는 이참에 확실하게 라플라스를 잡아 놓겠다는 듯,
더 맹렬한 속도로 죽음의 태엽을 감았다.
그 순간.
찰칵, 찰칵—
체내 곳곳에서 무언가가 맞물리는 소리가 났다.

[맞물린 수많은 톱니바퀴들이 더 빠른 속도로 회
전합니다!]
[연쇄 작용으로 더 많은 톱니바퀴들이 맞닿았습
니다!]
[현재 맞물린 톱니 수: 666개]

[모든 죽음의 신들이 당신과 함께합니다!]
[모든 죽음의 악마들이 당신과 함께합니다!]

['죽음'의 개념이 작동합니다!]

그것을 만끽하면서.

"이곳으로 오라."

연우는 언령(言靈)을 내뱉었다.

톱니바퀴란 '죽음'을 신위로 둔 신과 악마들을 의미하며.

그런 톱니바퀴들과 태엽이 함께 이루는 기계 장치는 곧 '개념'을 의미했으니.

이는 곧 연우가 죽음, 그 자체가 되었다고 봐도 과언이 아니었다.

칠흑왕을 신봉하는 모든 죽음의 신과 악마들은 이제 연우를 단순한 후계가 아닌, 대역으로 인정하면서 그의 신하를 자청하고 있었고.

이렇게 연우를 중심으로 뭉친 톱니바퀴와 태엽은 개념을 형성하면서, 연우에게 막대한 권능을 불어 넣는 결과를 낳았다.

동시에.

[6차 용체 각성]
[권능 전면 개방]

[하늘 날개]

콰드득, 콰득—

골격이 이리저리 뒤틀리면서 등 뒤로 하늘 날개가 뒤섞인 용의 날개가 그 모습을 드러냈다. 턱밑까지 올라온 용의 비늘은 이제 칠흑색으로 번들거리고 있었다.

칠흑색의 비늘과 황금색의 눈이 요요하게 빛날수록.

쿠쿠쿠쿠!

그를 따라 퍼져 나간 기세는 이제 층계를 뒤흔들다 못해 공간을 이리저리 휘둘러 대면서 곳곳에다 왜곡장을 형성할 정도였다.

칠. 흑. 을.

깨. 운. 건. 가. 용.

라플라스는 그런 연우를 보면서 눈에 이채를 띠었다. 수십 개의 촉수가 다발로 묶이면서 다섯 개의 손가락을 단 거인의 손처럼 변해 연우를 덮칠 듯 노려 왔다.

휘리릭!

연우가 해체시켰다가 재조립한 건, 자신의 데이터와 자아만이 아니었다.

그와 긴밀하게 연결되어 있는 모든 것들.

그중에는 당연히 칠흑왕의 형틀도 있었다.

연우에게 죽음이라는 개념을 가르쳐 주고, 수많은 권속들을 안겨 주었으며…… 또한, 공허와 칠흑에 대해서 알려 주었던 것.

이것을 자신만의 방식으로 바꾸면서. 음령에 귀속시키면서 드디어 새로운 속성을 터득한 것이다.

"원래는 올포원을 상대할 때에나 선보이려던 것이지만."

츠츠츠—

연우를 따라 감도는 칠흑색의 기운들이 불길하게 꿈틀거렸다.

"그 쪽에게 먼저 보여 주도록 하지."

['죽음'이 당신을 좇습니다!]
[공허 속에 깊이 잠든 칠흑의 일부가 모습을 드러냅니다!]

연우는 어느새 칠흑색으로 가득 물든 비그리드를 횡으로 휘두르고 있었다.

공간이 길쭉하게 찢어지면서, 사선에 노출된 녀석의 촉

수들이 갈대처럼 무수히 잘려 나갔다.

하지만 라플라스의 공세는 거기서 그치지 않았다. 잘린 단면에서 훨씬 많은 촉수들이 분화하여 달려들고, 검은 안개는 아래에서부터 그림자를 꾸역꾸역 밀고 들어와서 크고 작은 눈들을 떴다.

수백 개의 눈들은 하나같이 호선을 그리고 있었다.

칠흑을 깨웠다는 것.

아무리 일부라고 하더라도, 그것이 의미하는 바를 모를 리가 없으니까.

그는 '극권의 군주'라고까지 불렸던 최고 외신의 후예이지 않은가.

최고 관리자가 아닌, 타계의 신으로서는 칠흑에 대한 소회가 남다를 수밖에 없었다.

안. 되. 겠. 네. 용.

어느새 연우에 대한 짜증은 그에 대한 관심과 흥미로 변한 지 오래였다.

그래서 궁금했다.

대체 지난 2년 동안 연우가 얼마나 변했는지를.

역. 시.

당. 신. 은.

재. 미. 있. 어. 용.

끼아아, 하하하!

라플라스가 내뱉은 괴상한 웃음소리가 스테이지를 몇 번이고 흔들어 놓았다.

                    *   *   *

『이런 기분, 간만에 아주 좋은데?』

크로노스의 목소리가 연우의 귓가에 울린 건 바로 그 무렵이었다.

폐관 수련 동안 연우와 대화를 나눌 수 없어 어쩔 수 없이 깊은 잠에 들었고, 그 여파로 연우가 깨어난 뒤에도 여태껏 아무 반응이 없었지만.

합일과 함께 권능이 강화되면서 자극을 받아 저절로 깊은 잠에서 깨어났던 것이다.

그리고 그는 연우와 라플라스가 빚어내는 전투를 아주 흥미롭게 관찰하고 있었다.

쿠릉, 쿠르릉!

콰콰콰콰—

처음에는 라플라스의 본체가 가진 기괴한 형태를 보고 저게 뭐냐며 질겁하는 기색을 보이기도 했다.

하지만 곧 태엽을 통해 전해지는 막강한 기운에 크게 기뻐했다.

신위를 넘어서 개념이 직접 움직인다는 것.

그것이 주는 달콤함은 마약이나 다를 게 없었으니까.

세상의 법칙을 직접 움직인다는 것은 바로 그런 것이었다!

콰르르릉—

그리고 그것이 의미하는 바는 단 하나.

[죽음의 태엽이 더 맹렬한 속도로 회전합니다!]

[죽음의 태엽이 감기는 속도가 한계점에 다다랐습니다.]

[죽음의 태엽이 과부하 상태에 잠겼습니다. 마찰열로 인해 톱니 부분이 마모되기 시작합니다.]

……

[주의! 임계점에 다다랐습니다!]

[주의! 임계점에 다다랐습니다!]

……

[죽음의 태엽이 손상되는 것을 방지하기 위해 보수 작업이 이뤄집니다.]

[죽음의 태엽이 새로운 형태로 강화되었습니다!]
[죽음의 태엽이 온전하게 작동합니다!]

[태엽의 존재감이 확산됩니다.]

여태껏 연우를 보조하는 역할로만 그쳐야 했던 죽음의 태엽이, '죽음'이라는 개념의 중심에서 엔진 역할을 맡게 된다는 점이었다.

신왕(神王).

한때, 천계를 휘어잡으면서 여러 고대신과 개념신들과도 자웅을 겨루었던 크로노스가, 드디어 까마득한 세월을 넘어 격을 복구한다는 뜻이기도 했다!

[죽음의 태엽이 새로운 형태를 갖추면서 '비그리드'가 새로운 진명(眞名), '크로노스'로 변모합니다!]

콰르르르릉!

육극(六極)과 함께 삐져나온 검뢰가 단숨에 연우의 앞을 가로막던 안개와 촉수들을 전부 찢어 버렸다.

여전히 시간의 태엽이 완전히 복구되질 않아 아직까지 '진짜' 크로노스라고는 할 수 없었지만.

그래도 죽음의 신위를 두고 봤을 때는 전성기 시절의 그가 돌아왔다고 해도 과언이 아니었다.

그리고.

무엇보다 세상을 따라 흐르는 흐름이, 누군가는 '천기(天機)'라고 부를 거대한 흐름이 연우를 중심으로 조금씩 왜곡되고, 방향을 크게 바꾸면서 법칙을 강제하는 것이 보였다.

본인이 지닌 소우주를 외부로 확장해서 세상의 흐름을 의지대로 바꾸는 것.

단순히 의념을 세상에다 아로새기는 것이 아니라, 강제로 뒤틀고 있는 것이다.

의념 통천보다도 더 한 발 나간 것이 바로.

'음검(陰劍)이라!'

크로노스는 무릎이 있다면 크게 두들기고 싶었다.

몇 번이고 느낀 것이지만. 권능이나 신위를 빌리지 않고도, 이렇게 세상에 간섭할 수 있는 기예를 개발해 낸 소호금천이라는 존재가 참 대단하게 느껴질 뿐이었다.

그리고 그걸 개량하여 연우에게 전달한 무왕이란 존재 역시도!

『막내아들이 이렇게까지 발전하는데 어찌 기쁘지 않을까!』

연우는 껄껄 웃어 대는 크로노스의 웃음소리를 귓등으로 흘려들으면서.

"아주버님!"

아난타가 이곳을 보며 던진 것을 단번에 낚아채고, 그것을 손목에 감긴 쇠사슬과 함께 연결시켰다.

찰칵!

[시간의 태엽과 연결되었습니다.]

[태엽이 많이 망가진 상태입니다. 기능 중 상당수를 사용하실 수 없습니다.]

[신력이 부여되어 기능 중 일부를 복구합니다.]

째깍, 째깍—

시계 바늘이 빠르게 돌아가고.

[시간의 태엽이 작동합니다!]

[2배속으로 빨리 감기 됩니다. 광속화(光速化)가 이뤄집니다.]

화아악!

팟—

연우는 어느새 공간을 열어젖히면서 눈앞에 난 길을 단숨에 통과했다. 짙게 깔린 검은 안개 사이로 라플라스 본체의 거대 눈동자가 꿈틀대고 있었다.

그 위로.

콰아아앙!

비그리드가 깊숙하게 꽂혔다.

칠흑의 입자가 흩날리면서 흔들거리는 앞머리 사이로, 연우의 두 눈이 번들거렸다.

"삼켜라."

간단한 시동어와 함께.

쿠쿠쿠쿠!

['하데스의 식령검'이 플레이어, '라플라스'에 대한 식령을 시도합니다!]

비그리드를 통해 라플라스의 본체로 번져 나간 칠흑이 탐욕스럽게 톱니 이빨을 훤히 드러냈다.

검은 그림자와 완전히 동화된 하데스의 식령검은 이미 단순한 권능의 범주를 넘어서, 이제 자체적으로 본능을 가지고 있는 것 같았다.

게걸스럽게 라플라스의 본체를 먹어 치우는 거대 톱니 이빨에서는 식탐만 잔뜩 느껴졌던 것이다.

하지만 워낙에 거대한 크기를 자랑하기 때문일까, 먹어 치우는 데 상당한 시간이 필요한 것 같았다.

더구나.

끼아아아!

끼끼긱!

톱니 이빨이 움직일 때마다 라플라스의 본체에서 울려 퍼지는 기괴한 울음소리는 듣는 것만으로도 끔찍하게 느껴질 정도였다.

그것은 고통에 찬 울부짖음이었지만, 또 어떻게 보면 희열에 찬 웃음소리로 들리기도 했다.

하. 하.

재. 미. 있. 어. 용.

아니, 그건 웃음소리인지도 몰랐다.

자신의 존재가 잡아먹히고 있는데도 불구하고. 라플라스

는 아주 크게 웃고 있었다. 사념에 가득 담긴 희열은 유열 (愉悅)의 수준을 넘어서 열락(悅樂)처럼 느껴질 정도였다.

보통 식령의 위기에 빠진 녀석들이 보였던 것과는 전혀 다른 모습.

『이놈, 완전히 미쳤구나, 아들아.』

'동감입니다.'

새카만 스킨헤드에다 토끼 귀를 달고 있을 때부터, 중저 음으로 애교 섞인 목소리를 낼 때부터 진즉에 눈치를 챘어 야 했는데.

까마득한 세월을 살아오면서 웬만한 미친놈들을 많이 보 아 왔다고 자부하는 크로노스도 라플라스만큼은 질린 눈치 였다.

계속 상대하고 있다가는 정말 덩달아 미칠 것 같은지라, 연우는 녀석의 눈깔에다 박은 비그리드를 더 깊숙하게 밀 어 넣었다.

『야! 그만 밀어! 자꾸 이 끔찍한 새끼 감촉이 느껴지잖 아!』

'누가 검의 형태를 계속 유지하시라고 했습니까?'

『뭐야? 이놈의 새끼가……!』

연우는 크로노스가 길길이 날뛰건 말건 간에 귓등으로 흘려들으면서 비그리드를 그대로 거세게 내리그었다.

검뢰가 다시 한번 더 터졌다. 녀석의 거대한 몸뚱이를 따라 검붉은 불길이 사선 모양으로 쭉 그어졌다.

녀석을 어떻게든 더 잘게 쪼개어 조금이라도 더 빨리 하데스의 식령검에 먹히게 하기 위해서였다.

[시간의 태엽이 감기는 속도가 빨라졌습니다!]
[현재 속도는 4배속입니다.]
……
[시간의 태엽이 감기는 속도가 훨씬 빨라졌습니다!]
[현재 속도는 8배속입니다.]

[신체에 막대한 과부하가 전해집니다!]

푸화악!

활짝 열린 틈 사이로 역겨운 냄새를 풍겨 대는 체액이 분수처럼 튀어 올랐다.

하나하나가 혼돈의 성질을 띠고 있어서 닿는 것만으로도 존재가 녹아내릴 수 있는 독극물들.

하지만 그것들은 연우에게 닿기도 전에 이미 그를 따라 감도는 엄청난 열기에 증발해 사라졌다.

물론, 설사 닿는다고 하더라도 무채독이 있으니 크게 걱정할 건 없었다.

무엇보다 이제 그의 체질은 음령(陰靈).

오히려 이런 것들이 그에게 효과적일 때도 있었다.

하. 하. 하.

하. 하.

그렇게 갈기갈기 조각나고 있는 와중에도, 라플라스는 웃음을 멈추지 않았다. 그와 함께 촉수가 튀어나오고, 심상 개변과 함께 갖가지 이적이 폭풍우처럼 휘몰아치며 연우를 방해하려 들었지만 결코 그를 둘러싼 망령의 벽을 뛰어넘지 못했다.

『그만하라고, 이것아!』

콰쾅, 콰콰쾅—

『아아악! 막내라고 낳은 아들 녀석이 아버지를 끈적끈적하고, 어둡고, 막 이상한 데에다가 밀어 넣어서 학대한다! 이게 고려장이 아니고 무엇이냐!』

크로노스의 절규가 이어지는 것은 덤이었다.

『이거 진짜 기분 나쁘다고! 그만해!』

그러다.

스걱!

마지막으로 비그리드가 열어젖힌 눈깔 안쪽에는, 스킨헤드의 토끼 귀 흑인이 이상한 세포 같은 것에 둘러싸여 있었다.

"이런. 정말 여기까지 오셨네용?"

라플라스는 '짝!' 하고 박수를 치면서 눈을 동그랗게 떴다. 입가가 씰룩대고 있는 것이, 죽음의 위기에 놓여서도 이 순간을 즐기고 있는 게 분명했다.

연우는 이 기괴한 취미를 가진 변태를 내버려 둬서 좋을 게 하나도 없을 것 같아, 아무 대답도 하지 않고 머리통이 있는 쪽으로 비그리드를 휘둘렀다.

"스토옵!"

바로 그때 녀석이 갑자기 양팔을 높이 위로 번쩍 들었다.

무슨 할 말이라도 있는 건가 싶어, 비그리드의 날카로운 칼날을 목젖 앞에서 바로 멈췄다.

"뭐지?"

"항복할게용! 그러니 봐주시죵?"

연우의 미간이 꿈틀거렸다. 여태껏 실컷 싸워 대고, 그렇게나 방해를 해 놓고서. 뭐? 항복?

"말하라는 건 다 말해 주고, 협력하라는 것도 다 할 테니까, 이 칼 좀 내려 주시면 안 될까용?"

"……."

"제 깜찍한 귀를 보시고도 해하고 싶은 마음이 든다면 그건 아주 나쁜 사람이란 뜻이라구용."

토끼 귀가 귀엽게 움찔움찔 떨렸다. 그러면서 가지런히 모은 양손을 입가에다 붙이며 장화 신은 고양이처럼 눈을 끔뻑끔뻑하는 모습이…… 당장에라도 대갈통을 후려치고 싶은 심정이었다.

구릿빛 피부를 자랑하는 흑인 근육 마초남이, 비음 섞인 중저음 목소리를 내며 애교를 부려 봤자 끔찍하기밖에 더 할까.

그런 녀석을 보면서.

연우는 라플라스의 목 바로 앞에 대고 있던 비그리드를 내렸다.

"좋아. 봐주지."

"오. 그럼……!"

"대신에 조건이 있다."

"뭐죵?"

연우가 한쪽 입꼬리를 말아 올렸다.

"일단 죽어."

퍽!

[플레이어, '라플라스'를 식령하는 데 성공하였습니다!]

[죽음의 개념이 '라플라스'에 새겨지는 데 성공했습니다.]
[모든 죽음의 신들이 만족합니다.]
[모든 죽음의 악마들이 기꺼워합니다.]

*　　*　　*

「이것 참, 우리 사이에 너무하시단 말이죵. 어떻게 이렇게 귀엽고 깜찍한 토끼 귀를 가진 생명체에 칼을 갖다 댈 생각을 할 수 있는 거죵? ### 님은 분명히 전생에 피도 눈물도 없는 악당이었을 게 분명해용.」

솰라솰라.

중얼중얼.

망령으로 다시 깨어난 라플라스는 땅바닥에 쭈그리고 앉아서 비 맞은 중처럼 자꾸 혼잣말을 중얼거렸다.

분명히 항복 의사를 밝혔는데도 불구하고, 일단 칼부터 휘두르고 본 것에 대한 불만이었다.

물론, 이번에도 외형은 크게 바뀌지 않은 상태였지만.

연우는 제발 그딴 괴상한 차림을 그만하라고 말했지만, 녀석은 도통 들을 생각을 하지 않았다. 이것이 자신의 진짜 정체성이라나? 이 모습을 유지하게 해 주지 않는다면 절대 협조하지 않겠다고 어린애처럼 완강하게 버티는 통에 그냥 그러라고 내버려 둘 수밖에 없었다.

마음 같아서는 연옥로에다 처박아서 악업이 전부 소진될 때까지 활활 태우고 싶은 심정이었지만.

'그래서는 시간만 크게 지체하게 될 테니까.'

이미 시의 바다에서는 자신이 폐관 수련을 끝내고 그들의 뒤를 쫓기 시작했다는 사실을 눈치챘을 터였다.

지금은 한시가 촉박한 상황. 녀석을 심문하는 데 시간을 허투루 날릴 수가 없었다. 녀석이 항복하겠다고 했을 때 잠시 멈칫거렸던 것도 전부 그 때문이었다.

물론, 그렇다고 해도 저렇게 계속 알아들을 수 없는 혼잣말로 꿍얼대서야 짜증이 날 수밖에 없었다.

"대체 네가 말하는 우리 사이가 뭔데?"

「무슨 사이겠어용. 우락부락한 근육과! 땀으로! 영혼의 교감을 나눈 절친 사이죵! 설마 그새 우리가 손을 잡고 함께 보내었던 그 즐거운 시간들을 잊으신 건가용?」

"……."

연우는 한순간 녀석을 그냥 연옥로에다 처박아 버릴까

하는 충동이 강하게 들었다.

『아들아.』

그때, 크로노스가 나지막한 목소리로 물었다.

『그런 취미였던 것이냐?』

'……'

근엄한 척하지만 속내는 아주 재미있어 죽겠다는 말투였다.

'아버지.'

『왜 그러느냐?』

진중하게 대답하는 목소리가 어찌 그렇게 자상하게만 느껴지는 것인지.

연우가 싸늘한 어투로 말했다.

'다시 저 변태 놈 안에 박히고 싶으신 게 아니면 조용히 계십시오.'

『…….』

크로노스는 계속 연우를 자극해서야 좋을 게 없다고 판단하고 뒤로 스리슬쩍 발을 뺐다.

『……내가 낳은 건 자식이 아니라 괴물이었어.』

크로노스의 시선이 토끼 귀 마초남에게로 향했다.

『그보다 저 시끄럽게 떠드는 놈 주둥이 좀 닥치게 해 줄 수 없겠니? 이러다간 정말이지 귀에 딱지가 앉겠구나.』

연우가 눈살을 찌푸리면서 뭐라고 말을 하려는데.

그때, 아난타와 대장로가 이쪽으로 다가왔다.

"다친 덴 없으신가요?"

"괜찮소."

"제법 그럴듯해졌구나."

대장로는 낡은 안경을 고쳐 쓰면서 연우를 위아래로 훑었다. 그의 눈에 이채가 돌았다. 연우가 지난 시간 동안 이룬 경지를 단박에 눈치챈 것이다.

외뿔부족의 태양지체와는 전혀 상반된 듯한 체질.

"결국 음검을 깨웠나 보지?"

"그렇습니다."

"그래. 그렇단 말이지……."

대장로는 연우의 대답에 가만히 고개를 끄덕였다.

여러 감정이 복잡하게 교차하는 얼굴.

지난 세월 동안 일족이 추구했던 음검의 비밀이 풀렸다는 사실에 소회가 남다른 것이겠지. 그리고 숙원을 해결해준 대상은 무왕의 제자가 아니던가.

"녀석이 말했던 대로, 녀석의 신화는 여전히 사라지지 않고 제자를 통해 계속 이어지고 있었구나."

대장로는 그렇게 중얼거리다, 가만히 고개를 끄덕이면서 생각을 정리하고 눈을 가늘게 좁혔다.

"지금 너도 보았듯이, 나유 녀석에 이어서 나까지 이렇게 되었는데도, 여전히 올포원은 나서지 않고 있다. 그 이유는 알 수 없어도, 시의 바다는 이 기회를 틈타 다른 걸 노리고 있지. 브라함은 그걸 저지하러 움직이고 있는 중이다."

연우의 두 눈에 이채가 어렸다.

"천마증을 앓고 있는 주신들이 모인 자리에, 브라함도 간 겁니까?"

"맞다. 호랑이를 잡으려면 호랑이굴에 직접 들어가야 한다는 게 그의 말이었지."

연우는 침음성을 흘렸다.

시의 바다. 올포원의 자리를 대체하려는 계획을 꾸미고 있는 그들의 자리에 뛰어든 건, 아마도 하르모니아에 대한 원망과 애증 때문이겠지.

아무래도 다음 이동할 장소는 온갖 주신들이 모여 있을 전장일 듯했다.

이번에는 지금처럼 쉽게 뛰어들기가 어려웠다.

시의 바다가 어떻게든 방해를 하려 들 게 분명하니, 정확한 속내를 알아내고 부딪쳐야만 했다.

"라플라스, 너희가 꾸미는 게 대체 뭐지?"

연우와 일행들의 시선이 전부 라플라스에게로 향했다.

「이렇게나 많은 사람들이 제게 관심을 가져 주시다니. 관종인 저는 너무나 기쁩니다용.」

"이 이상 장난치면 연옥로에다 처박고 다시는 안 꺼내 주지."

「흥흥흥! 일단 한 가지만 짚고 넘어갈게용. 이블케가 장악한 중앙 관리국은 정확하게 시의 바다로 넘어간 게 아니에용. 그냥 목적이 같아서 손을 잡았을 뿐이징.」

라플라스는 신나게 떠들어 댔다.

「두 곳이 바라는 바는 딱 한 가지예용. 기존 시스템의 무력화. 그리고 새로운 시스템의 탄생이에용. 리셋(Reset). 그렇게 생각하시면 될 듯해용.」

"리셋?"

「맞아용! 올포원으로 대변되는 현 시스템은 시의 바다와 이블케가 장악한 중앙 관리국이 추구하는 바와 너무 차이가 나거든용.」

"너희들이 추구하는 목적이 무엇인데?"

순간, 여태 장난기 가득하던 라플라스의 두 눈이 처음으로 깊게 가라앉았다.

「뭐긴 뭐겠어요. 현 질서의 붕괴지. 이블케는 올포원과 관리국, 천계로 이뤄지는 삼각 균형이 역동적이어야 할 탑의 사회를 정체시키는 근원악이라고 여기고 있거든용.」

삼각 균형의 붕괴……. 연우는 그제야 이블케의 생각이 어느 정도 엿보이는 것 같았다. 최초의 관리자이자, 국장이 기도 했던 녀석은 그동안 기나긴 탑의 역사를 지켜봤을 터. 그렇다면 거기에 대해 어떤 이상을 품고 있다고 봐도 전혀 이상하지 않았다.

"그럼 시의 바다는?"

「시의 바다가 바라는 바는 이블케의 이상보다 훨씬 간단 해용. 종말이거든용.」

연우의 두 눈이 살짝 커졌다.

그게 무엇을 의미하는지, 이제 확실히 알게 되었기 때문 이었다.

저들이 '시'라고 부르는 것.

종말록. 즉, 계시록의 끝부분을 실천할 생각인 것이다.

그리고 그 뜻은 하나.

천마가 탑의 저 밑바닥에다 처박아 두었다는 존재가 눈 을 뜨기만 하면 된다.

그런다면 이 세상에서 벌어지는 모든 일들이 단편의 꿈 처럼 덧없이 사라지게 되리라.

"……칠흑왕을 부활시킬 생각인 거로군."

Stage 78.
창조신

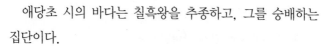

애당초 시의 바다는 칠흑왕을 추종하고, 그를 숭배하는 집단이다.

폐쇄적이고 신비로운 분위기를 제외한다면, 천마를 숭상하는 마군과 얼핏 비슷하다고도 할 수 있는 것이다.

하지만 천마가 외면하면서 신을 저버리고만 마군과 다르게.

시의 바다는 칠흑왕을 직접 깨울 생각을 하고 있었다.

그리고 그 뜻은 하나.

계시록의 마지막 끝부분, 언젠가 찾아온다는 '종말' 을 불러들이려 하고 있었다.

'계시록 내에서 우주는 흔히 칠흑왕이 잠든 동안 꾼 '꿈'으로 묘사가 된다. 그리고 잠에서 깨어날 때 비로소 그동안 진행되었던 우주는 한낱의 미몽처럼 덧없이 사라지는 거고.'

즉, 저들의 해석에 따르면 이 세상에 존재하는 모든 존재들이 칠흑왕의 꿈이 만들어 낸 허상이라고도 할 수 있는 것이다.

허상이 실존하기 위해서는 깨어나는 칠흑왕의 옆에 앉을 자격을 갖춰야만 한다.

'이를 위해 칠흑왕을 깨우는 데 큰 공헌을 한다…… 이건가? 아직 정확하게 저들이 추구하는 교리는 알 수 없어서 추측하는 게 전부지만.'

연우의 두 눈이 깊게 가라앉았다.

'미치광이 종말론자들과 다를 게 없어. 아니. 해악으로 따지자면 마군보다도 더 큰가? 그놈들은 최소한 세상을 무너뜨리겠다는 이상한 소리는 지껄이지 않으니까.'

사실 마군과 시의 바다는 서로 모시는 존재가 대척점에 놓여 있다 보니, 추구하는 교리도 전혀 달랐다.

시의 바다가 세상을 언젠가 덧없이 사라지는 허상이니, 먼 훗날 찾아올 '심판의 날'에 대비하여 원죄(原罪)를 뉘우치면서 몸과 마음을 정갈히 하고, 교리 실천에 집중해야 한다는 수도적인 성향을 보인다면.

마군은 세상을 '무지(無知)'로 대변되는 어둠을 물리치기 위해 하루하루 부단히 노력하여 제 길을 걷는 자유 의지의 표상(表象)으로 묘사한다.

즉, 시의 바다는 언제가 찾아올 종말 이후에 약속된 낙원에 닿기 위해 신을 기린다면, 마군은 자유 의지를 바탕으로 하여 개인적 자아를 더욱 중시하는 것이다.

비록 마군의 교리가 후대로 갈수록 광기를 띠면서 도중에 크고 작은 분란을 일으키기도 했다지만.

내포된 위험성만 따진다면, 시의 바다와는 비교도 할 수가 없는 것이다.

연우는 자신이 칠흑왕의 후예가 되긴 했어도, 언제나 그의 힘을 이용할 생각만 했었지 추종한 적은 단연코 없었다. 만약 이 힘이 자신이 강해지는 데 있어서 방해가 되거나 걸림돌이 되었다면 진즉에 내버렸을 터였다.

하지만 칠흑왕이 천마에 비견할 만한 존재이고, 동생의 영혼이 녀석에게로 귀의했기에 계속 갖고 있을 뿐.

칠흑왕의 사도였던 크로노스도 크게 다르지 않았었고.

그런 그의 입장에서 탑 아래에 가라앉아 있는 칠흑왕을 깨우겠다는 시의 바다의 생각은…… 여러모로 꺼려질 수밖에 없었다.

'하지만 중앙 관리국과 시의 바다가 한통속이 아니라는 걸 알아낸 것만큼은 큰 소득이야.'

저들이 필요에 의해 손을 잡고 있다는 건, 때에 따라서는 얼마든지 관계가 깨질 수 있다는 뜻이기도 했으니까.

연우는 생각을 정리하고, 눈을 가늘게 좁히면서 라플라스를 바라보았다.

이제 상황은 대략적으로 이해가 되었다.

하지만 여전히 이해가 되질 않는 부분이 있었다.

"그럼 너는 뭘 추구하는 거지?"

라플라스.

마해의 왕으로 태어났으나, 오로지 흥미만으로 최고 관리자가 되었고, 이제는 플레이어가 되어 종말을 향해 달려가는 자.

녀석도 일종의 타계의 신이라 할 수 있는 존재이니, 칠흑왕을 추종하기에 이 일에 가담한 것일 수도 있다.

하지만 연우가 봤을 때는 녀석은 절대 그럴 성격이 아니었다.

"이블케가 추구하는 이상이나, 시의 바다가 바라는 대의와는 전혀 별개로 움직이는 것 같던데."

「전.」

라플라스는 당연하지 않냐는 투로 입꼬리를 씩 말아 올

렸다.

「순전히 재미에용. 승자 옆에 앉아서 맘 편하게 역동적으로 변할 세계를 관람하는 것.」

그 웃음은 미쳐 있었기에, 오히려 그만큼 순진해 보이기까지 했다.

「바로 옆에서 그 과정들을 전부 지켜볼 수만 있다면. 저는 굳이 주체가 아니어도 된답니당. 저는 역사가 바뀌는 것을 보고 싶을 뿐이에용.」

그러니 이런 꼴이 되어도 괜찮답니다. 당신도 그런 역사의 흐름을 바꿀 주체 중 하나이니까요.

라플라스는 그렇게 말하고 있었다.

역시 이놈은 정상이 아니야. 연우는 그렇게 생각했다.

하지만 한 가지만큼은 확실했다.

녀석에게 시의 바다나 중앙 관리국에 대한 충성심은 절대 없다는 것.

'흥미'만 충분히 따른다면, 얼마든지 자신에게 충실해 줄 수 있는 미친놈이라는 점이었다.

*   *   *

"……"

레온하르트는 반쯤 얼이 빠져 있었다.

플레이어들에게는 괴물이나 다름없던 최고 관리자들을 연달아 격파하는 것으로도 모자라, 시의 바다에서도 본 적이 있던 라플라스에 고삐를 채우는 모습이 너무 놀라웠던 것이다.

이미 그가 신격과 비견할 만한 위치에 올랐고, 올림포스의 주신이 되었다는 것도 알고 있었지만…… 그래도 이렇게 직접 그의 신위를 지켜보니 이제야 그 모든 사실이 현실로 다가오는 것 같았다.

하지만.

그를 가장 놀라게 한 건 따로 있었다.

『으…… 망할 형 같으니라고. 얼마나 회중시계를 크게 흔들어 댔으면 나까지 골이 울리는 거야?』

저곳에.

『마누라, 저놈 좀 혼내 줘. 응? 안 된다고? 에이. 그래도 자기 말은 잘 들을…… 음?』

그토록 보고 싶었던 얼굴이 있었다.

그때, 아난타 앞에서 투덜거리던 차정우의 사념체가 이쪽을 보는 시선을 느끼고 고개를 돌리다, 레온하르트를 발견하고 씩 입꼬리를 말아 올렸다.

『오랜만이야, 레온.』

"……너, 정말 정우냐?"

『보면 몰라? 형한테서 잘살고 있다고 들었었는데, 꼴이 왜 그래?』

싸가지 없는 말투하며 능글맞게 웃는 입꼬리.

"아, 아아!"

레온하르트는 떨리는 발걸음으로 천천히 차정우 앞으로 다가갔다.

이미 발데비히에게서 이야기를 듣긴 했다지만, 그래도 '혹시?' 하는 의심을 숨길 수 없었건만.

가까이 갈수록 언제부턴가 볼 수 없었던 모습이 너무 선명하게 보였다.

독에 중독되고, 동료들이 하나둘씩 떠날 당시 보였던 것과는 전혀 다른 모습.

처음 탑에서 마주쳤을 때 보였던 그 모습이었다.

레온하르트는 손을 뻗어 차정우의 얼굴을 쓰다듬었고.

『으아아아! 나 팔에 소름 돋았어!』

차정우는 기겁해 하면서 뒷걸음질을 쳤다.

저런 반응도 너무 과거와 똑같았다.

『너 이 새끼, 레온 아니지? 저기 있는 변태 토끼의 분신이거나 뭐 그런……!』

차정우의 사념체는 길게 말을 잇지 못했다.

레온하르트가 갑자기 바닥에 주저앉으며 고개를 숙였기 때문이었다.

"미안하다."

『뭔…….』

"지난날에 내가 했던 짓들. 그렇지 않아도 힘든 너를 두고 떠났던 것들, 전부 미안하다. 그때 내가 떠나지만 않았어도…… 잠시 머리를 식히겠다는 되도 않는 핑계를 대면서 떠났지만, 실은 네가 얼마나 힘들지 전혀 생각도 하지 않았어. 용서해 달란 말은 하지 않으마. 다만, 언젠가 이 말만큼은…… 꼭 하고 싶었다."

레온하르트의 마음속에 마지막까지 남아 있던 미련이 있었다.

과거로 돌아가고 싶다는 생각은 하지도 않았다.

그저.

이렇게 사과라도 하고 싶었다.

차정우의 무덤이라도 남아 있었다면 그 앞으로 몇 번이고 찾아갔을 것이다.

하지만 무덤은 어디에서도 찾아볼 수 없었고, 세상은 차정우를 잊은 지 오래였다.

그를 기억하고 기리는 사람은 세상에 단 한 명밖에 없었다.

그것이 못내 외로웠기에.

그리고 더 사무치도록 미안했기에. 죄책감에 몸부림치면서 여기까지 온 것일지도 몰랐다.

하지만 이렇게라도 만나지 않았는가.

레온하르트는 이런 식으로라도 남아 준 차정우에게 너무 감사했다.

『야, 울지 마! 남자 새끼가 질질 짜는 것만큼 꼴 보기 싫은 게 어디 있다고!』

차정우는 낯간지럽다면서 툴툴거렸지만, 눈시울이 살짝 붉어져 있었다.

아난타는 그런 두 사람을 위해 아무것도 보지 못한 사람처럼 슬쩍 고개를 옆으로 돌려 주었다.

아무래도 저 두 사람 사이에는 나눌 이야기가 아주 많을 듯 보였다.

*　　　*　　　*

"오효효, 오효! 그렇단 말이지요? 그럼 이로써 남은 최고 관리자는 이제 절 포함해 셋인가요? 어제까지만 해도 과반수였는데, 이렇게 확 줄고 말았군요."

최고 관리자, 자(子)의 이블케는 술(戌)의 칼렙이 올린 보고에 난감하다는 듯 고개를 흔들었다.

하지만 말의 내용과 다르게 그는 웃고 있었다.

최고 관리자 중 셋이 도중에 죽은 것인데도 불구하고, 별일 아닌 투로 여기고 있는 것이다.

칼렙은 그런 이블케를 보면서 등골을 따라 소름이 오소소 돋는 기분이 들었다.

'역시 이블케에게 우리는 장기판 위에 올라가는 말에 불과한 것인가.'

그야 이블케가 추구하는 이상에 감화되어 충심으로 따르고 있고, 언젠가 희생되어야 할 시기가 찾아온다면 흔쾌히 그럴 자신도 있었다.

어차피 무료하기 짝이 없던 긴 생을 살아 목숨에 별다른 미련도 남아 있지 않은 데다가, 차라리 마지막을 화려하게 불태울 수 있다면 그것만으로도 좋다고 여기고 있었으니까.

하지만 칼렙은 그렇다고 해서 자신이 가진 가치관을 타인에게 강요할 생각 따윈 추호도 없었고.

이블케를 따르는 무리 중에는 관리자의 직분을 넘어서 권력에 대한 사리사욕을 추구하는 이들도 적잖게 있었기에 이블케의 이런 반응이 충격으로 다가올 수밖에 없었다.

그러면서도 한편으로는 그럴 만하다는 생각이 들기도 했다.

이블케의 손바닥 위에서 팽이처럼 뱅글뱅글 회전하는 구슬.

11개의 열쇠가 합쳐진 저 시스템 키만 있다면, 사실 아무리 많은 최고 관리자가 죽어 나가도, 설사 전부 죽는다고 하더라도 걱정을 할 필요가 없었으니까.

'사실 저 양반이 마음만 먹어도 우리들 따위 없어도 그만인 것이지만.'

이블케는 목적과 이상을 완수하기 위해서라면 모든 것을 말처럼 부릴 사람이었다. 설사 본인의 목숨이라 할지라도.

'그렇게 말하고 보니 어쩐지 누군가와 많이 닮았군.'

예전부터 무왕만큼이나 관리국의 속을 썩게 만들었던 작자가 언뜻 칼렙의 머릿속을 스쳐 지나갔다.

이제는 플레이어라고 하기에도 뭣한 존재.

뭐랬더라.

어뷰저?

시스템도 이제 그렇게 지칭했던 걸로 기억했다.

'닮은꼴인 두 사람이 치킨 게임을 시작했으니…… 그 뒤는 누가 먼저 도착 선상에 닿느냐는 것인데.'

칼렙은 승자를 절대 예상할 수 없을 이번 일에 입맛을 다시다, 다른 무언가를 떠올렸다.

'아니. 그 출발선에 선 자가 두 명은 더 있는 셈인가?'

한 명은 하르모니아.

그리고 다른 한 명은……

칼렙은 뒤에서 빤히 닿는 시선에 천천히 고개를 돌렸다.

이블케의 시선이 이미 거기에 닿아 있었다.

"오효효효. 안으로 들어오시지 않고, 그곳에 계속 서 있으시면 어떡하나요."

"많이 바빠 보이는 것 같아서 말이지."

"오효효! 센스라고는 눈을 씻고 봐도 찾을 수 없는 당신이 여태 했던 말 중 가장 웃긴 말이었어요. 언제 그렇게 배려심이 가득한 성격이 되셨었나요?"

이블케는 잔뜩 비꼬는 언사가 담긴 말을 던졌지만, 방으로 들어오던 사내는 대수롭지 않은 듯 무시했다.

희멀건 얼굴에 금발을 사자 갈기처럼 길게 늘어뜨린 사내는 오만한 눈빛이 인상적이었다. 걸음을 옮길 때마다 튀어 오르는 스파크에 대기가 후덥지근하게 달아오르고, 공간을 휘게 만들 정도로 숨 막히는 패기가 흘러나왔다.

칼렙은 순간 공기에 휩쓸려 균형을 잃고 휘청거릴 뻔했지만, 금발의 사내는 그런 걸 전혀 신경 쓰지도 않는 투였다.

상대를 배려하는 기색이 전혀 없었다. 아주 어렸을 때부터 그럴 필요가 전혀 없이, 오로지 명령만으로 세상을 다스리던 패왕이나 보일 법한 모습.

문제는 금발의 사내에게 그런 모습이 더할 나위 없이 잘 어울려 보인다는 점이었다.

"지금부터라도 되도록 노력해 보도록 하지."

"오효효. 퍽이나 그러시겠어요."

"그보다."

금발의 사내는 농담 따먹기를 길게 이어 나갈 생각이 전혀 없는 듯, 탐욕에 가득 젖은 시선을 이블케의 손바닥 위에서 회전하고 있는 구슬에다 고정시켰다.

"그 열쇠가 나에게 주기로 했던 그 물건인가?"

"말씀은 똑바로 하시는 게 어떨까요? 당신이 새로운 창조신(創造神)으로서, 적합하다는 자격을 입증하신다면 그러기로 하였던 것 아닌가요?"

"그 말에 일절 거짓은 없겠지?"

"이미 시스템에다 두고 맹약까지 맺었던 걸 잊으셨나요?"

"나는 지금 당장 그것을 갖길 원한다만."

"아니지요. 그래서는 안 되는 거랍니다. 나이도 저보다 젊으신 분이 벌써부터 치매의 초기 증상을 보이시다니. 그러셔서 자격 입증이 되시겠나요?"

"오래전에 그딴 오만불손한 말을 내 앞에서 했었다면, 넌 진즉에 죽었을 것이다."

"옛 과거에 발목 잡혀 왕년 운운하는 사람만큼 추한 것도 없는 법이지요. 오효효효!"

칼렙은 상의가 식은땀으로 흠뻑 젖는 것을 느껴야만 했다.

정말이지 이 두 사람이 신경전을 벌일 때면, 자신은 중간에서 계속 치이는 기분밖에 들지 않았다.

이블케는 그렇다 치더라도, 금발의 사내는 대체 무슨 배짱으로 저렇게 개개는 건지 도통 이해가 되질 않았다. 당장 이블케에 잘 보여도 시스템 키를 얻을 수 있을지 없을지 모르는 상황인데도.

이블케의 말마따나 잠에서 깬 지 얼마 되지 않아 아직 과거에 발목이 잡혀 있는 걸까. 그렇다면 녀석은 시스템 키의 주인이 될 가능성이 제로나 다름없었다. 올포원의 대체자 역할은 그렇게 허투루 따낼 수 있는 게 아닐 테니까.

한때는 신왕 크로노스를 끄집어내릴 정도로 천계에서 손꼽히던 강자였다지만, 천마증을 앓고 난 뒤부터는 권능을 상당수 유실한 게 분명한데. 대체 무슨 생각을 하고 있는 건지 몰랐다.

'아니. 딱히 그런 걱정을 할 필요는 없는 것인가? 저자

가 아니라 다른 이가 대체자가 된다고 해도 우리로서는 나쁠 게 전혀 없으니.'

하지만 칼렙은 어쩐지 저 금발의 사내가 대체자가 되지 않을까 하고 속으로 점치고 있었다.

감이 그렇게 말하고 있었다.

오랫동안 최고 관리자로 지내 오면서 단련된 감각이.

저런 오만한 모습은 가면에 불과하고, 그 아래에 다른 모습이 숨겨져 있을 것 같다는 생각이 강하게 들었던 것이다.

'어쨌거나 집에서 내쫓기고 나서도, 와신상담하여 결국 옥좌를 거머쥐었던 효웅이니.'

파지직!

금발의 사내는 눈이 멀 정도로 환한 황금색 빛무리를 잔뜩 일으키면서 포악하게 웃었다.

"그것은 새로운 왕을 상징할 홀(笏)이 될 것이다. 그러니 잘 지키고 있어라. 감히 이 몸을 두고 '왕'을 자처하는 역당들을 모조리 찢어 죽이고, 금방 돌아올 테니."

외눈 안경 아래, 속을 짐작할 수 없는 이블케의 깊은 눈매가 호선을 그렸다.

"그럼 전 여기서 기다리고 있도록 하지요, 제우스."

＊　　　＊　　　＊

'이렇게 보니 참 멀리까지도 왔군.'

브라함은 눈앞에 보이는 광경에 헛웃음을 흘렸다.

끝도 없이 넓게 펼쳐진 녹색 평원 위로, 하얀 빛무리가 속속 내려앉고 있었다.

　[인스턴스 스테이지, '신들의 평원'에 신, '오딘' 이 입장하였습니다!]

　[인스턴스 스테이지, '신들의 평원'에 신, '마르두크'가 입장하였습니다!]

　[인스턴스 스테이지, '신들의 평원'에 신, '옥황상제'가 입장하였습니다!]

　……

신들의 평원.

시스템이 맹약 이행을 위해 임시로 만들어 낸 스테이지에는 그런 이름이 붙었다.

모든 맹약이 완수되고 나면 없어질 곳인데도 불구하고.

'놈들이 가진 알량한 자존심이겠지.'

이곳에 입장하려는 이들에게는 두 가지 조건이 요구된다.

첫 번째는 천마증을 앓았을 것.

두 번째는 각 사회에서 주신격이거나, 그에 걸맞은 위치에 앉았을 것.

즉, 스스로 '왕'의 자격을 입증할 수 있는 이들만이 설 수 있는 곳이었다.

신격 중에서도 가장 지고한 위치에 앉은 이들이다 보니, 자부심이며 오만함이 하늘을 찌를 정도였다.

저들은 자신들만이 '진짜' 신이라고 여기는 족속들이었다.

자신을 따르는 무리도, 다스리는 무리도 동등한 개체로 인정하지 않는 작자들.

과거에 이딴 꼬락서니가 싫어서 천계를 등졌던 적이 있었던 브라함이었기에, 또다시 그 꼴을 보고 있으려니 배알이 뒤틀릴 수밖에 없었다.

이들은 결국 세상이 얼마나 넓고 대단한지를 모르는 우물 속의 개구리인 것이다.

탑에 갇힌 지 그렇게 오랜 시간이 흘렀는데도 불구하고 얼굴 상태가 여전한 걸 봐서는 아직도 현실을 직시하지 못한 게 분명했다.

'나도 한때는 저런 것들과 똑같은 상태였으니 할 말은 없는 셈인가?'

브라함은 이제 까마득한 과거가 되어 버린 수미산(須彌山) 시절의 범천(梵天) 때를 떠올리다가 쓰게 웃었다.

'여하튼 여기서 어떻게든 결판이 날 거다, 이 말이렷다?'

곧 여기서 '진짜' 창조신이 될 인물이 누군지, 하나로 통합된 시스템 키의 주인이 누가 될지, 올포원의 대체자가 누가 될지가 판가름 나게 된다.

'그리고 그렇게 뽑힌 이는 신의 진영을 대표하는 유일신(唯一神)이 되어 탑의 모든 것을 움켜쥐고, 천마에 대항하게 되는 것인가.'

브라함은 생각이 길어질수록 혀끝이 많이 텁텁해지는 것을 느꼈다.

오래전에 끊었던 두꺼운 궐련이 문득 생각났다.

그리 좋은 물건은 아니지만, 그래도 끓어오르는 짜증과 허탈함을 어느 정도 가라앉게는 해 줄 테니까.

'아니. 피워도 상관없으려나.'

골초였던 그가 궐련을 끊었던 건, 냄새가 싫다는 그녀의 말 때문이었다.

그러다 그녀가 떠나고, 아난타의 존재를 알게 되면서 지금껏 손을 댈 생각도 않았던 것인데.

하지만 죽은 줄 알았던 그녀가 살아 있었고, 그걸로도 모자라 이런 말도 안 되는 판을 만들어 내며 여태껏 자신들을 농락해 왔다는 사실을 알고 나니 굳이 계속 참을 필요가 있을까 하는 생각이 들었던 것이다.

그래서 브라함은 아공간을 열어 궐련을 꺼내 입에 물었다. 간만에 냄새를 맡아 보니 피가 빨리 도는 기분이었다. 그리고 손가락을 가볍게 튕겨 불을 붙이려 했다.

그러다.

"……이것도 못할 짓이로군."

브라함은 어린 세샤가 이쪽을 보며 웃는 모습이 떠올랐다. 제 할미를 닮아서 그런가, 부족원들이 궐련을 피우려 할 때면 쪼르르 달려가서는 잔소리를 해 댔었지. 그 때문에 외뿔부족에는 때아닌 금연 열풍이 불기도 했었다.

그런 와중에 자신이 다시 궐련에다 입을 댄다면…… 혼나겠지? 아주 많이.

결국 브라함은 쓰게 웃으면서 궐련을 바닥에다 떨어뜨리고, 발로 비벼 짓뭉갰다.

"하아!"

그래도 귀여운 세샤 얼굴을 떠올리고 나니, 짜증이 많이 가라앉는 기분이었다.

그 순간.

[인스턴스 스테이지, '신들의 평원'에 '제우스'가
입장하였습니다.]

망막에 떠오른 메시지에 브라함은 고개를 높이 들었다.
'올 놈들은 다 왔나.'

[맹약을 선언한 인원이 모두 참석하였습니다!]

[외부와의 연결을 모두 차단합니다.]
[맹약이 이행되는 동안 규칙에 어긋나는 행동과
행위는 모두 삼가 주시길 바라겠습니다.]
[위반 시, 시스템의 자체적인 판단하에 페널티가
주어질 수 있으니 유의하십시오.]
[지금이라도 생각이 바뀌신 분들은 이탈 선언을
해 주시기 바랍니다.]
[카운트다운이 시작됩니다. 10, 9, 8⋯⋯ 1, 0.]
[총 0명이 이탈 선언을 하였습니다.]
[그럼 맹약을 시작합니다.]

[시나리오 퀘스트(유일신 탄생)이 생성되었습니다!]

[시나리오 웨스트 / 유일신 탄생]

설명: 지금은 기록되지도 않는 아주 머나먼 과거, 전 우주와 차원을 지배하던 신들은 갑작스레 나타난 한 존재에 의해 모두 '탑'에 유폐되고 말았습니다.

그 존재는 신들의 손발을 구속하고, 권능에 제한을 두면서 자유를 강탈하였습니다.

이에 신들은 그 존재에게 집단으로 저항하거나 '탑'을 빠져나갈 방법을 찾아보았습니다만, 번번이 실패를 겪어야만 했습니다.

그래도 위대한 신들은 절대 포기하지 않았고, 까마득한 세월 동안 와신상담을 하면서 반격할 수 있는 기회가 찾아오기를 기다렸습니다.

그리고 지금, 바로 그 기회가 찾아왔습니다.

당신들은 시의 바다와 나눈 '맹약'에 따라 깊은 잠에서 깨어났으며.

중앙 관리국이 그동안 분할되었던 12개의 시스템 키를 하나로 통합하고, 이것을 당신들에게 주겠노라고 약속한 것입니다.

통합된 시스템 키는 탑의 소스 코드에 접근하고 수정을 할 수 있는 유일한 마스터키(Master Key)입니다.

또한 창생과 조화, 질서의 힘을 담은 만능 보구이기도 합니다.

이것을 소유하기 위해서는 반드시 그만한 자격이 있다는 것을 증명해야만 합니다.

그러니 지금부터 자신이 바로 이 마스터키에 어울리는 주인임을 입증하십시오.

달성 조건:

1. '맹약'에 따라 배틀 로얄을 펼치십시오. 단, 종목은 무엇이든 관계없습니다.

2. 경쟁자의 자격을 박탈하고, 권능을 강탈하십시오.

3. 배틀 로얄에서 최종 1인으로 남으십시오.

제한 시간: ─

제한 조건: ─

보상:

1. 마스터키

2. 유일신(唯一神) 내정

한순간, 평원을 따라 살벌한 기운이 소용돌이를 치면서 서로 부딪치기를 반복했다.

쿠쿠쿠!

평원이 잘게 떨리기까지 했다.

그만큼 그들에게 시나리오 퀘스트가 주는 압박감이 대단하단 뜻이겠지.

하지만 이것이야말로 그들이 한평생 바라던 것이기도 했다.

그동안 여러 개의 진영과 사회로 나뉘어 별 소득 없이 이합집산만 반복하지 않았던가.

하지만 주신들이 바랐던 것은 딱 하나, 유일신의 자리였으니.

오로지 이 세상에서 자신만이 존귀하고 싶다는 욕망 때문이었다.

그리고 그것은 주제도 모르고 자신들의 머리 위에 서려고 하는 '황'을 끄집어 내릴 수 있는 위치가 되는 것이기도 했으니.

여기에 시스템 키만 손에 넣을 수 있다면, 더 이상 무서울 것이 없었다.

천계와 하계, 그리고 나아가 다른 우주와 타계의 신들까지 전부 발아래에 둘 수 있는 것이다!

'탑을 더 이상 감옥이 아닌 자신의 성역으로 삼는 것……

그게 바로 이놈들의 목표겠지.'

브라함은 주신들이 흘려 대는 살의 속에 숨겨진 탐욕을 읽고 헛웃음을 흘렸다.

제아무리 제 놈들이 잘났다고 으스대 봤자, 결국 하는 짓은 저들이 그토록 경멸하는 필멸자의 권력 집단과 크게 다를 바가 없었으니까.

궐련을 괜히 비벼 껐나. 그런 생각이 들어 미간에 살짝 주름이 잡히는데.

『이게 누군가? 반편이이신 브라흐마가 아닌가?』

브라함은 옆에서 들린 익숙한 목소리에 무뚝뚝한 표정으로 고개를 그쪽으로 돌렸다.

"오랜만이군, 오딘."

그곳에는 아스가르드의 수장이었던 오딘이 서 있었다.

입가에 비릿한 미소를 잔뜩 문 채로.

시나리오 퀘스트는 시작되었지만, 배틀 로얄은 아직 시작도 하지 않고 있었다. 서로 간에 전력을 탐색할 시간이 필요했고, 괜히 먼저 나서다가 지쳐 어부지리를 내어 주지 않기 위해서였다.

『뭐?』

『브라흐마라고?』

『그놈이 왜 여기에 있는 거지?』

그리고 오딘의 목소리를 들은 주신들은 서로를 경계하다 말고, 이쪽으로 고개를 돌렸다.

지고한 자리를 내팽개치고 천것들이 머무는 하계로 내려 간 반편이. 데바라는 거대 사회의 수장이고, 주신들 중에서 도 손꼽히는 막강한 권능을 지니고 있으면서도 훌쩍 떠나 버린 머저리.

그것이 바로 천계 내 브라함에 대한 평가였다.

그닥 이들의 이목을 사고 싶지 않았던 브라함으로서는 짜증이 날 수밖에 없었다.

아무래도 최약체인 자신을 희생시켜서 배틀 로얄을 촉발 하려는 것 같은데…… 너무 뻔하다 못해 한심한 속내에 브 라함은 헛웃음도 나오질 않았다.

그걸 아는지 모르는지.

아니, 되레 그런 브라함의 모습을 주눅 든 것으로 판단한 오딘의 조소가 더 짙어졌다.

『타천을 했다고 들었었는데, 아니었나?』

"아니. 맞네. 보면 알지 않은가? 이미 한 번 죽기까지 해 서 필멸의 격도 겨우 유지하고 있는 중일세."

브라함은 이왕에 들킨 이상, 정공법으로 나가기로 마음 먹었다. 어차피 그의 목적도 보상으로 주어진 시스템 키에 있었으니까.

『그렇군. 잘도 그런 상태로 여기에 들어올 생각을 했어.』

오딘은 브라함을 위아래로 빠르게 훑고는 파안대소를 터뜨렸다. 그래도 평원에 입장했으니 혹시 뭔가 숨기고 있는 게 있나 싶었지만, 아무래도 기우였던 모양이었다.

아니, 오히려 브라함의 상태는 처음 타천했을 때보다 더 '한심'해져 있었다.

'성육신(成肉身)도 완전히 잃어버려서 인공 육체를 쓰고 있는 듯한데. 저걸 두고 뭐라고 했었지? 호문클루스? 하! 하여간 꼴이 참 우습군.'

오딘은 브라함이 신의 명예에다 먹칠이나 하고 다닌다 싶자 냉소밖에 나오지 않았다.

옛 추억을 생각해서 넓은 마음으로 대우해 주려 했지만, 이래서야 그럴 필요도 없잖은가.

상대할 가치조차 없는 한낱 벌레에 불과한 것이다.

'그냥 치워 버려야겠군.'

오딘은 그렇게 생각하다가, 문득 한 가지 의문이 들었다.

『한데, 자네는 천마증을 앓은 적이 없지 않았던가? 어떻게 이곳에 들어온 거지?』

신들의 평원에 입장하기 위해서는 '맹약'을 맺어야만 한다. 하지만 그러기 위해서는 데이터에 소스 코드가 조금이라도 감염되어야 하는데…… 오딘이 알기로 브라함은 주신이나 창조신 중에서 유일하게 천마증을 앓은 적이 없었다.

만약 앓았다면 그들처럼 긴 수면에 빠졌을 테니까. 그들이 겨우 천마증의 후유증에서 벗어날 수 있었던 것도, 꿈속에서 시의 바다와 맺은 '맹약' 때문이었지, 그게 아니었다면 아직도 누워 있어야만 했을 터였다.

그런데 천마증을 앓기는커녕 성육신도 유지하지 못한 반편이 따위가 여기에 있다고? 뭔가가 이상했다.

오딘과 마찬가지로, 이쪽을 주시하고 있던 다른 신들도 그게 궁금했던지 가만히 고개를 끄덕이고 있었다.

브라함은 그들의 시선을 받으면서 피식 웃고 말았다.

어딘지 모르게 비웃음에 가까운 미소.

"다들 잘못 알고 있나 보군."

『음?』

"앓았었네. 나도."

『뭐?』

오딘은 난생처음 듣는 말에 눈을 살짝 크게 떴다. 다른 주신들도 같은 반응이었다.

"하긴 다들 모를 수밖에. 내가 어딜 가서 떠든 적이 없었으니까. 하지만 나중에 기회가 되거든 데바에 가서 물어보게. 다들 그렇다고 고개를 끄덕여 줄 터이니."

오딘은 무언가 이상하게 돌아가고 있단 생각이 들었다.

저런 반편이가 천마증을 앓았었다고? 대체 언제? 그럼 자신들은 여태 왜 모르고 있었지?

만약 그들이 모르고 있었다면, 떠오르는 이유는 딱 하나뿐이다.

다른 사회에서 알아차리기도 전에 천마증을 떨쳐 내고 일어났다는 것.

혹은.

'그보다 우리가 탑에 갇히기 훨씬 이전에 이미 천마증을……!'

오딘의 생각은 길게 이어지지 못했다.

갑자기 브라함을 중심으로 일어나기 시작한 막강한 기세 때문이었다.

주신격 중에서도 손꼽히는 강자인 오딘조차도 흠칫거리게 만들 만한 마력의 폭풍.

여태 브라함을 언제 사냥할까 시기를 가늠하던 다른 주신들도 표정이 흠칫 굳고 말았다.

"정말이지, 아무도 몰랐나 보이. 사실 주신들 중에서 가장 먼저 이곳 탑에 갇혔던 존재가, 바로 나였다는 것을 말일세."

오딘은 어떻게든 브라함의 기세를 물리치기 위해 뇌기를 끌어 올리기 시작했다. 당장 눈앞에 있는 녀석을 치워야 한다는 생각밖에 들지 않았다.

브라함의 전신이 배광으로 흠뻑 젖어 들고 있었다.

탈각.

그리고 초월.

타천을 하고 말았지만, 이제 다시 격을 복구한 그가 원래의 모습으로 되돌아가려 하고 있었다!

"그리고 너희들이 어쩌지 못하고 제발 살려 달라면서 바짓가랑이를 붙잡고 질질 짜야만 했던, 천마(天魔)의 첫 번째 강적 또한."

화아아아!

쿠쿠쿠―

브라함, 아니, 데바의 3주신 중 창생을 담당하고 사바세계를 중재한다는 원신(原神) 브라흐마가 그곳에 있었다.

그가 신의 목소리로, 일갈했다.

『이 몸이었다는 것을.』

『초, 초월을……?』

『브라흐마가 다시 나타난 건가!』

『……이렇게 되면 일이 좀 복잡하게 흐르는데.』

타천했던 존재가 다시 신격을 되찾는 경우가 있었던가? 과거에는 아주 드물어도 종종 있었다는 소문이 있긴 했지만, 그래도 탑이 생겨난 이래로는 전무하다고 할 수 있었다.

그런데 브라함이 그걸 해내고 말았으니.

여기에 대해 다들 경악하고 만 것이다.

사실 브라함의 이런 각성은 늦은 것이라 할 수 있었다.

그와 주종 관계를 맺었던 연우의 격이 완숙의 경지에까지 다다르게 되면서, 다른 권속들은 이미 신위를 얻은 지 오래였고, 부—파우스트는 외신에까지 근접한 것과 다르게 브라함은 여태껏 각성을 시도하지 않고 있었으니까.

외뿔부족 마을에서 세샤를 돌보느라 바깥 활동을 거의 하지 않았기 때문이기도 했지만.

그 자체가 신격을 복원하는 것에 대해서 상당히 부정적인 인식을 지니고 있었기 때문이었다.

한때, '데바'의 주신 자리에까지 앉아 봤던 그였기 때문에 신의 자리가 얼마나 귀찮은지, 그리고 그네들의 질투와 음모 따위가 얼마나 많은지 아주 잘 알기 때문이었다.

천계라면 아주 지긋지긋했다.

아니, 천계뿐만이 아니라 '속세'라는 것 자체가 지긋지긋했다.

하지만 지난 2년 동안 하르모니아의 뒤를 쫓으면서 다시 역사의 전면으로 나온 순간, 그는 확실하게 깨닫고 말았다.

이제 더 이상 예전으로 되돌아갈 수는 없겠다고.

그가 원래 갖고 싶었던 것은 자유였지만, 책임질 것들이 생긴 이상 그런 자유에는 이제 제약이 생겼다.

하지만 그렇다고 해서 그런 제약이 예전처럼 싫거나 하지 않았다.

여전히 부담스러운 건 사실이지만, 지금은 그저 이 의무감을 어떻게 처리하는 게 좋을까 하는 즐거운 고민만 있을 뿐.

'어쩌면 때아닌 반항을 한 것인지도 모르지.'

신화상에서도 브라흐마는 우주의 근본 원리인 '범(梵)'이 인격화된 것이라 표현된다. 범은 우주 창생을 낳은 씨앗이고, 이것은 시간이 흐르면서 다양한 형태를 띠게 되었으니. 시대에 따라 브라흐마도 다양한 인격과 얼굴을 가지고서 이 세상에 모습을 드러낸다.

그리고 지금의 브라흐마가 가진 이름은 브라함이었다.

우주 창생과 질서를 걱정하는 주신격이 아닌, 오로지 가족의 건강과 안녕만을 기원하는 가장.

『그래 봤자 아가레스 따위에게 당했던 작자가……!』

오딘은 한순간 브라함의 기백에 짓눌렸단 사실에 자존심이 상했던지, 얼굴을 잔뜩 붉히면서 뇌기를 잔뜩 끌어 올렸다.

한 명의 주신만 남을 수 있는 이곳에서 약한 모습을 보였다간 바로 끝장이었다.

쿠르릉—

파지지직!

오딘에게서 일어난 뇌전이 한데 뭉치면서 브라함의 머리 위로 떨어졌다.

웬만한 행성 하나쯤은 단번에 쪼개 버릴 수 있는 위력이 그 속에 담겨 있었지만.

파앗!

브라함은 너무 손쉽게, 손을 내뻗는 것만으로 뇌전을 옆으로 흩뜨려 버렸다.

쿠쿠쿠쿵!

부서진 뇌기의 잔해로 인해 주변 일대가 모조리 쓸려 나갔다.

그만한 공격을 쳐 냈는데도 머리카락 한 올 상하지 않은 멀쩡한 모습을 보며 모두의 얼굴에 경악이 스치는 가운데.

『알고 있는지 모르겠지만.』

브라함은 아주 가볍게 웃었다.

『자네가 이끌던 아스가르드, 이미 망했다네. 뭐, 배알이란 게 있으면 진즉에 복수를 하러 갔겠지만…… 그럴 용기가 있었다면 여기에 있지는 않겠지? 물론, 그 마무리는 아무래도 내 손으로 이룰 것 같네만.』

『감히!』

오딘은 자신의 약점이나 다름없는 부분을 찔리자 다시 분노를 토해 냈다.

그러거나 말거나.

파라락!

브라함은 품에서 책자를 꺼내 허공에다 펼쳐 보였다. 페이지가 빠르게 넘어가면서 여태껏 그가 기록한 마법들이 다양하게 등장했다.

부―파우스트와 대담을 나누면서 터득한 것들, 대장로와 교분을 나누면서 깨달은 것들, 그가 에메랄드 타블렛을 보면서 영감을 얻은 것들을 전부 정리하여 담은 새로운 마도서(魔道書).

〈명왕성의 서〉

이미 브라함은 브라흐마 때의 격을 모두 복구한 것으로도 모자라, 미지로 가득 찬 타계의 지식까지 습득하면서 새로운 경지를 밟아 나가는 중이었다.

『죽음은 새로운 창생을 위한 밑거름이 될지니, 이는 돌고 돌아 거대한 수레바퀴를 돌리는 부품이라.』

브라함과 명왕성의 서가 눈이 부실 정도로 희뿌연 광채를 토해 냈다.

『그 속의 귀의하라.』

시동어가 발동되는 순간, 신력의 소용돌이가 맹렬하게 불어닥치면서 평원 일대를 깡그리 밀어 버렸다.

콰콰콰콰—

*　　　*　　　*

"······!"

연우가 허리를 쭈뼛 세운 건 바로 그 무렵이었다.

그의 얼굴이 잔뜩 굳어 있었다.

『왜 그래, 형?』

라플라스를 앞장세워 브라함이 있는 곳으로 넘어갈 차비를 갖추던 일행들의 시선이 저절로 그에게로 쏠렸다.

혹시 시의 바다 쪽에서 역습이라도 해 오나 싶었다. 그런다면 다시 치열한 접전이 벌어지고 말 테니까.

하지만 연우의 대답은 그들의 생각과 전혀 달랐다.

"브라함이 초월을 시도했어."

『장인 영감이?』

"아, 아버지가요?"

차정우의 사념체와 아난타가 동시에 다급한 얼굴로 반문했다.

그들은 브라함이 신격에 대해 얼마나 강한 경멸을 지니고 있는지를 잘 알고 있었다. 그래서 그가 신격을 복구했다는 말이 쉽사리 믿기지 않았다. 그만큼 다른 급한 뭔가가 있단 뜻이 아닐까.

『이유는? 몰라?』

"몰라. 브라함이 공개하지 않으면."

지금까지도 브라함을 읽을 수가 없었는데, 신격을 되찾았다면 더 어려울 수밖에 없었다.

연우는 말없이 라플라스를 바라봤다.

협조하기로 마음먹었다면 당장 브라함이 있는 곳으로 안내하라는 무언의 눈빛.

라플라스는 기분이 좋은지, 토끼 귀가 접혔다가 펴지기를 반복했다.

「인스턴스 스테이지야 저희가 심상 개변으로 만들었으니 좌표를 찍어 드리는 건 어렵지 않아용. 그런데 한 가지 문제가 있어용.」

"뭐지?"

「'자격'이 없으면 들어갈 수가 없어용.」

"자격?"

「천마종을 앓은 존재가 아니면 안 돼용.」

"왜?"

「그렇게 만들어졌어용. 시스템도 공인해 버린 거라서 자격 요건을 반드시 갖춰야만 해용.」

"그냥 무시하고 들어갈 수 있는 방법은? 아니면 그냥 깨고 들어갈 수는 없나?"

라플라스의 미소가 커졌다.

「할 수 있다면 해 보세용. 저도 모르······! 아아아악!」

[권능, '연옥로'가 발동되었습니다!]

연우는 라플라스가 뭔가를 숨기고 있다는 생각에 일단 녀석을 연옥로에다 집어넣고, 부를 따로 불렀다.

"이 좌표, 열어 봐."

「명. 을. 받듭. 니다.」

부는 허공을 짚으며 마력을 방출시켰다. 손가락 끝을 따라 자그마한 파문이 번져 나가면서 마법진이 맺혔다가 사라지길 반복하고, 왼손에 쥐고 있던 구슬이 연신 탁한 광채를 뿌려 댔다.

뭔가 잘 안 풀리는 게 분명했다.

"잘 안 되나?"

「면목. 이. 없습니. 다. 못난. 제게. 벌. 을. 내려. 주십시오.」

부가 한쪽 무릎을 꿇으면서 고개를 숙였다. 자책감과 함께 분함이 잔뜩 섞여 있었다.

"무슨 문제지?"

「잠금. 체계. 가. 너무. 두텁습. 니다. 알고리즘. 이. 복잡. 하여. 해석하는. 데. 많은. 시간. 이. 소요될. 것 같습니. 다. 죄송. 합니다.」

"부술 수는 없고?"

부는 침묵했다.

그걸로도 대답은 충분했다.

'음검으로 강제로 부수고 들어가야 하나?'

연우는 아주 잠깐 그런 생각이 들었다.

하지만 곧 머리를 털어야만 했다.

아무리 음검을 터득했다고 해도, 당장 그가 할 수 있는 건 시스템에다 에러를 일으키는 정도였지, 기능을 완전히 마비시키는 건 불가능했다.

그렇게 잠깐 고민에 빠져 있는데.

"……그건 내가 도와줄 수 있을 것 같군."

하양이 대장로의 부축을 받으며 나타났다. 오랜 추격전 때문에 피로가 쌓여서일까, 핏기가 몽땅 가신 얼굴이 창백했다.

'아냐. 그것보다 훨씬 큰…….'

연우는 하양에게서 어딘지 모르게 익숙한 기질을 느꼈다.

'설마?'

하지만 연우의 상념은 오래가지 못했다.

"이걸 받게."

하양이 그의 손 위에다 무언가를 쥐여 주었기 때문이다.

하양 구슬이었다.

"이게…… 뭐지?"

"여섯 번째 시스템 키일세. 저놈들이 그토록 내게서 가져가고 싶어 하던 것이지."

"이걸 왜 나에게 주는 거지?"

연우의 눈이 살짝 커졌다.

하양은 시스템 키를 이블케 일당에게 빼앗기지 않기 위해 죽을 위기를 몇 번이고 건너야만 했다.

아무리 도와줬어도 그렇지, 그렇게 고생해서 지킨 것을 이리 쉽게 넘겨준다고?

순간, 하양의 입가에 씁쓸함이 번졌다.

"자네는 이미 날 이토록 괴롭히고 있는 것이 무엇인지 눈치챈 것 같은데, 아닌가?"

"……."

"난 이미 살날이 얼마 남지 않았다네. 자네들이 도와주지 않았더라면 진즉에 다했을 목숨이지. 지금이야 어찌어찌 견디고 있는 것이고."

하양의 시선은 시스템 키에 단단히 고정되어 있었다.

"하지만 이제 한계야. 버티기가 너무 어렵다네. 나도 이만큼 고생했으니 이만 쉬고 싶기도 하고."

하양의 몸뚱이에는 노이즈가 잔뜩 끼고 있었다. 당장이라도 부서질 듯 위태롭게 보였다.

"그래도 이렇게 마음 놓고 물건을 맡길 사람이 생겼으니 얼마나 좋은가?"

비록 하양이 연우에 대해서 잘 아는 건 아니었지만, 그라면 충분히 잘 맡아 줄 수 있을 거란 확신이 들었다.

그가 여태 보아 왔던 차정우와 아난타가 믿고 의지하는 사람이 아닌가.

그렇다면 뒤를 부탁해도 되었다.

"……."

결국 연우는 시스템 키를 받은 채로 가만히 고개를 끄덕여야 했다.

평상시 모략을 꾸미는 경우가 많아 비열하다거나 간악하다는 평가를 많이 받는다는 하양이었지만.

어쩐지 연우는 그런 평가가 사실은 관리국을 제대로 운영하기 위해 그가 스스로 뒤집어썼던 멍에가 아닐까 하는 생각이 들었다.

그래서 하양을 대하는 연우의 태도도 많이 달라질 수밖에 없었다.

"감사히 받겠습니다."

"고맙네."

하양이 씩 미소를 지었다.

"그걸 이용하면 100층을 제외한 모든 층계를 자유롭게 오고 갈 수 있는 자격이 주어진다네. 히든 스테이지나 인스턴스 스테이지도 예외는 없지. 물론, 시스템이 관리자라고 인식해서 시련을 수행하는 건 불가능하네만."

모든 층계를 다닐 수 있다고?

연우는 순간 올림포스가 자리 잡고 있을 98층과 올포원으로 인해 어느 누구도 발을 디디지 못했던 78층 이후의 층계에 생각이 미쳤지만.

'그런 건 브라함을 구하고, 다른 시스템 키까지 전부 빼앗아서 생각해도 늦지 않겠지.'

어차피 이 시스템 키가 있는 이상, 중앙 관리국과는 계속 대립할 수밖에 없을 테니까.

"그럼…… 뒤를 부탁하……!"

하양은 웃고 있던 얼굴 그대로 고개를 천천히 떨어뜨렸다.

그리고.

파아아!

가이아의 저주에 따라, 육체가 산산이 부서져 사라졌다.

연우는 아주 잠깐 그를 위해 묵념을 하다가, 몸을 반대로 돌리며 라플라스를 도로 연옥로에서 뽑아 올렸다.

"너도 최고 관리자였으니, 시스템 키의 작동법은 잘 알고 있겠지?"

끔찍한 고통을 겪었기 때문일까. 라플라스는 상당히 지친 기색이 역력했다.

「하아! 하아! 결국…… ### 님이 그걸 얻으셨군용. 알다마다용. 사용법을 빨리 가르쳐 달라는 것이겠지용?」

"그래. 그리고 말 안 해도 알겠지만, 만약 쓸데없는 짓을 하려 한다면……."

「그런 건 걱정하지 마세용. 말했지만 전 ### 님의 편이라니까용?」

저 말끝마다 붙이는 용용을 좀 치워 버릴 수는 걸까. 연우는 오히려 말을 하면 할수록 녀석이 더 못 미더웠다.

「그보다 도와드리고 나면 나중에 한 가지 부탁을 드릴 수 있을까용?」

"……?"

「방금 전 그 연옥로에…… 절 다시 가둬 주실 수 있을까용?」

"……뭐?"

전혀 생각지도 못한 부탁.

연우는 이게 대체 뭔가 싶어 머릿속이 새하얘지는 것을 느꼈다.

그러거나 말거나.

라플라스는 상사병에 빠진 사람처럼, 울끈불끈한 구릿빛 근육이 돋보이는 양손으로 제 얼굴을 감싸며 도리질을 쳤다.

「후끈후끈하고 화끈화끈한 것이……! 딱 제 스타일이에용! 하악하악! 포상 좋아.」

"……."

연우는 말없이 비그리드를 쥐었다.

아무래도 저쪽으로 건너가기 전에 이 변태부터 어떻게든 처리해야 할 것 같았다.

『야, 야? 설마 이 아버지로 저 변태 새끼를 찌르려는 건 아니지? 야! 하지 마! 하지 말라고오오! 아아아악!』

중간에서 애꿎은 크로노스만 잔뜩 고통을 받았지만.

그리고 그때.

[천계의 많은 존재들이 관심을 보입니다.]

『……저런 놈을 자식이라고! 네놈은 천벌을 받을 거야. 천벌을 받을 거라고!』

어느새 인간 형태로 돌아와 우울한 표정을 짓는 크로노스 옆으로 차정우의 사념체가 조용히 다가와 어깨를 안아 주었다.

『아버지, 원래 형은 저런 인간이잖아요. 아버지가 참으세요.』

『어째 저 거지 같은 인성은 나아지질 않는 거냐. 대체.』

『나날이 심통만 늘어서 그래요. 얼굴 봐봐요. 딱 봐도 혹부리 영감같이 생겼잖아요.』

연우는 자신을 앞에다 두고도 대놓고 씹어 대는 아버지와 동생을 어이없다는 투로 바라봤지만, 여기서 태클을 걸었다간 더 씹힐 것 같아 그냥 무시하고 고개를 돌렸다.

「하악! 하악! 포상 좋아!」

그곳에는 더 못 볼 꼴이 있었지만.

볼만 살짝 붉힌 채로 축 늘어진 라플라스의 모습이 너무 기괴했다.

이대론 정말 눈이 썩어 버릴 것 같아, 그냥 치워 버릴 겸 녀석이 원하는 대로 연옥로에다 도로 집어넣었다.

다행히 시스템 키의 사용법은 이미 설명을 들은 상태였다.

[시스템 키(巳)]

종류: 확인 불가.

등급: 확인 불가.

사용 조건: 여섯 번째 최고 관리자.

설명: 열두 개로 나누어진 시스템 키 중 여섯 번째에 해당한다. 시스템 설정 중 여섯 번째 구획에 접촉할 수 있는 권한이 주어진다. 비상시에 스테이지의 데이터 백업 및 복원과 같은 대규모 업무도 가능하다.

**이 아티팩트는 플레이어용이 아닌 관리자용입니다. 만약 관리자가 아닌 일반인이 이 아티팩트를 소지했을 경우, 즉각 관리국으로 신고를 해야만 합니다. 따르지 않을시, 최소 플레이어 자격 박탈 및 그에 상응하는 불이익이 따를 수 있습니다.

**현재 인근에서 원주인(巳)이 발견되지 않았습니다. 모든 기능이 종료되며, 발견 시 즉각 관리국으로 신고해 주시기 바랍니다.

하양의 손을 떠난 시스템 키는 처음과 달리 빛을 완전히
잃어 탁한 색을 띠고 있었다.

너무 평범해 보여서 정말 시스템 키가 맞나 싶을 정도였
지만.

[천계의 많은 존재들이 관심을 보입니다.]

방금 전부터 망막 한편에 계속 자리 잡고 있는 메시지는
이것이 탑 내에 존재하는 모든 이들이 그토록 욕심을 낸다
는 물건이 맞음을 말해 주고 있었다.

'저놈들도 참을성이 많이 늘었군.'

연우는 천계가 있을 하늘 쪽을 슬쩍 보면서 비웃음을 던
졌다.

여태껏 그가 겪었던 천계의 족속들이란, 특히 신들이란,
이런 것이 보이면 즉각 강제로라도 빼앗으려 들 놈들이 태
반이었다.

하지만.

[신의 사회, '올림포스'가 천계 내 다른 사회들의
음직임을 예의 주시하고 있습니다.]
[주신 대리, 아테나가 불필요한 음직임을 보일 시

에 즉각 제재를 가할 것이라고 강하게 경고합니다.]

[모든 죽음의 신들이 신의 진영을 관찰합니다.]
[모든 죽음의 악마들이 악마의 진영을 관찰합니다.]

아테나가 단단히 벼르고 있고, 이제 연우에게 충성을 맹세한 죽음의 신과 악마들도 감시의 눈길을 게을리하지 않고 있으니 함부로 나서지 못하는 눈치였다.

연우와 권속들을 직접 상대해야 한다는 부담감도 있겠지.

하지만 연우는 저들의 참을성이 그리 오래가지 않을 거라는 데 전 재산을 걸 수 있었다.

그만큼 시스템 키가 가진 권한은 막대했다.

'제약 없이 모든 층계를 돌아다닐 수 있고, 관리 권한도 조금이나마 주어진다, 라…… 확실히 이만한 사기 아이템도 없을 것 같은데.'

물론, '사(巳)'의 호칭을 가진 최고 관리자만이 사용할 수 있다는 사용 조건이 걸려 있긴 하다지만.

그런 것쯤이야 찾아본다면 어떻게든 우회할 수 있는 방법이 있기 마련이었다.

우우우웅!

마력을 불어 넣자, 시스템 키가 잘게 떨렸다.

빛은 뿌려 대지 않았다. 마력도 흡수되지 않았다. 마치 연우의 마력을 거부하고 있는 듯한 느낌.

[경고! 당신은 해당 아티팩트의 적합한 사용자가 아닙니다.]

[경고! 당신은 해당 아티팩트의 적합한 사용자가 아닙니다.]

......

[알 수 없는 힘이 해당 아티팩트에 대한 해킹을 시도합니다.]

[방어에 성공하였습니다.]

[방어에 성공하였습니다.]

......

[방어에 실패하였습니다.]

[알 수 없는 힘에 의한 해킹으로 해당 아티팩트의 기존 데이터가 일부 손상되었습니다. 항목 '사용 조건'이 크게 변경되었습니다.]

......

[항목 '사용 조건'에 새로운 문구가 삽입되었습

니다.]

　[새로운 조건: 어뷰저.]

　[어뷰저로서의 새로운 특징이 추가되었습니다.]

　[경고! 당신은 현재 허락받지 않은 행위를 통해 해당 아티팩트에 큰 손상을 입혔습니다.]

　[경고! 해당 행위는 관리국의 규율에 명백히 어긋나는 행위입니다. 해당 아티팩트를 관리국에 반납하십시오.]

　[경고! 해당 행위는…….]

　……

시스템 메시지는 당장이라도 그만두라면서 연신 경고를 날려 댔지만, 그런 걸 신경 쓸 턱이 없었다.

중앙 관리국에서도 지금쯤 연우의 이런 상황을 눈치챘을 테지만, 쉽사리 움직이지 못하고 있었다.

세 명이나 되는 최고 관리자를 한꺼번에 잃었으니, 자칫 나섰다가 더 큰 피해만 입을 위험이 컸기 때문이다.

더구나 지금은 천계의 이목도 이쪽에 쏠려 있었다.

[천계의 많은 존재들이 관심을 보입니다.]
[신의 사회, '천교'가 당신을 예의 주시합니다.]
[신의 사회, '딜문'이 당신을 예의 주시합니다.]

[모든 죽음의 신들이 더 강하게 그들을 감시합니다.]

이런 판국에 중앙 관리국으로서도 함부로 뛰어들기가 그리 쉽지는 않겠지.

연우는 더 많은 마력을 시스템 키에 불어 넣었다.

쩌어어엉!

조금 전과 다르게 시스템 키도 맑은 소리를 내면서 작동하기 시작했다.

순간, 연우 앞으로 사람 몸통 크기만 한 스크린이 생성되더니, 그 위로 끊임없이 변경되는 무수한 숫자들이 나타났다.

[신의 사회, '루어허 데 더넌'이 당신을 예의 주시합니다.]

그러다 암전되면서 나타난 광경은.

『오, 오딘?』

『오딘이 당했다! 대체 어떻게……?』

『놈의 신력이 움직인다!』

폐허로 변하고 있는 전장이었다.

> [신의 사회, '아베스타'가 당신을 예의 주시합니다.]
>
> [신의 사회, '멤피스'가 당신을 예의 주시합니다.]
>
> ……

전장에서는 브라함이 검은색으로 잔뜩 얼룩진 이상한 책자를 펼친 채로, 막강한 기세를 뿌려 대고 있었다.

오딘이 맞서 싸우려 했지만 단숨에 갈가리 찢겨 사라졌고, 녹색 평원을 따라 물감처럼 번져 나가는 검은 그림자는 많은 주신들을 당혹게 했다.

특히 하늘에서부터 빗발치는 검뢰를 닮은 검은 벼락이며 맹렬한 돌풍은 이 전장을 누가 압도하고 있는지를 명백하게 보여 주었다.

> [신의 사회, '데바'가 당신을 예의 주시합니다.]

[신의 사회, '데바'가 오래전에 떠나보냈던 주신의 귀환에 크게 놀랍니다.]

['데바'를 다스리는 로카팔라들 사이에 언쟁이 오고 갑니다.]

['데바'의 몇몇 신들이 '브라함(브라흐마)'의 힘에 대해 강한 의구심을 던집니다.]

데바는 그들의 옛 주신이 드디어 격을 되찾았다는 사실에 크게 기뻐하면서도, 한편으로는 혼란스러워하는 게 보였다.

사실 브라함이 펼치는 힘은 '창생'이라기보다는 '죽음' 혹은 '파괴'에 훨씬 가까웠으니까.

연우의 권속이 되고, 새로운 신화를 쌓으면서 기존의 신위에 큰 변화가 더해진 것이다.

하지만 신위라는 것은 해당 신이 그것을 어떻게 해석하느냐에 따라서 표현되는 방식이 천차만별로 달라질 수밖에 없었고.

연우와 함께하면서 '죽음 뒤에 찾아오는 재탄생'을 본 그에게 이런 변화가 동반된 것도 전혀 이상한 것은 아니었다.

다만, 데바가 추구하는 방향과는 너무 궤를 달리했기 때문에 저들이 큰 혼란을 겪는 것이지만, 브라함은 이미 데바를 탈퇴한 지 오래였다.

　　[모든 신의 사회가 당신을 예의 주시합니다!]
　　[모든 신들이 히든 스테이지, '신들의 평원'에서 펼쳐지는 전장을 관찰합니다.]
　　[대다수의 신들이 예상치 못한 광경에 강한 충격을 받습니다.]
　　[소수의 신들이 참혹한 광경에 차마 못 보겠다며 고개를 돌립니다.]
　　[소수의 신들이 두려움에 젖은 눈으로 바라봅니다.]

　　[신의 사회, '말라흐'가 아무런 의견을 내놓지 않습니다.]

　신의 사회들은 모두 숨을 죽이고 있었다.
　비록 천마증에 빠져 오랫동안 그들의 곁을 떠났었다고 하지만, 저들 모두가 그들이 한때 모시던 왕들이 아닌가.
　그런 왕이 피를 흘리면서 줄줄이 죽어 나가는 모습은 차마 아무렇지 않게 볼 수가 없는 것이었다.

그리고 한편으로는 저런 무대를 만들고, 신들을 한낱 유희극의 광대로 만든 시의 바다에 대한 원한이 한창 사무치는 중이었다.

쿠쿠쿠!

신들의 시선이 모여 있는 하늘이 잘게 울릴 정도였다.

[모든 악마들이 흥미롭게 관전합니다.]

[악마의 사회, '르 인페르날'이 크게 기뻐합니다.]

[비마질다라가 아주 즐겁게 '신들의 평원'에서 일어나는 전쟁을 즐깁니다.]

[케르눈노스가 고요한 눈빛으로 전쟁을 지켜봅니다.]

반대로 악마들은 상대 진영의 전력이 깎이는 일이었으니 기쁘기만 한 듯했지만.

'하지만 자기네들의 왕이 줄줄이 죽어 나가는데도, 억지로라도 개입하지 않는 건 왜지?'

저들이 얼마 참지 못하고 어떻게든 시스템 키를 강탈할 거라고 예상했던 연우로서는 의외일 수밖에 없는 상황이었다.

그때.

콰르릉!

스크린 너머에서 큰 폭음이 들림과 동시에 시스템 키가 크게 떨렸다.

　['신들의 평원'을 주시하고 있던 신들이 크게 동요합니다!]
　['신들의 평원'을 관전하고 있던 악마들이 크게 환호합니다!]

무슨 일인가 싶어 고개를 돌리는데.

『저 아이, 설마……?』

크로노스까지 처음으로 목소리가 떨리고 있었다.

다른 주신들을 깡그리 밀어내던 브라함의 폭풍우를 처음으로 가르며 나타나는 벼락이 있었다. 눈이 멀 듯 찬란한 황금의 색채로 가득한 뇌전은 브라함의 신력을 갈가리 찢으면서 단숨에 브라함에게로 달려들었다.

『제우스!』

크로노스는 황금색 뇌전의 주인이 누군지 깨닫고 비명을 지르고 말았다.

['올림포스'의 신들이 옛 왕의 등장에 크게 놀랍니다!]

['올림포스' 내에 적잖은 동요가 일어납니다.]

[수석 사도, '아테나'가 침묵합니다.]

[사도, '아레스'가 침묵합니다.]

[사도, '헤라클레스'가 침묵합니다.]

......

[포세이돈이 흔들리는 눈빛으로 자신의 동생을 바라봅니다.]

아무리 연우가 올림포스의 실권을 쥐었다고 해도, 수뇌부가 대부분 제우스의 혈육인 이상 그의 영향력을 완전히 무시할 수는 없었다.

그러니 동요가 일어날 수밖에.

연우의 권속인 브라함과 옛 왕인 제우스.

둘 중에 하나만 살아남아야 한다면 누굴 응원해야 하는 것인가?

하물며 크로노스까지 이렇게 흔들리고 있어서야.

'좋지 않아.'

연우도 실종되었던 제우스가 다시 나타난다면, 그 그림자를 치워 내는 데 상당한 수고가 필요하리란 것쯤은 이미 각오하고 있었다.

하지만 아무래도 예상보다 더 심할 듯싶었다.

'어떻게든 개입해야겠어.'

연우는 이를 악물면서 시스템 키를 더 크게 작동시켰
다.

[게이트가 생성되었습니다.]

[인스턴스 스테이지, '신들의 평원'으로의 진입
을 시도합니다!]

그리고 게이트 안쪽으로 발을 들이려는데.

쿠르르릉!

별안간 하늘에서부터 벼락이 떨어지면서 연우의 앞을 가
로막았다.

그의 인상이 딱딱하게 굳었다.

이게 무엇인지 잘 알고 있었으니까.

['신들의 평원'을 주시하고 있던 신들이 당신에
게 함부로 개입하지 말 것을 요청합니다.]

['천벌(天罰)'이 작동하고 있습니다!]

['올림포스'를 비롯한 동맹군이 경계 상태에 돌입했습니다!]

연우의 얼굴이 딱딱하게 굳었다.

천벌은 한쪽 진영에서 최소 3분의 2 이상, 즉, 대다수의 동의가 있어야만 작동할 수 있는 징벌이었다.

당연한 말이지만, 이합집산이 많은 각 사회들의 의견을 통일하는 건 아주 어려운 일이라, 실제로 사용되는 경우는 거의 없는 것으로 알고 있었는데.

자신의 개입을 막기 위해서 수많은 신들이 의견을 하나로 모았다고?

올림포스를 비롯한 동맹군이 다른 신들에게 경계 태세를 취했지만, 도리어 다른 사회들은 그걸 두고 더 험악한 분위기를 보였다.

['신들의 평원'을 주시하고 있던 신들이 동맹군에게 이 이상 방해를 한다면 '천벌'이 계속 이어질 것이라며 강력하게 경고합니다!]

[신의 진영이 극렬한 대립을 보입니다!]

[모든 악마들이 기꺼운 마음으로 상대 진영을 관

찰합니다.]

그리고.

　　[동맹군, '천교'의 이랑진군에게서 메시지가 도
착했습니다.]
　　[메시지: 사왕(死王). 그대에게 브라흐마가 어떤
존재이며, 그대가 시의 바다와 중앙 관리국이 벌이
려는 짓에 대해 얼마나 강한 적개심을 지니고 있는
지를 아주 잘 알고 있다.]

　동맹군이 다른 신의 사회들과 대립각을 세우는 동안, 천
교가 따로 비밀 회선으로 메시지를 보내 왔다.
　'사왕'은 아직까지 블라인드 처리가 된 연우를 가리킬
때 사용하는 별칭이었다.
　또한, 그 속에는 존중의 의미도 담겨 있었다.
　모든 죽음의 왕이란 뜻이었으니.

　　[이랑진군에게서 메시지가 도착했습니다.]
　　[메시지: 하지만 같은 동맹군으로서 공식적으로
도, 사적으로도 요청하고 부탁하네. 부디 저 신성한

의식을 개입하지 말고, 끝까지 지켜봐 주길 바라네.]

[이랑진군에서 메시지가 도착했습니다.]

[메시지: 저런 야만적인 짓을 두고 신성한 의식을 운운하는 우리네들이 이해가 되질 않겠지만……. 시의 바다가 우리를 조롱할 목적으로 만든 무대인 것을 알고 있지만…… 저것은 우리에게 아주 중요하다네. 유일신을 가리는 것이야말로, 그런 존재를 배알하는 것이야말로 우리 신들이 아주 오랫동안 꿈꿨던 광경이었으니.]

[이랑진군에서 메시지가 도착했습니다.]

[메시지: 그리고 그런 마음은 아마 자네가 이끄는 올림포스도 크게 다르지 않을 거라고 자신할 수 있다네.]

'뭐?'

연우의 눈이 살짝 커졌다.

[이랑진군에서 메시지가 도착했습니다.]

[메시지: 부디 자네의 현명한 선택을 기대하겠네.]

부탁한다고 말했지만, 만약 배틀 로얄에 함부로 뛰어들려 한다면 동맹군 체제를 존속할 수 없을지도 모른다는 경고를 우회적으로 표시한 것이다.

연우는 주먹을 꽉 쥐었다.

그제야 떠올릴 수 있었다.

신들이 그동안 분열을 거듭하면서도, 얼마나 '왕 중 왕'에 대한 염원이 컸었는지를.

크로노스가 신왕이 되면서 그 자리에 가장 가까워졌었다지만, 결국 제우스에 의해 몰락하면서 아무도 이뤄 내지 못했던 자리.

하지만 주신들끼리 저렇게 싸워서 단 한 명만이 남을 수 있다면. 그리하여 마스터키를 손에 넣을 수 있다면, 그가 왕 중 왕이자 유일신을 자처해도 이상하지 않을 터이니.

시의 바다가 얼마나 신들의 심리를 교묘하게 잘 파고들었는지를 알 수 있는 대목이었다.

하지만 그렇다고 해서 이걸 가만히 두고 볼 수만은 없었다.

그런 존재의 탄생은 연우에게 있어 득이 될 것이 하나도 없었으니까. 시의 바다가 하는 일에 끌려다닌다는 것도 마음에 들지 않았다.

아니, 그런 걸 떠나서라도 누가 승자가 되든 간에 브라함이나 제우스, 최소한 둘 중에 하나는 반드시 죽을 수밖에 없다. 그것만큼은 피해야 했다.

그래서 비그리드를 강하게 움켜쥐었고.

['신들의 평원'을 주시하고 있던 신들이 당신을 경계합니다!]

천벌이 다시 내리박힐 듯싶던 그때.

콰르릉!

하늘에서부터 새하얀 기둥이 내려왔다.

['말라흐'의 사절, 미카엘이 강림합니다!]

미카엘은 순백색의 날개를 한껏 펼치면서 처음 만났을 때처럼 비릿한 미소를 입가에 달고 있었다. 전에 뽑았던 왼팔은 재생된 상태였다.

『서기장의 말씀을 전해 드리오. 이 이상 대립이 심화될 경우, 진영 내에 큰 사변이 발생할 수 있으니 즉각 이를 중재하고, 협상을 위해 사왕을 비롯한 각 사회들의 대표들을.』

미카엘의 목소리가 쩌렁쩌렁하게 스테이지를 울렸다.

『본 사회가 있는 천계의 에덴으로 즉각 초빙하라는 전언이오.』

"초빙?"

연우는 기가 찬다는 얼굴이 되었다.

중재니 협상이니 해도, 결국엔 자신의 발목을 붙잡으려 하는 개수작이란 것을 알기 때문이었다.

반면에.

[많은 신들이 '말라흐'의 발표에 큰 충격을 받습니다!]

[소수의 신들이 '말라흐'에 초대된 당신을 시기에 찬 눈으로 바라봅니다.]

[대다수의 악마들이 놀라워합니다.]

그들을 지켜보고 있던 신과 악마들은 하나같이 충격을 받은 기색이었다.

에덴(Eden).

세상에서 가장 큰 지분을 차지한다고도 할 수 있을 절대선의 신화에서 주요 입지를 구축하고 있는 대성역.

최초의 대지라 알려져 있으며, 수많은 천사들이 머무는 장소이기도 했다.

말라흐가 신의 진영 내에서도 특별한 위치를 차지하고 있다는 것을 감안한다면, 그곳에 초대를 받았다는 것은 아주 큰 영광일 수밖에 없었다.

각 사회에서 최상급 이상으로 분류되고 있는 이들도 특별한 용무가 있어야만 방문할 수 있는 곳이니까.

연우를 그런 곳으로 초대한다는 것은 이제 천계에서도 그를 촉망받는 유망주가 아닌, 자신들과 어깨를 나란히 할 만한 실력자로 인정한다는 뜻이었다.

어찌 보면 이제 올림포스의 주신이기도 한 연우에게 당연한 대우일지도 모르지만.

그가 아직 필멸자의 격을 보유하고 있다는 것을 감안한다면, 이렇게 놀라워하는 것도 무리는 아니었다.

필멸자가 에덴으로 초빙되는 경우는 이번이 최초였으니까.

과거에 원죄를 지어 추방된 존재가 있었던 걸 제외한다면.

『서기장께서는 이참에 직접 당신을 만나 많은 대화를 나누기를 바라고 계시오.』

미카엘은 정중한 어투를 하면서도 두 눈으로는 긴 호선을 그리고 있었다. 눈웃음을 짓고 있는 녀석은 마치 이 상황을 즐기는 것처럼 보였다.

여기서 연우가 초빙을 거절한다면 적당한 명분을 둘러대어 한판 거창하게 싸울 수 있는 것이고, 받아들인다고 하면 또 그건 그것대로 좋다는 투였다.

연우는 헛소리하지 말고 꺼지라는 식으로 외치려 했다.

바로 그때.

『받아들이게.』

브라함의 목소리가 연결 고리를 통해 전해졌다.

연우는 재빨리 게이트 쪽으로 시선을 돌렸다.

쿠쿠쿠쿠!

브라함은 한창 제우스와 격전을 벌이고 있는 중이었다.

책장이 빠른 속도로 넘어갈 때마다 갖가지 이적이 빚어지고, 제우스는 그때마다 뇌전을 떨어뜨리면서 이를 분쇄하는 중이었다.

'괜찮으십니까?'

『괜찮다마다. 함부로 늙은이 취급하지 말아 주게. 아직 거뜬하니까.』

하하하. 브라함의 웃음소리가 여기까지 전해졌다.

제우스를 한창 상대하고 있으면서도 가볍게 웃고 있는 모습이, 한결 여유로워 보였다.

『여하튼 본론으로 돌아와서.』

브라함은 가벼운 웃음 뒤에 진지한 어투로 돌아와 말을

이었다.

『저들이 어떤 꿍꿍이가 있는 건 분명하네만, 내 생각엔 그래도 이참에 다녀오는 게 좋을 것 같아.』

연우는 마음을 차분하게 가라앉혔다.

'초빙한다는 명분으로 배틀 로얄에 개입할 수 없게 제 발목을 묶으려는 속셈인 게 너무 뻔하지 않습니까?'

『그러니 지금은 저들의 초빙에 응하라는 뜻이네. 그래야 자네도 뭔가를 요구할 수 있게 될 테니까. 자고로 거래란 서로 주고받는 게 있어야 성립되는 게 아니겠나.』

요구를 하라고?

무엇을?

『우리의 목적을 잊지 말게. 자네가 시의 바다에 대한 원망이 아주 크긴 하겠지만, 그보다 먼저 처리해야 할 것이 있지 않은가.』

'아!'

연우는 그제야 뭔가를 직감적으로 떠올릴 수 있었다.

브라함이 살짝 웃는 소리가 났다.

『이제 좀 방향이 잡히나?』

'……예.'

『원한도 중요하지만, 그건 얼마든지 갚아 줄 수 있네. 하지만 업(業)을 잇는 건 그보다 더 중요하다네. 그가 자네에게 남긴 유언이지 않은가.』

'하지만 그리되면 브라함은……!'

『날 못 믿나?』

연우는 브라함의 그런 말에 땅이 꺼져라 한숨을 내쉴 수밖에 없었다.

'그럴 리가 없잖습니까.'

『그렇다면 이번에도 믿어 주게. 그동안 밥버러지 같은 생활만 해 왔으니, 나도 밥값은 좀 해야 하지 않겠나? 그리고.』

다시 웃음기가 번졌다.

『그리고 이왕에 여기까지 왔는데 저들이 말하는 유일신이니 뭐니 하는 것도 해 보고 가야지. 감투에는 별 미련이 없어도, 새로운 힘이란 건 탐구해 보고 싶거든.』

이렇게까지 설득하는데 안 넘어갈 수가 없었다.

'알겠습니다. 금방 다녀올 테니 부디 몸조심하십시오.'

『자네야말로 가는 동안 정신 똑바로 차리게. 저곳에 자네가 오기를 단단히 벼르고 있는 작자들이 어디 한둘이겠나.』

이번에는 연우도 따라서 웃었다.

'그럼 저야 좋은 것 아닙니까? 스스로 나서서 올림포스를 위한 양분이 되어 주겠다는데 굳이 거절할 이유가 없죠.'

『하여간 인성은. 하하! 하긴 자네의 그런 면이 정우와는 또 달라서 좋은 것이네만.』

브라함의 통신은 거기서 끊어졌다. 동시에 서책이 마지막 장에 다다르면서 그림자가 해일처럼 높다랗게 일어나 제우스를 휘갈기는 것이 보였다.

연우는 더 이상 브라함의 일에 개입하지 않기로 마음먹었다.

이 이상 돕겠다고 나서는 것은 배려가 아니라, 그의 자존심을 상하게 하는 것밖에 되지 않았으니까.

'그동안 브라함이 연락이 없었던 건 위험해서가 아니라, 자신의 힘으로 홀로 하르모니아에 닿고 싶어서였던 걸지도.'

브라함은 오로지 자신의 힘만으로 하르모니아와 결착을 보고 싶은 것 같았다. 배틀 로얄에 참여를 한 것도 아마 그런 이유 때문이겠지. 보다 빨리 하르모니아에 다다를 수 있을 테니까.

연우는 손으로 얼굴을 한 번 쓸어내린 다음, 대장로를 돌아보았다.

"시의 바다가 또 어떻게 나설지 모릅니다. 여길 부탁하겠습니다."

"알겠네. 조심해서 다녀오게."

"감사합니다."

연우는 고개를 가볍게 숙이고, 비그리드를 도로 걸며 미카엘을 돌아보았다.

"안내해."

*   *   *

미카엘이 하늘을 올려다보자, 하늘에서부터 거대한 빛의 기둥이 내려왔다.

말라흐의 신화에서 선택받은 선지자들만이 타고 오를 수 있다는 승천로(昇天路).

거기에 휩싸인 순간.

[신의 사회, '말라흐'가 당신을 대성역 '에덴'으로 초대하였습니다!]

[해당 지역은 98층입니다. 오를 자격이 부족합니다.]

[시스템 키(巳)가 작동합니다.]

[자격 요건이 충족되어 '에덴'으로 이동합니다.]

여러 메시지와 함께 눈을 떴을 때, 연우는 무지개의 일곱

색채가 아름답게 뒤섞인 구름 위에 서 있었다.

[이곳은 98층, 천계의 관입니다.]
[현재 당신의 신분은 '최고 관리자'입니다. 해당
층계의 시련을 수행할 수 없습니다.]

그리고 구름 평원 위, 아주 거대한 크기를 자랑하는 땅덩
어리가 하늘을 유영하고 있었다.

웬만한 대륙만 한 크기를 자랑할 것 같은 대지.

거기서 풍기는 신력이 아주 대단했다.

연우도 여러 성역들을 접해 보았지만, 결단코 저렇게 맑
은 기운을 간직한 곳은 없었다.

단순히 보는 것만으로도 마음이 정화되는 느낌이었다.

'저곳이…… 에덴.'

흔히 에덴동산으로 더 잘 알려진 곳.

피손, 기혼, 히데겔, 유프라테스의 네 강이 흐르며, 그
강들이 주는 양분을 바탕으로 수많은 나무들이 울창하게
자란다고 하던가. 생명의 나무와 선악과가 맺히는 나무도
저곳에 있다고 들었다.

그때, 미카엘이 어디선가 지팡이를 꺼내 바닥을 짚었다. 그
들 앞으로 에덴으로 향하는 하늘 계단이 차례로 생성되었다.

『오르시지요.』

그때.

『저희가 호종하겠습니다.』

하늘에서부터 수십 명으로 이뤄진 무리가 연우에게로 내려왔다.

아테나를 위시한 올림포스의 신격들. 주신인 연우를 보호하고자 신하 된 예로 직접 찾아온 것이다.

개중 다수는 연우도 처음 보는 낯선 얼굴들이었지만.

『익숙한 얼굴들이 아주 많군.』

크로노스가 등 뒤에서 인간의 형태로 모습을 비추자, 전부 하나같이 경악한 얼굴로 바닥에 넙죽 엎드렸다.

『크, 크로노스 님!』

『시, 시, 신왕이시여!』

그들 모두 크로노스가 연우와 함께하고 있단 사실을 알고 있었지만.

막상 이렇게 직접 얼굴을 마주하게 되니 가슴이 크게 철렁이는 것만 같았다.

『다들 반갑구나. 그동안 잘 지내었던가?』

『저흰……!』

『안다. 섣불리 뭐라고 말하기 힘들겠지. 너희 모두 나 때문에 많이 고생했을 터인데.』

『……。』

『그래도 이렇게 다들 만나고 나니 참 기분이 좋구나.』

옆에서 그들을 지켜보고 있던 연우는 속으로 헛웃음을 흘리고 말았다.

한동안 밍가진 모습만 보어 주던 아버지의 저런 근엄한 모습이 낯선 것도 있었지만.

적절한 시기에 얼굴을 비추어 자신의 정통성을 챙겨 주려 하는 게 보였기 때문이었다.

아마 저들 중 다수는 내심 연우에 대한 의구심을 강하게 품고 있을 터였다.

천계로 오르지 못하는 주신. 왕좌에 앉아 있지 못하는 왕이 무슨 왕이냐는 생각을 하는 작자도 있을 것이다.

그런데도 여태 반발하지 못했던 건, 연우를 대리한다는 아테나 등의 기세가 너무 거센 데다가 티탄―기가스로부터 올림포스를 탈환한 게 오롯이 연우의 힘이었다 보니 모든 명분이 그에게 있었기 때문이었다.

그런데 지금, 그동안 실종되었던 제우스가 다시 나타났다.

마음속에 있는 저울추를 어디로 기울이는 게 이득일지, 저들로선 많이 망설여질 수밖에 없었다.

연우가 신왕좌에 앉았다고는 하나, 제우스도 결격될 사유 따윈 없었다.

포세이돈 등은 올림포스를 잃었다는 약점이 있지만, 제우스는 단순히 천마중을 앓았던 것밖에 없지 않은가.

하물며 제우스가 배틀 로얄에서 선전을 보이고 있는 지금, 당연히 제우스 쪽으로도 마음이 가는 것도 무리는 아니었다.

이는 곧 올림포스 내에 분란의 씨앗이 될 수밖에 없었고.

그 무게 추를 각자 어디로 둘지를 판단해야 하니, 저리 호종을 핑계 삼아 한데 우르르 몰려온 것이겠지.

이참에 그를 눈으로 확인도 해 볼 겸.

그런데 이때 크로노스가 직접 현신해서 연우를 두둔하는 모양새를 갖추었다.

당연히 저울의 무게 추가 연우 쪽으로 기울 수밖에 없었다.

비록 크로노스가 폐주(廢主)로써 쫓겨났다고는 하나, 여전히 그를 기리는 사람들도 적잖게 있었으니까. 당장 그가 세를 모으고자 한다면 따를 사람들이 꽤나 많을 터였다. 그의 영향력은 여전히 건실한 편이었다.

아테나는 그런 눈치 싸움을 보며 시름에 젖은 얼굴이 되었다. 티탄―기가스를 물리칠 때까지만 해도 이제 모든 시련이 끝났다고 생각했는데, 새로운 난관이 주어진 셈이었으니.

하물며 그런 대립각을 보이는 두 사람이, 자신이 가장 잘 따르는 숙부와 친부이니 오죽할까.

『괜찮다.』

그런 그녀의 마음을 달래려는 듯 연우의 메시지가 조용히 전달되었다.

움찔.

아테나가 살짝 몸을 떨었다.

『마음 가는 대로 해. 네가 무슨 선택을 하든, 나는 원망하지 않을 테니. 그동안 옆에서 도와준 것만 해도, 나와 정우에게는 아주 큰 힘이 되었으니까.』

『…….』

그 말이 오히려 아테나의 가슴에는 더 무겁게 와 닿았다.

『위에서 연락을 받았소. 수용 인원에 한계가 있어 이 많은 인원이 함께 들어가실 수는 없을 듯하오만.』

그때 들려온 미카엘의 말에 연우 주변에 모여 있던 올림포스 신들의 안색이 딱딱하게 굳었다.

『이분은 우리의 왕일세. 왕이 행차하시는 곳에 어찌 경비를 허투루 할 수 있단……!』

『올림포스에서는 저희 말라흐가 위험하다고 판단하고 있다. 그리 받아들여도 되는 것이오?』

미카엘이 한쪽 입꼬리를 말아 올렸다. 그를 따라 시뻘건 불길이 뱀처럼 한 번 휘감았다가 사라졌다.

맹렬한 투기.

윽박질렀던 신격이 움찔해서 뒤로 한 발자국 물러섰다.

『그건……!』

"다들 그만하고. 에덴은 아테나와 가도록 하지."

『그러시길.』

미카엘이 싱긋 웃으면서 뒤로 물러섰다.

올림포스 신들은 얼굴이 시뻘겋게 달아올랐지만, 여기서 미카엘과 다퉈 봤자 좋을 건 하나도 없었다.

* * *

신격들이 하나둘씩 물러난 뒤.

연우와 아테나는 미카엘의 안내에 따라 하늘 계단을 오르기 시작했다.

오르는 내내, 연우는 그 아래로 펼쳐진 무수히 많은 '대륙섬'들을 볼 수 있었다.

새하얀 구름으로 이뤄진 바다를 따라, 에덴과 비교도 할 수 없을 만큼 큰 크기를 자랑하는 대륙들이 둥둥 떠다니고 있었다.

각 대륙섬은 저마다 다른 모습을 하고 있었다.

어떤 섬은 수풀로 우거져 무인도처럼 보이는가 하면, 또 어떤 섬은 황량한 사막 위에 거대한 신전 구조물만 덜렁 남겨진 것도 있었다. 석조 건물로 빽빽한 도시군을 이룬 것도 있었고, 마추픽추처럼 산꼭대기에다 성채와 정원을 꾸며놓은 곳도 있었다.

저마다 다양한 환경과 양식을 가진 구조물들이 가득해 통일성이라고는 전혀 찾아볼 수 없는 것들.

마치 게임 속에서 다양한 세상을 보는 것같이 비현실적으로 와 닿았다.

"운해(雲海) 위에 떠 있는 것들, 하나하나가 전부 신의 사회에요. 악마 진영 쪽은 섬이 아닌 다른 형태라고 들었는데, 정확한 건 저도 알지 못하고요."

아테나는 연우의 시선이 어디로 향해 있는지를 보고, 엷게 웃으면서 말했다.

그가 천계 방문이 이번이 처음이라는 것이 이제야 실감이 났다.

"전부 크군."

"크죠. 하지만 저희들에게는 작을 뿐이에요. 아주 한없이."

연우는 담담하게 고개를 끄덕였다.

한때 드넓은 우주와 차원을 넘나들던 이들에게 저런 대륙섬은 아주 작게 느껴질 테지. 거기다 공간 효율을 위해서 모습을 항상 사람 형태로 유지해야만 하니 더더욱 좁게만 느껴질 터였다.

'거기다 다른 사회들과 다르게 에덴만 더 높은 상공에 위치해 있는 걸 봐서는…… 의도적으로 사회 간의 위계를 맞춘 건가? 그러면서도 섬에서 풍기는 신력은 온화하고. 강제로 누르는 게 아니라 저절로 숙이게 만드는 거군.'

연우는 어쩐지 말라흐의 통치 철학이 무엇인지 알 것 같았다.

『도착했습니다.』

그러다 미카엘의 말에 연우와 아테나의 걸음이 멈췄다.

하늘 계단의 끝.

그곳에 날개를 한껏 바닥으로 흘리며 이지적인 눈빛을 빛내고 있는 중년인이 서 있었다.

메타트론이었다.

『이곳에 오신 것을 환영합니다.』

반갑다며 손을 내밀며 인사하는 그의 옆에는 다른 사람이 한 명 더 있었다.

깊게 가라앉은 검은 눈을 가진 사내. 등에 매달린 검은 날개가 천사가 아닌 악마라는 사실을 말해 주고 있었다.

에덴동산에 너무나도 어울리지 않는 자.

『반갑군. 드디어 이렇게 마주하게 되었어.』

절대악 르 인페르날의 수장, 바알이었다.

*　　　*　　　*

검게 뻗어 가는 그림자와 그것을 가로지르는 황금색 벼락.

유일신의 자리를 둔 다툼이 브라함과 제우스, 두 사람이 벌이는 이파전 양상으로 몰릴 무렵이었다.

전혀 상반된 색을 자랑하는 두 기세의 접전 사이로, 새하얀 광채가 불쑥 튀어나왔다.

브라함도, 제우스도 전혀 생각지 못했던 제3의 손길.

콰앙!

브라함과 제우스는 그 손길이 자신들이 빚어내던 신력을 밀어내려는 것을 감지하고 재빨리 몸을 뒤로 물렸다.

자칫 그것이 자신 쪽으로 향한다면 패배를 할 수밖에 없는 상황이었으니까.

츠츠츠—

『어디, 그대들만 재미있게 놀려고 그러는가? 거기에 나도 끼워 줬으면 좋겠는데.』

두 사람의 시선이 휙 하고 돌아간 곳.

새하얀 광채를 한껏 품은 사내가 서 있었다.

긴 머리를 땋아 상투를 올리고, 백색 도복을 말끔하게 차려입은 자.

옥황상제.

"이거 아무래도 쉽지가 않겠는데 말이지."

브라함은 그런 녀석을 보면서 작게 중얼거렸다.

이제는 까마득하기만 한 아주 먼 옛날, 창세기(創世記)가 한창 진행 중이던 수미산(須彌山)에서 최강자는 단연 바로 옥황상제였으니.

그는 수미산의 왕들을 무수히 먹어 치우면서 '황'이 되기도 했던 존재였다.

비록 윤회의 법칙을 완전히 벗어나면서 스스로 존귀해진 천마에 꺾여 바닥으로 추락하고 말았지만.

그 뒤로 치료를 한답시고 삼신산에 틀어박혀 겨우 숨을 돌리고 있었지만, 여전히 옥황상제는 전성기 시절에 비하면 터무니없이 약한 몸을 지니고 있었다.

하지만 썩어도 준치라, 옥황상제는 여전히 다른 주신들을 압도하는 기세를 자랑하고 있었다.

말갛게 웃는 모습을 보고 있노라니, 살갗이 따끔해질 지경이었다.

제우스도 옥황상제가 얼마나 위험한 존재인지 잘 알기 때문에 별다른 대거리를 하지 않았다. 그저 응축한 벼락을 녀석에게로 날릴 뿐.

콰르르릉!

그렇게 유일신을 가리기 위한 배틀 로얄은 삼파전으로 압축되었다.

*   *   *

『케이크가 너무 달아. 홍차는 떫고. 서기장, 그새 가게를 바꾸기라도 했나? 아니면 입맛이 바뀌었나? 그럼 실망인데.』

『안타깝게도 말씀하신 그 집은 얼마 전에 문을 닫아서 말입니다.』

『뭐? 천계에서도 손꼽히는 맛집인 그곳이 왜?』

『올해 딸기 농사가 흉년이랍니다.』

『그런……! 그 집 케이크의 화룡정점은 바로 딸기에 있는 것인데!』

케이크?

딸기?

이것들은 대체 무슨 헛소리를 하는 걸까.

누가 본다면 미식회라도 되는 줄 알겠다.

연우는 탁상에 놓인 접대용 다과를 이리저리 뒤적이면서 진지한 자세로 대화를 나누는 메타트론과 바알을 어처구니 없다는 눈빛으로 바라보았다.

그를 지키기 위해 등 뒤에 시립해 있는 아테나도 마찬가지였다.

절대선과 절대악. 각 진영을 대표한다고도 할 수 있을 두 존재들이 저딴 대화를 나눈다고 하면, 과연 누가 믿기나 할까?

『이런! 이거 아무래도 저희가 손님을 놔두고 잡설이 길어진 것 같습니다. 아무래도 ### 님께서는 이런 저희가 도무지 납득이 가질 않는다는 표정이신지라.』

『케이크와 차는 나를 이 지긋지긋하기만 한 천계에서 버틸 수 있게 하는 유일한 버팀목이다. 양보 못 해!』

바알은 팔짱을 끼면서 콧방귀를 뀌었다.

심통이 단단히 난 얼굴.

메타트론이 엷게 웃으면서 연우에게 말했다.

『바알과 제가 평상시에 자주 자리를 가진다는 건 혹시 알고 계신지요?』

"조금은."

연우는 고개를 끄덕였다.

신과 악마 간의 분쟁은 하루가 멀다 하고 벌어지는 일이었고, 이것이 큰 전쟁으로 번지는 것을 막기 위해 중간에서 발 벗고 뛰어다니는 곳이 바로 말라흐와 르 인페르날이었다.

두 곳의 수장인 메타트론과 바알이 자주 협상 자리를 갖는 건 불문가지.

그래서 연우는 바알이 말라흐에 있음에도, 조금 놀라기만 했을 뿐 그것이 이상하다는 생각은 전혀 하지 않았다.

『하지만 그렇게 자주 자리를 가진다고 한들, 하는 이야기야 언제나 늘 뻔하지 않겠습니까? 그래도 외부에 최선을 다한다는 모양새는 비쳐야 하니, 시간도 끌 겸 해서 둘 모두 다과 쪽으로 취미를 갖게 되었습니다.』

한 마디로 체면치레도 할 겸 시간도 죽일 겸, 디저트에 관심을 가지게 되었단 뜻이었다.

연우는 헛웃음이 절로 나왔다.

메타트론이야 얼핏 보면 남자인지 여자인지 구분이 가지 않을 정도로 곱상한 외모를 자랑한다지만, 마초적인 인상을 자랑하는 바알이 포크로 케이크 위의 딸기를 뒤적이고 있는 모습이 도저히 적응되지 않았기 때문이었다.

특히 아가레스 때문에 매번 골치 아파하던 바알의 평상시 이미지와 많이 다르기도 했다.

하지만.

이 다과회를 결코 무시해서는 안 된다.

중재를 한다는 것은 곧 두 사회가 각 진영에서 미치는 영향력이 그만큼 지대하다는 뜻이고.

두 사회의 수장들이 자주 자리를 가진다는 것은 그만큼 의견 조율이 쉽다는 뜻이기도 하다.

즉.

'진영을 넘어선 천계의 대소사를 저들 입맛대로 결정지을 수 있다는 거겠지.'

어느 누구도 생각지 못할, 천계의 진정한 흑막 정치(黑幕政治)인 셈이었다.

'각 사회의 최고 수뇌쯤 되면 얼추 눈치챘을지도 모르지만…… 심증만 있을 뿐일 테니. 어쩌지 못하는 건 똑같겠지.'

말라흐와 르 인페르날이 손을 잡는다면 과연 누가 건드릴 수나 있을까.

하물며 모든 사회들이 알게 모르게 두 사회에 기대고 있는 점들이 많다는 것을 감안한다면, 쉽게 나서기도 힘들 것이다.

메타트론과 바알은 연우에게 바로 이것을 보여 주고 싶었던 것이리라.

'맛있군.'

연우는 흑막 정치의 방증이라 할 수 있는 다과회의 딸기 케이크를 포크로 살짝 잘라 먹었다가 피식 웃었다.

왠지 에도라에게 가져다주면 좋아할 것 같았다.

'돌아가는 길에 하나 포장 좀 해 달라고 해야겠군.'

그런 생각을 하면서, 연우는 포크를 조용히 탁상에다 내려놓으면서 말했다.

"보통의 신들도 잘 모른다는 이런 다과회에 날 초대한 이유는 뭐지?"

『이런 걸 보면 ### 님도 참 의뭉스러운 분이라는 걸 알 수 있는 것 같습니다. 이미 짐작하고 계시면서요.』

바알은 거구에 어울리지 않게 여전히 케이크 속에 숨겨진 딸기를 찾느라 바빴고, 메타트론만이 찻잔을 조용히 내려놓으면서 엷게 웃었다.

"날 이곳에 멤버로 초대라도 하겠다는 건가?"

『회원이라고는 둘밖에 없는 심심한 모임에 새로운 회원이 더해진다면, 모임에도 활력이 돌지 않을까요?』

흑막 정치에 한쪽 발을 담글 수 있다라.

확실히 나쁜 건 아니었다.

그만큼 두 곳이 자신에 대해 눈치를 보고 신경을 쓸 만큼 세력이 강해졌단 뜻일 테니까.

"역시 중재 협상이라는 건, 날 이곳으로 부르기 위한 거 짓말이었군."

『명분이라는 아주 좋은 단어가 있지 않습니까?』

연우는 한쪽 입술 끝을 말아 올렸다.

이로써 확신을 가질 수 있었다.

'역시 말라흐와 르 인페르날은 이번 유일신 경쟁에 관심이 없다.'

브라함이 넌지시 일러 주었던 협상 거리가 눈에 선명하게 보였다.

『아실지 모르겠지만, 저희 말라흐는 소속원들이 스스로를 '천사'라고 하지, '신'을 참칭하지는 않습니다. 그분께서는 아직 때가 되지 않아 이 땅에 내려오시지 않았을 뿐, 언젠가 저희들을 맞이하러 와 주시리라 믿기 때문이지요. 그러니 저곳에서 어떤 존재가 만들어진다고 한들, 저희 말라흐로서는 인정할 수 없는 이단(異端)인 것입니다.』

딸기를 전부 찾아 먹어 치운 바알이 손수건으로 입가를 살짝 훔치며 말을 이었다.

『우리도 마찬가지고. 강한 신을 만들어 낸다는데 좋아할 이유 따윈 없지.』

"그렇다는 건 내가 배틀 로얄에 뛰어들거나, 시스템 키를 전부 모아도 일절 간섭하지 않겠다는 걸로 보이는데."

『맞아요.』

『정확하게 보았다.』

"그럼 너희들이 원하는 건?"

『역시 알고 계시면서 떠보시는 겁니까?』

『그야 당연하지 않나.』

연우가 따라서 웃고 말았다.

"'시(詩)'. 계시록이 필요한 거군."

메타트론은 붉은 혀로 입술을 가볍게 축였다. 이 순간, 연우는 그가 최초의 인류에게 선악과를 따먹으라고 유혹했다는 신화 속 뱀과 닮았다는 느낌을 받았다.

『그것은 아무리 모으고 모아도, 항상 부족한 것이니까요.』

『시의 바다가 보유한 '레메게톤'…… 그러니까 계시록은 탑 내에서 발견되지 않은 판본으로 사료된다. 그러니 그걸 얻는다면, 우리에게 공유해 주었으면 한다.』

"대가는?"

바알이 포크를 조용히 내려놓으면서 차갑게 웃었다.

달그락.

그런 소리가 났다.

『선악과, 맛있었지 않았나?』

지난번에 먹은 것에 대한 대가가 아니다.

때에 따라서 얼마든지 몇 개씩 내어 줄 수 있다는 뜻.

다만, 확실하게 대가를 약속하지 않는 건, 악마라기보다는 정치가에 가까워진 그의 입장 때문이겠지.

『### 님이 어떤 포지션을 취한다고 해도, 저희는 아무런 성명도 발표하지 않을 겁니다. 그런다면 다른 사회들도 머뭇거릴 수밖에 없겠지요.』

연우가 브라함을 유일신 자리에 앉히든, 배틀 로얄을 방해하든, 이쪽에서는 전혀 개입하지 않고 천계가 난동을 피울 수 없게 잘 붙잡아 두겠단 뜻이었다.

자신들의 이익만 챙길 수 있다면 다른 건 무시되어도 좋다는 투.

전형적인 열강의 논리였지만.

연우는 오히려 가식적인 것보다 그런 것이 더 마음에 들었다.

그렇다는 건.

'시의 바다가 깔아 둔 판 위에 천계를 말로 끌어올 수 있다. 그런다면 곧바로 내가 원하는 방향으로 끄집어낼 수 있겠어.'

연우는 머릿속으로 그려지는 그림을 빠르게 완성하고, 천천히 입을 열었다.

"그럼 말이 나온 김에 이쪽에서도 한 가지 역제안을 할 수 있을까?"

『호오. 무엇인가요?』

『뭐지?』

메타트론과 바알은 대단한 관심을 보였다.

여태껏 연우가 음모와 계략을 꾸미는 데도 상당한 소질이 있다는 것을 줄곧 봐서 알고 있었으니까.

연우는 거기에 대해서 숨길 건 숨기며 대략적으로 설명했고.

두 사람은 크게 파안대소를 터뜨렸다.

아주 흡족하다는 듯이.

『하! 우리 망나니 아들 녀석이 세 명으로 분화라도 됐나. 세상이 참 앞으로 어찌 되려고…….』

음험하게 웃는(?) 그들 세 사람을 보며 크로노스만이 한탄을 내뱉을 뿐이었지만.

물론, 연우는 그냥 무시했다.

한 차례 가벼운 웃음이 지나간 뒤.

『여태 보았듯이 신이란 작자들은 도무지 합리적이질 못한 존재들이에요. 오만함에 젖어 제 목적을 향해 다른 생각은 없이, 오로지 직진만 하지요. 사실상 ### 님이 세력을 일으키거나, 탈각만 벌여도 벌벌 떨 것들이 말이지요. 아스가르드 멸망전이나 무왕의 초월을 보고 나서도 깨닫는 바가 전혀 없는 겁니다, 저것들은.』

메타트론이 고운 미간을 살짝 찌푸리며 말했다.

『그런 무지몽매한 것들을 바른길로 인도하려니…… 정말이지 하루가 다르게 영혼이 피폐해지는 기분이 든단 말이지요.』

그러다 연우를 봤을 때, 메타트론은 환하게 웃고 있었다.

『하지만 ### 님은 그런 멍청한 치들과 다르게 합리적이고, 아주 생각이 깊어 대화가 잘 통하는 분이시니 다행이란 생각이 들어요.』

『거래도 전부 끝난 것 같으니 나는 먼저 일어나도록 하지. 잠시 자리를 비웠기로서니, 어떤 미친놈이 또 난리를 피운 것 같아서.』

바알이 먼저 자리에서 일어났다.

*　　*　　*

쿠쿠쿠쿠!

『이놈이고 저놈이고, 전부 귀찮아 죽겠군.』

제우스는 압도적으로 자신이 유일신위(唯一神位)를 획득하여 창조주(創造主)의 반열에 오를 거라고 생각했던 것과 다르게, 장애물을 만나 가로막히게 되자 화가 잔뜩 나고 말았다.

이래서야 발목만 계속 묶일 뿐이지 않은가.

그런다면 승리한다 해도 상처뿐인 승리일 것이고, 자칫 뒤통수를 맞을 수도 있는 일이었다.

'신왕 살해자'라는 별칭에 걸맞을, 압도적인 힘을 보여야만 했다!

『어쩔 수 없군.』

그래서 제우스는 마지막까지 숨겨 두려 했던 비장의 패를 바로 꺼내기로 마음먹었다.

브라함과 옥황상제의 공세가 제우스의 머리 위로 떨어지려다, 갑자기 비껴가 대지를 두들겼다.

순간, 두 사람의 경계에 찬 시선이 그쪽으로 쏠렸다.

저도 모르게 등골이 바짝 섰다.

제우스의 기세가 방금 전과는 사뭇 달라져 있었다!

'……뭔가 있다!'

브라함은 제우스가 어떤 술수를 쓴다고 여기고 재빨리 그림자를 겹겹이 쌓아 방어 태세를 취하는 한편.

『감히!』

옥황상제는 잠깐이라도 자신에게 경계심을 느끼게 했다는 사실에 화가 단단히 났던지, 단번에 그쪽으로 몸을 날렸다.

그때, 브라함은 보고 말았다.

제우스의 눈가가 희미하게 웃고 있는 것을.

아니, 정확하게는 왼쪽 눈이 보석안(寶石眼)처럼 기묘하게 빛나고 있는 것을!

'설마…… 주선석?'

브라함은 제우스가 루시퍼의 영혼석을 가지고 있단 사실을 뒤늦게 깨달았고.

그사이 제우스의 보석안은 기묘한 빛을 발하면서 신력을 몇 배로 대거 증폭시켰다.

녀석이 어떻게 주선석을 지니고 있었는지는 모른다. 하지만 주선석의 기운을 잔뜩 머금은 제우스의 황금색 벼락은 평원을 갈기갈기 찢으면서 그대로 옥황상제를 가르고 지나갔다.

다행인지 불행인지, 옥황상제는 막바지에 몸을 크게 틀어 숨은 붙어 있었지만, 몸뚱이의 절반 이상이 죄다 갈려 나간 상태였고.

제우스는 그런 벼락을 연이어 브라함 쪽으로 뒤틀어 승부를 빠르게 종결짓고자 했다.

"흡!"

브라함은 재빨리 명왕성의 서를 훑으면서 결계를 강화시켰지만, 막강한 제우스의 공세 앞에서는 위태롭게만 보였다.

그렇게 황금색 뇌전이 작렬하려는 순간.

[새로운 참가자가 입장합니다!]

브라함 앞으로 공간이 열리나 싶더니, 연우가 불쑥 나타나 비그리드를 거세게 휘둘렀다.

콰아아앙!

황금색 뇌전은 그들에 닿기도 전에 갈가리 찢겨 나 사방으로 튕겨 나갔다.

『어딜 방해하……!』

제우스는 난입자가 이블케로부터 익히 들었던 올림포스의 '새로운 신왕'이라는 것을 알아보고, 순간 가슴 한편에서부터 치밀어 올라온 분기에 인상을 팍 찡그렸지만.

"'눈'으로 지켜보고 있는 것 다 아니 그만 나오는 게 어때? 이 판이 방해되어서야 너에게도 좋지 않을 텐데."

연우는 제우스를 없는 사람 취급하면서 그의 뒤쪽을 보고 말했다.

제우스가 이게 무슨 짓이냐며 재차 고함을 치려다, 난데없이 등 뒤쪽에서 느껴지는 기운에 눈을 황급히 치뜨며 뒤돌아보았다.

무너진 평원의 하늘 위로, 길쭉하게 공간이 갈라지면서

공허가 훤히 드러났다.

마치 검은 물감을 쏟아부은 듯한 곳.

심연. 그 너머로, 하르모니아가 이쪽을 보았다.

『무슨 말을 하고 싶으신 건가요?』

죽은 줄로만 알았던 옛 연인의 모습에 브라함은 두 눈을 파르르 떨었고.

제우스는 오래전 천마증을 겪던 자신의 꿈속으로 찾아왔던 존재의 등장에 인상을 딱딱하게 굳혔다.

그러거나 말거나.

연우와 하르모니아는 오로지 이 세상에 두 사람만 있는 것처럼 태연하게 이야기를 주고받았다.

"어차피 여기서 누가 이긴다고 한들, 마지막 시스템 키가 나한테 있어서야 너희들이 원하는 목적은 아무것도 이루지 못해."

『빼앗으면 되지 않을까요?』

"자신 있나?"

하르모니아의 거대한 눈동자는 살짝 웃기만 할 뿐, 별다른 대답은 하지 않았다.

대신에 질문을 던졌다.

『그래서요?』

"이것, 너희에게 주지."

연우는 하양에게서 받은 시스템 키를 꺼내 보였다.

순간, 제우스의 눈가에 탐욕이 흘렀고, 브라함은 눈에 이 채를 흘리면서 재빨리 자리에서 물러났다.

하지만 연우의 태도는 굳건했다.

『…….』

하르모니아에게서는 잠시간 아무 대답이 없었다. 연우의 생각이 무엇인지 알아내려는 듯.

그러다 진지한 어투로 물었다.

『대가는요?』

"올포원을 잡기 위한 공동 전선. 어떻지?"

Stage 79.
공동 전선

하르모니아는 아주 재미있다는 얼굴이 되었다.

여태껏 자신을 잡기 위해 동분서주하던 자가 갑자기 동맹 제안을 하니 웃음이 나올 수밖에 없었다.

『뒷일은 올포원을 잡고 나서 생각하자, 이건가요?』

그러면서 그녀는 '눈'으로 브라함 쪽을 슬쩍 보았다.

무표정한 얼굴이 된 브라함은 그녀를 가만히 바라보고 있었다.

하지만 오랫동안 그의 파트너였던 그녀는 알고 있었다.

지금 이 순간, 브라함의 눈동자에는 온갖 감정들이 소용돌이치고 있단 것을.

진짜 눈으로 시선이 마주치면 안 될 것 같아, 하르모니아는 그의 눈빛을 일부러 외면했다.

연우가 말했다.

"너도 나도, 결국 목표는 같으니까."

『제 목표가 무엇인지는 아시구요?』

"올포원을 끄집어 내리는 것, 아닌가?"

『맞아요. 더 큰 목적이 있지만. 실상 올포원은 그것을 위한 징검다리에 불과할 뿐이지요.』

"그건 이쪽도 마찬가지. 그러니 올포원만 처리하면 갈라지자는 거다."

『죄송하지만, 최근 들어 올포원이 이렇다 할 움직임을 보이지 않았던 건 전부 저희가 고생을 한 결과에요. 대체재를 마련한 것도 저희였고요. 그런데 거기다 숟가락을 얹으시겠다는 말씀으로밖에 보이지 않는걸요?』

"그래도 단순히 숟가락이라고만 치기엔, 마지막 열쇠가 좀 많이 탐나지 않나?"

하르모니아는 가볍게 웃었다. 계속 연우와 언쟁을 벌여 봤자 평행선밖에 달리지 않을 것 같았다.

『차라리 당신이 저희 시의 바다로 들어오는 건 어떠신가요? 원하신다면 휘하의 클랜들은 물론, 수장 자리까지 드릴 수도 있어요.』

"아니. 그건 안 될 것 같은데."

『당신도 칠흑의 세례(洗禮)를 받은 몸이에요. 나중에는 결국 이 거추장스러운 탑을 걷어치우고, '그분'을 깨어나게 하는 데 집중해야 하지 않을까요?』

"내 대답은 알 텐데?"

『당신은 '그분'의 은총과 기적을 직접 보고 실현하면서도, 그 길을 좇지 않는 불신자로군요.』

하르모니아는 거대한 머리를 주억거렸다.

지금 연우가 한 답변은 칠흑왕을 추종하는 집단의 수장으로서 충분히 불경스러운 것일 테지만, 어쩐지 연우는 그녀가 만족해한다는 느낌을 강하게 받았다.

『그렇다면 제 대답도 아주 간단해요.』

"결렬인가"

『그렇다면, 어쩌실 텐가요?』

"제안을 넣을 곳이 그쪽만 있는 건 아니지."

『음?』

연우의 시선이 우측으로 향했다.

"이블케, 너는 어떻게 생각하지?"

"오효효! 정말이지 짓궂어도 너무 짓궂으시군요, ### 님은요. 서로가 보고 있는 상태에서 대놓고 분열을 조장하시다니."

공간이 열리면서 외눈 안경을 쓴 고블린이 조용히 내려 앉았다.

그는 아주 재미있어 죽겠다는 표정이었다.

방금 전에 하르모니아에게 했던 제안을 이제는 중앙 관리국에 한다는 뜻이었다.

어차피 시스템 키가 필요한 곳은 중앙 관리국이니, 그들에게 주어도 계획은 원하는 대로 이뤄질 수 있었다.

『하하!』

대놓고 편 가르기를 하려는 모습에 하르모니아는 가볍게 웃음을 터뜨렸고.

이블케는 외눈 안경을 고쳐 쓰면서 물었다.

"### 님, 한 가지 궁금한 게 있는데 여쭈어도 될까요?"

"뭐지?"

"혹시 보유하고 계신 신위 중에 선동이나 날조, 인성 같은 것들은 없으신 건가요?"

[다수의 악마들이 동의한다면서 고개를 끄덕입니다.]
[소수의 악마들이 당신의 대답을 기다립니다.]
[극소수의 악마들이 초롱초롱한 눈망울로 당신을 바라봅니다.]

악마들의 반응이 영 거슬리기만 했지만.

연우는 팔짱을 끼면서 가볍게 코웃음을 쳤다.

"없다. 그딴 거."

"아쉽군요. 있었다면 아마 벌써 '황'이 되고도 남으셨을 텐데."

"……."

"오효효! 오효! 여하튼 ### 님의 제안은……!"

『이것들이, 감히 나를 두고!』

이블케가 뭐라고 대답을 하려던 찰나였다.

여태껏 그들의 대화를 지켜보고 있던 제우스가 화가 난 얼굴로 황금색 뇌기를 잔뜩 일으켰다.

분명히 배틀 로얄을 벌이고 있는 건 자신인데도 불구하고, 무시를 당했다 여긴 것이다.

하늘과 대지를 잇는 황금색 가지들이 무수히 뻗어 나가면서 당장이라도 폭발할 듯이 이글거렸다. 보석안이 다른 어느 때보다 요요하게 빛나고 있었다.

제우스가 가진 건 자선(Caritas)의 돌.

연우가 지닌 오만의 돌과는 상반된 성질을 자랑했다.

자선은 나누고 베푸는 힘.

이는 달리 말하자면, 더 강하고 많은 상대를 접할수록 풀어낼 수 있는 신력의 양도 저절로 증폭한다는 것과 똑같았다.

연우는 용신안을 활짝 열면서 비그리드를 거세게 쥐었다. 음검이 발동되면서 그를 따라 칠흑이 잔뜩 번져 나갔다.

여차하면 제우스를 곧장 벨 기세.

비그리드가 잘게 떨렸다.

웅, 우웅—

그리고.

츠츠츠!

비그리드 위로 칠흑의 아지랑이가 뭉치면서 크로노스가 상반신만 드러낸 채, 애틋한 눈으로 제우스를 바라봤다.

『제우스……!』

『당신이 돌아왔다는 말을 듣긴 했는데, 실제로 보니 정말 기가 막히는군. 찢어 죽여야 할 이유가 더 확실해졌어!』

콰르르릉!

제우스를 따라 천둥소리까지 일어나면서 벼락이 당장이라도 연우의 머리 위로 떨어지려는데.

딱!

이블케가 손가락을 가볍게 튕기자, 광망을 잔뜩 뿌려 대던 제우스의 왼쪽 눈에서 빛이 툭 하고 꺼졌다.

그에 금방이라도 폭발할 것처럼 굴던 황금색 뇌기도 거짓말처럼 흩어지고 말았다.

『크윽! 너……!』

제우스는 반발력에 내상을 입었는지, 입가를 따라 피를 흘리면서 이블케를 노려보았다.

이블케는 뒷짐을 쥐면서 크게 웃을 뿐이었지만.

"오효효! 잊으시면 안 되지요, 제우스. 당신에게 건네준 자선의 돌이 원래 누구의 것이었는지를. 제가 아직 ### 님과 대화를 나누는 중이지 않습니까? 말(馬)이면 말답게 행동하셔야지요, 안 그렇습니까?"

바드득!

제우스는 자신을 한낱 장기 말 취급하는 이블케를 이가 으스러져라 악물면서 노려보았지만, 이블케는 여전히 여유롭게 웃기만 할 뿐이었다.

마치 싫으면 지금이라도 떠나도 좋다는 듯한 태도.

하지만 제우스는 차마 보석안을 빼거나 하지 못했다.

그만큼 영혼석이 주는 힘에 단단히 매료되었단 뜻이겠지.

대신에 울분만 삭인 채로 홀연히 자취를 감출 뿐이었다.

『……제우스.』

크로노스만이 애타는 시선으로 바라보았다. 그는 그러다 연우를 돌아보았고, 연우가 그러라며 합일을 해제해 주자 고맙다고 눈인사를 하며 똑같이 사라졌다.

"오효효! 하여간 참 부끄러움이 많은 분이란 말이지요. 하면 못다 한 이야기나 마저 나눠 보도록 할까요?"

이블케는 외눈 안경을 고쳐 쓰면서 연우와 하르모니아를 번갈아 보았다.

입술을 따라 삐져나온 송곳니가 오늘따라 더 훤하게 빛나고 있었다.

*　　　*　　　*

[시나리오 퀘스트(유일신 탄생)가 중단되었습니다!]

[퀘스트 완수자가 없는 관계로, 기여도에 따라 보상이 차등 지급될 예정입니다.]

[중간 정산을 시작합니다.]

[현재 퀘스트 랭킹]
공동 1위. 브라함, 제우스, 옥황상제
4위. 없음
5위. 없음
……

[신의 사회 중 대다수가 이번 퀘스트에 대해 많은 불만을 표시합니다.]

[많은 신들이 이번 퀘스트에 대해 이의를 제기합니다.]

[소수의 신들이 새롭게 퀘스트를 열 것을 주장합니다.]

[몇몇 신들이 신의 사회, '말라흐'에 중재를 요청합니다.]

[신의 사회, '말라흐'가 이번 퀘스트는 각 주신들의 합의하에 결정된 것이라, 자신들이 개입할 명분이 없다며 요청을 거절하였습니다.]

[악마의 사회, '르 인페르날'이 탐욕스러운 눈빛으로 신의 진영을 살핍니다.]

[다수의 신들이 침묵합니다.]

[소수의 신들이 침묵합니다.]

……

[최고 관리자, '이블케'가 98층에 공지 사항을 띄웠습니다.]

[공지 사항(1): 이렇게 제가 따로 인사를 드리는 것도 아주 오랜만이지요? 오효효! 이번 시나리오 퀘

스트에 많은 분들이 불만을 가지시는 것, 아주 잘 알고 있습니다. 문의와 항의가 빗발쳐서 관리국이 마비가 될 정도이니까요.]

[공지 사항(2): 이러한 여러분들의 의견을 잘 반영하여 현재 후속 퀘스트에 대해 논의를 진행 중에 있으니 잠시만 기다려 주시기 바랍니다. 못 기다리신다면? 뒷감당은 알아서 하시길.]

[중단된 시나리오 퀘스트(유일신 탄생)에 대한 보상 및 대응책을 시급히 마련하는 중입니다. 잠시만 기다려 주십시오.]

[논의가 생각보다 길어지고 있습니다. 잠시만 기다려 주십시오.]

[논의가 생각보다 길어지고 있습니다. 잠시만 기다려 주십시오.]

......

[최고 관리자, '이블케'의 요청에 따라, 시나리오 퀘스트(유일신 탄생)의 내용이 변경되었습니다!]

[새로운 퀘스트(천계 해방)가 생성되었습니다.]

[시나리오 퀘스트 / 천계 해방]

설명: 시나리오 퀘스트(유일신 탄생)를 대체하여 긴급하게 만들어진 퀘스트입니다.

유일신좌(唯一神座)는 모든 신들이 바라 마지않았던 중요한 자리이니만큼 쫓기듯이 다급하게 만들어져선 안 된다는 여론이 팽배함에 따라, 중앙 관리국에서는 '말라흐'와 '르 인페르날'에 따로 자문을 구하여 이것을 해결할 방법을 모색하고자 하였습니다.

그리고 오랜 논의 끝에 내린 결론은 아주 간단했습니다.

메시아(Messiah)입니다.

신과 악마들은 긴 시간 동안 탑에 억울하게 갇힌 것으로도 모자라, 98층에만 국한되어 지내야만 했습니다.

그런 신들에게 가장 필요한 것은 바로 강한 카리스마로 그들을 이끌어 줄 영도자이며, 억압과 속박에서부터 해방시켜 줄 구원자입니다.

그러기 위해서는 그들의 자유를 제한하고 있는 사슬과 족쇄부터 끊어야만 합니다.

그러니 지금부터 사슬과 족쇄를 끊기 위해 움직이십시오.

가장 큰 활약을 벌인 신에게 그만한 영광과 자격이 주어질 것입니다.

달성 조건:
1. 천계를 속박하고 있는 사슬, '비바스바트'를 찾아 제거하십시오.
2. 기여도에 따라, '사회'와 '주신'에 보상이 차등 지급됩니다. 또한, 전리품에 대한 소유권을 주장할 권한이 인정됩니다.
3. 가장 높은 점수를 기록하십시오.

제한 조건: —
제한 시간: —

보상:
1. 마스터키
2. 유일신 내정
3. 칭호 '메시아'

변경된 퀘스트가 천계에 공지된 이후.

[신의 사회, '올림포스'가 퀘스트 참여를 선언하였습니다!]

[신의 사회, '천교'가 퀘스트 참여를 선언하였습니다!]

[신의 사회, '데바'가 퀘스트 참여를 선언하였습니다!]

......

['말라흐'를 제외한 모든 신의 사회가 참여를 선언하였습니다!]

[대다수의 신들이 드디어 때가 왔노라며 크게 기뻐합니다.]

[많은 신들이 강한 전의에 휩싸입니다.]

[평화를 추구하는 소수의 신들이 곧 벌어질 수많은 희생에 눈물을 흘립니다.]

[모든 악마들이 신의 진영을 흥미롭게 관찰합니다.]

천계는 들썩이고 있었다.

그만큼 갑자기 변경된 퀘스트가 주는 무게는 아주 컸다.

단순히 유일신좌의 주인을 가리자며 시작되었던 배틀 로얄이, 어느새 그들의 해방으로 이어지고 말았으니까.

올포원 레이드.

그동안 천계에서 수없이 도전하고자 했지만, 그때마다 번번이 실패했던 이벤트가 아니었던가.

하지만 이번에는 이전과 규모부터 달랐다.

중앙 관리국에서 직접 주최한 빅 이벤트였으며, 시스템 키가 있었기 때문에 올포원의 권능에 대비할 수도 있었다.

그리고 시의 바다가 직접 나서기로 결의하였고, 연우도 권속들과 함께 참전을 선언하였으니 충분히 해 볼 만하다고 여겨졌던 것이다.

무엇보다.

단순히 주신들끼리 경쟁을 시켜서 유일신좌를 가리는 것이 아니라, 가장 큰 기여를 한 이를 추대하는 것이니 야심이 큰 이들도 구미가 당길 수밖에 없었다.

신의 사회들이 너도나도 참전을 선언하는 가운데.

연우는 자신의 망막에 떠오른 메시지들을 보면서 흡족하게 고개를 끄덕였다.

'퀘스트 내용에 붙은 여론이니 자문이니 하는 건 그냥 허울 좋게 붙인 것에 불과하지만. 그래도 이만하면 여론은 충분히 되었어.'

시의 바다, 중앙 관리국과 벌인 협상은 생각보다 손쉽게 이뤄졌다.

그들끼리 싸움이 벌어진다면 제자리걸음만 할 뿐이지만, 공통된 목표를 던진다면 이야기가 달라지기 때문이었다.

그리고 이 협상 테이블에서, 연우는 다른 두 곳을 추가적으로 끌어들이기도 했다.

['말라흐'의 메타트론이 협상 결과에 만족해하며 크게 고개를 주억거립니다.]

['르 인페르날'의 바알이 다음 차례에 있을 다과회에 큰 기대심을 보입니다.]

'천계까지 무대로 끌어들였으니, 함부로 경거망동하지도 못하겠지.'

시의 바다와 중앙 관리국만 올포원을 노리게 한 것이 아니라, 이참에 천계도 적극적으로 나서게 만든 것이다.

연우는 한때 천계가 하나로 뭉치는 것을 견제하기 위해 일부는 적대하고, 일부는 아군으로 끌어들이면서 분열의 씨앗을 심어 두었었다.

그런 면에서 봤을 때, 지금 결정된 퀘스트는 지금까지의 행보와 반대되는 것일 수도 있었지만.

그는 이번 일을 크게 걱정하지는 않았다.

'오히려 올포원을 레이드하는 와중에 내분이 생길 가능성이 더 크지. 그놈들이 어떤 놈들인데, 누가 자기 머리 위에 앉으려는 꼴을 보려 할까. 오히려 뒤통수치기라도 하지 않으면 다행이지.'

연우는 올포원을 상대하면서도 저들끼리 서로 견제를 하느라 연합이 제대로 이뤄지지 않을 거라고 예상하고 있었다.

이미 계시록을 얻은 부류와 얻지 못했던 부류, 동맹군에 참여를 하지 않은 부류 등, 저들끼리 다양한 입장 차가 있으니 어쩔 수 없이 벌어지게 될 일들이었다.

하지만 그렇게 흔들린다고 해도, 올포원의 발목을 붙잡기엔 충분할 테니.

시의 바다와 중앙 관리국이 모두 나선다면. 그들이 가진 모든 패를 사용하도록 만들고, 이쪽에서도 음검을 사용한다면, 77층 공략도 충분히 가능하다고 보고 있었다.

무왕이 그토록 바라던 소망을 이뤄 내는 것이다.

그리고.

연우는 이참에 더 나아가 자신이 바라던 마지막 목표까지 이뤄 낼 생각이었다.

어느 누구에게도, 동맹군이나 권속들은 물론, 심지어 크로노스와 동생에게도 말하지 않았던 목표를.

'이 퀘스트가 끝나는 순간…… 77층뿐만 아니라, 이 빌어먹을 탑, 그 자체를 부순다.'

연우의 두 눈이 흉흉하게 빛났다.

[시나리오 퀘스트(천계 해방)가 시작됩니다!]

[신의 사회, '올림포스'가 77층에 입장하였습니다.]

[신의 사회, '천교'가 77층에 입장하였습니다.]

……

['말라흐'를 제외한 모든 신의 사회가 77층에 입장하였습니다!]

그렇게.

마지막 레이드가 시작되었다.

*　　　*　　　*

"괜찮으십니까?"

연우는 시무룩한 얼굴로 돌아온 크로노스를 보면서 쓴웃음을 짓고 말았다.

올포원 레이드를 개시한 것과는 별개로, 크로노스가 또다시 상심한 모습을 보니 안타까운 마음이 들었다.

포세이돈 등과도 여전히 관계를 회복하지 못한 판국에, 제우스와는 더더욱 심적인 거리를 좁히기가 더 힘들겠지.

제우스 등과 형제라는 자각이 별로 없는 연우로서는 데면데면하게 있어도 별 상관이 없다지만, 크로노스는 그게 아닐 테니까.

아마 지금도 제우스를 쫓아갔다가 모진 말만 듣고 온 모양이었다.

그 모습이 마치 비 맞은 강아지처럼 처량하기까지 했다.

연우도 지금만큼은 아버지를 어떻게 위로해야 할지 좀처럼 감이 잡히질 않았다.

'이렇게 자식 바보인 사람이, 아무리 마성에 물들었었다지만 그렇게 자식들을 몰아붙였었던 게 좀처럼 이해가 안 갈 지경이란 말이지.'

마성이 정신을 오염시킨 것도 있을 테지만, 정확하게는 지구에서 보낸 생활들이 그를 많이 바꿔 놨다는 표현이 옳겠지.

어머니가 얼마나 크로노스를 변화시켰는지를 조금이나마 알 것 같았다.

그만큼 남편을 사랑했기에 가능했으리라.

'나도 아버지를 증오했던 건 똑같으니…… 제우스 등과 다를 바는 없는 건가.'

자식들에게 외면당하는 아버지라.

연우는 어쩐지 쓴웃음이 번져 나왔다. 자신이야 우연찮게 아버지의 진심을 엿보았기에 이렇게 가까이 지낼 수 있는 것이지만, 이런 계기가 없었다면 지금까지도 제우스 등과 크게 다를 게 없었을 것이다.

'그런 면에서 보자면, 정우야말로 아버지를 가장 잘 이해했던 것일지도.'

서로를 가장 잘 이해하면서도, 가장 멀리 떨어진 존재가 부자지간이라더니.

연우는 어쩐지 그 말의 뜻이 무엇인지 조금이나마 알 수 있을 것 같았다.

결국 신이나 필멸자나, 부모 자식 관계는 별반 다를 게 없는 것이다.

'나중에라도…… 어떻게 방법을 강구해 봐야 하려나.'

연우는 시름에 젖은 크로노스의 모습을 더 이상 보고 싶지 않았다.

아버지는 언제나 등이 넓었으면 했다.

"생각 정리는 좀 되셨습니까?"

『흐. 못난 모습만 보였구나.』

잠시 후, 크로노스가 마음을 다잡았을 때 즈음.

연우가 던진 질문에 그는 헛웃음을 흘리고 말았다.

지구에서 그와 있을 때에는 주로 언성을 높이며 다퉜던 기억밖에는 없는 것 같은데.

평화로웠던 시절과 다르게, 하루하루가 전쟁터인 이런 곳에서 아들과 가장 마음이 통하니 참 신기하다 싶었던 것이다.

그래도 이렇게 늠름하게 있는 모습을 보고 있노라니, 싱숭생숭했던 마음이 조금은 나아지는 것 같았다.

바로 그때였다.

[77층으로의 진입이 강제 거부되었습니다!]

[신의 사회, '올림포스'가 98층으로 역소환되었습니다!]

[신의 사회, '천교'가 98층으로 역소환되었습니다!]

......

[갑작스러운 이변 상황에 모든 신의 사회가 당혹스러운 모습을 보입니다!]

['말라흐'가 이변에 대한 원인을 찾고자 합니다!]

연우는 갑자기 떠오른 메시지에 눈을 크게 떴다.

크로노스도 무언가를 감지한 듯 고개를 위로 높이 들었다.

[77층에 설치된 대성역의 주인, '비바스바트'가 외부인의 침입을 강하게 거부하고 있습니다!]

[현재 77층이 전면 폐쇄되었습니다.]

『허! 발길이 닿지 않는 곳이 없다는 재주를 지니고 있으니, 반대로 남들의 발길이 닿지 못하게 만들 수도 있다는 건가?』

공세를 막 퍼부을 참이었던 신들로서는 어이가 없을 수밖에 없었다.

천계를 떠나는 것만 해도 그들로서는 막대한 인과율을 부담해야 하는 상황에서, 갑자기 진입이 막혀서야 헛수고만 하게 된 셈이었으니까.

[중앙 관리국에서 77층에 대한 설정 권한을 수정하고자 합니다.]

[실패하였습니다.]

[실패하였습니다.]

[시스템 키의 사용이 거부되었습니다.]

거기다 어떻게 된 일인지 이블케의 시도도 불발되고 있었다.

연우 등으로서는 도저히 생각도 못 했던 일.

아무래도 올포원이 여태 숨기고 있던 패를 꺼낸 모양이었다.

[아테나에게서 메시지가 도착했습니다.]

[메시지: 강림이 계속 실패하고 있어요. 이대로 있다간 퀘스트 수행이 불가능해요. 이외에 다른 우회로를 찾을 수는 없을까요?]

[메타트론에게서 메시지가 도착했습니다.]

[메시지: 바알과 함께 이유를 찾고 있는데……
아무래도 올포원이 자신의 권한을 사용해서 77층을 아예 히든 스테이지처럼 별도로 유리시켜 버린

것 같다네. 녀석은 시스템의 화신이니만큼 우리가 미처 파악하지 못한 방식이야 아주 많이 알고 있겠지.]

[메타트론에서 메시지가 도착했습니다.]

[메시지: 이건 시스템 키로도 도저히 어떻게 해결할 수가 없는 일일세. 올포원의 권한이 시스템 키보다 더 상위에 있는 게 확실하니…… 역시나 남은 방법은 하나밖에 없음이야. 마스터키를 조금이라도 빨리 완성시키는 것. 협상한 대로 퀘스트를 계속 진행시키고자 한다면, 마스터키를 미리 만드는 방안도 한번 고려해 보게.]

아테나 등은 물론, 메타트론이나 바알도 적잖게 당황한 눈치였다.

제아무리 천계를 이끌고 있는 입장이라고 하지만, 시스템에 대한 이해도는 올포원보다 낮을 수밖에 없을 테니 생기고만 결과인 것 같았다.

하지만.

'아니. 이건 오히려 기회다.'

연우는 당혹감에 젖어 우왕좌왕하는 다른 신들과 다르게, 이런 올포원의 반응에서 승리를 장담할 수 있었다.

평상시 그가 보았던 올포원이라면, 아무리 많은 신들이 넘어오려고 한다 한들 전부 직접 물리치려 했을 것이다.

그런데도 불구하고, 성문을 닫아걸고 외부와의 소통을 일절 차단했다는 것은 단 하나.

'녀석의 신변에 어떤 이상이 있는 게 분명하다.'

시의 바다가 올포원의 발목을 묶는 것과 관계가 있는 건지는 도통 알 수 없었지만.

이건 기회였다.

'마스터키를 지금 만들어서 넘기는 건 자가당착일 뿐이다. 고삐는 내가 계속 쥐고 있어야 해. 문이 폐쇄되었다면, 개구멍이라도 이용할 수밖에.'

연우의 생각이 정리될 때 즈음, 크로노스가 다시 검의 형태로 돌아가 연우의 손아귀로 쏙 하고 빨려 들어갔다.

그리고 합일이 이뤄지면서…… 허공에다 길쭉한 사선을 남겼다.

공허가 활짝 열렸다.

[알 수 없는 힘이 시스템에 대한 해킹을 시도하였습니다!]

[해킹이 실패하였습니다.]

[해킹이 실패하였습니다.]

......

[해킹이 성공하였습니다.]

[시스템 오류로 인해 이상 현상이 발생하였습니다. 공허가 열렸습니다!]

[시스템이 허가되지 않은 어뷰징(Abusing)을 확인하였습니다. 해당 대상자를 버그 유저라고 판단, 시스템의 방화벽 체계가 6단계로 일시 상승하였습니다.]

[백신이 강제 가동됩니다.]

......

[해당 대상자에 대한 접근이 실패하였습니다.]

[해당 대상자에 대한 접근이 실패하였습니다.]

[백신이 해당 대상자를 축출하는 데 실패하였습니다!]

......

[방화벽 체계가 무력화되었습니다!]

[공허를 따라 여러 공간들이 나타났다가 소멸합니다.]

[시스템이 공허를 수복하는 데 실패하였습니다!]

[시스템이 공허를 수복하는 데 실패하였습니다!]

......

[시스템 키(已)가 작동하여 공허에 특정 좌표를 지정하였습니다!]

[77층으로 향하는 우회로가 설치되었습니다!]

['어뷰저'에 대한 새로운 정보가 추가되었습니다.]

공허가 흐릿하게 사라지는가 싶더니, 어느새 77층의 새하얀 풍경이 나타났다.

그 순간, 인스턴스 스테이지에 있던 주신들의 시선이 모두 저절로 연우 쪽으로 향했다.

『허!』

『우회로를 설치해? 아무리 시스템 키를 이용했다고 해도, 대체 어떻게……?』

『어뷰징? 어뷰저? 대체 무슨 짓을 한 거지?』

『올포원의 권한을 무시해 버린 건가?』

['말라흐'의 메타트론이 당신이 보인 업적에 크게 놀라워합니다!]

['르 인페르날'의 바알이 당신이 보인 새로운 현
  상에 강한 흥미를 보입니다!]

주신들은 중앙 관리국에서도 거부당한 권한을 강제로 해
킹하는 것으로도 모자라, 오류를 일으켜 우회로를 형성하
는 모습에 기겁하고 말았다.

웬만한 권한 설정이 가능한 시스템 키를 소지하고 있는
것만 해도 놀라운데, 시스템에 대한 '해킹'까지 가능하다
니, 이건 그들로서도 위화감을 느낄 수밖에 없는 상황이었
다.

새롭게 출현한 어뷰저라는 게 무엇인지. 그 권한은 어
떻게 되고, 한계는 무엇인지 알아내고픈 마음이 굴뚝같았
다.

하지만.

[98층의 많은 존재들이 77층으로의 재진입을 시
  도합니다!]

천계의 신들이 다시 너도나도 움직일 차비를 하자, 주신
들도 관심을 다시 77층 쪽으로 돌릴 수밖에 없었다.

쿠쿠쿠!

인스턴스 스테이지가 크게 요동치면서, 밝은 하늘을 따라 여러 별들이 한데 빛을 내뿜자 거대한 은하수가 나타났다.

그리고 은하수가 지상으로 쏟아지는 듯한 착각이 일어났다. 그 속에 무수히 총총 박혀 있던 별 무리들이 일제히 허공에 맺힌 공허 쪽으로 미끄러졌던 것이다.

유성우(流星雨).

천계에 존재하는 수많은 신들이 인스턴스 던전을 통해 77층으로의 강림을 시도하고 있었다.

[막대한 양의 영압이 77층에 가중됩니다!]

[경고! 영압의 한계 수용치를 훨씬 초과하였습니다! 더 심한 초과가 이뤄질 시 층계 및 스테이지가 붕괴될 우려가 있습니다!]

[경고! 너무 많은 성역이 선포되었습니다! 층계에 과부하가 걸립니다! 붕괴에 유의하세요!]

[경고! 77층의 스테이지 내구도가 급속도로 하락합니다!]

……

[신의 사회, '올림포스'가 모든 강림을 완료하였

습니다!]

　[신의 사회, '천교'가 모든 강림을 완료하였습니다!]

　[신의 사회, '데바'가 모든 강림을 완료하였습니다!]

　……

　['말라흐'가 강림을 시도한 모든 사회에 축복과 가호를 선물합니다!]

　상황이 그렇게 되자, 주신들도 더 이상 지체하지 않고 우회로 쪽으로 몸을 던졌다.

　『이제 정말 시작되는구나.』

　크로노스는 그런 광경들을 보면서 작게 중얼거렸다.

　그 역시 올포원에 의해 희생되었던 입장으로서, 언젠가 그와 결착을 내야 한다는 자각은 있었지만 이렇게 요란한 전쟁이 벌어질 거라고는 상상도 못 했던 탓이었다.

　그가 한창 활동하던 시절에는 탑이란 건 있지도 않았고, 신과 악마들은 저마다 자신의 영역만 돌아다닐 뿐이지 서로 간에 마주칠 일도 잘 없었으니까.

　설사 마주친다고 해도 서로 데면데면하게만 보다가 지나치는 게 전부였다.

탑 내에서 활동한 지 이제는 제법 긴 시간이 흘렀음에도, 그는 여전히 이렇게 대대적으로 움직이는 것이 아주 신기하게만 다가왔다.

하지만 이것이 막내아들, 정우의 영혼을 찾기 위한 '진짜' 첫걸음이라는 것을 잘 알기에.

울렁이는 여러 감정들을 억누르면서 연우에게 힘을 실어 주고자 했다.

[제우스가 77층에 강림하였습니다!]

한순간, 크로노스에게서는 아무 말이 없었다.

연우는 합일을 통해 아버지가 여러 착잡한 감정을 느낀다는 사실을 알아차릴 수 있었다.

하지만 그것도 잠시.

크로노스는 심적 동요를 멈추고, 다시 검으로서 본연의 자세로 되돌아가 평정심을 갖췄다.

공은 공, 사는 사. 한때, 신왕의 자리에 앉았던 만큼, 지금은 어떻게 해야 연우에게 도움이 되어 줄 수 있는지를 잘 알고 있었다.

연우는 비그리드를 꽉 쥐었다.

"그럼 들어가겠습니다."

『그래.』

연우는 수없이 많은 빛들이 명멸하는 스테이지로의 진입을 시도했다.

[77층으로 진입을 시도합니다.]
[기존에 있던 퀘스트의 소멸에 따라, 인스턴스 던전 '신들의 평원'이 소멸합니다!]

*   *   *

"흐흐! 표정을 보니까, 뭔가 뜻대로 잘 풀리지 않나 보지?"

마치 수북하게 쌓인 눈처럼 오로지 순백색으로만 가득한 세계.

하지만 이곳에서 살아가야만 했던 이들에게는 감옥이나 다름없던 곳에서, 올포원은 명상을 끝내고 천천히 눈을 떴다.

시야에 가장 먼저 들어온 것은 이쪽을 보며 웃음을 터뜨리는 페렌츠 백작이었다.

너무 즐거워 미치겠다는 표정.

『…….』

올포원은 아무 말도 하지 않았다.

어차피 빛무리에 잠겨 있어 표정은 드러나지 않았지만, 그래도 되도록 아무런 기색을 내비치지 않으려 했다.

하지만 오랫동안 올포원을 보았고, 이 백색 세상에 갇힌 뒤로도 줄곧 포기하지 않고 그에게 끝까지 대항했던 페렌츠 백작은 알고 있었다.

올포원이 낭패해하고 있다는 것을.

"스크린으로 이곳저곳을 살펴보니 최근 들어 탈각이나 초월을 시도하던 이들이 꽤나 있더군. 자네를 몇 번이나 귀찮게 하던 외뿔부족의 왕은 두말할 것도 없고, 대장로라는 이도 그러했고…… 자네를 피해 달아나거나 숨어 있던 이들은 뭔가 낌새를 알아차린 것 같았고."

『…….』

"자네 아버지를 추종하던 이도 방금 전에 초월을 이루던데, 보았나?"

『…….』

페렌츠 백작은 올포원의 숨소리가 살짝 흐트러지는 것을 놓치지 않았다.

한때 용살대전을 일으켰을 정도로 무심한 성격을 자랑한다지만.

그의 약점이 '아버지'에 있다는 것을 그는 너무 잘 알고 있었다.

올포원에게 있어 '아버지'란 존재는 애증의 대상이었으니까.

오늘날 그를 있게 해 준 고마운 존재이면서도, 이런 지옥 같은 생활을 겪게 한 증오스러운 사람.

"참으로 애석한 일이야. 그토록 발 벗고 뛰어다니면서 막고자 했었는데…… 그리도 많은 이들을 눈물짓게 하면서까지 억지로 꾸역꾸역 해 왔는데, 헛수고로 돌아가게 생겼으니. 나라도 복장이 뒤집힐 것 같으이. 쯧!"

위로랍시고 내뱉는 말 속에는 웃음기가 다분히 섞여 있었다.

"그래서 이제 어떡할 텐가?"

『…….』

올포원은 끝까지 아무 말도 하지 않았다.

그저 인형처럼 고요하게 앉아만 있을 뿐.

순간, 조소로 가득하던 페렌츠 백작의 얼굴이 잔뜩 일그러졌다.

"무슨 말이라도 해 봐! 그리도 매번 잘난 척 제멋대로 떠들어 대던 그대가 아니냔 말이야! 그럼 이번에도 무슨 말이라도 해야지!"

웃음기는 울분으로 돌변했다.

그동안 아내를 비롯한 가족들과 강제로 떨어져 이곳에

갇혀 지내야만 했던 가장의 서글픔이었다.

하지만 한참 욕설을 퍼붓고, 페렌츠가 거칠게 숨을 몰아쉴 때까지도.

『……。』

올포원은 조용했다.

그저 고요한 시선으로 페렌츠 백작을 바라보기만 할 뿐.

페렌츠는 결국 여기서 성을 내 봤자 자기만 손해라는 것을 깨달았다. 언제나 그러했듯이. 저 돌 같은 인간을 동요케 하기란 힘들겠지.

털썩!

페렌츠 백작은 바닥에 주저앉아 올포원을 가만히 바라보았다. 비틀린 입가에는 다시 조소가 가득했다.

"이제 그대가 뿌린 것들이 돌아오고 있다. 한때 그대를 엿 먹이기도 했던 크로노스부터 여러 신들이며 ###에 이르기까지. 거기서 그대는 무엇을 할 텐가?"

그러다.

『난.』

올포원이 천천히 입을 열었다.

착 깔린 목소리.

마치 오랫동안 말을 하지 않고 입을 열었을 때처럼 거칠게 느껴지는 목소리였다.

『평상시와 똑같을 뿐이다.』

그 말과 함께, 올포원은 다시 눈을 감아 면벽에 들어갔다.

그리고.
의식이 아래로 깊게 침잠했다.

눈을 뜨니, 이번에는 황금색 물결로 가득한 세상이 나타났다.

거기서 올포원은 허공에다 양팔을 길게 내뻗고 있었다. 마치 무언가를 단단히 붙들려는 듯.

끼릭, 끼리릭!

황금색 세상은 마치 기계 장치의 속을 들여다보고 있는 것처럼, 온갖 크기의 톱니바퀴와 태엽이 저마다 맞물린 채로 돌아가고 있는 특이한 형태를 하고 있었다.

올포원의 무의식이 맞닿아 있는 세계이자, 이 세상에서 살아가는 존재들은 세상의 이면이라 부르는 곳. 이데아.

이곳에서 돌아가는 크고 작은 톱니바퀴들은 모두 이 세상을 구성하고 있는 '법칙'이다.

그것은 물리적인 자연법칙이기도 하며, 문명을 이루는 개념이기도 했으니.

흔히 신과 악마들은 저 톱니바퀴들을 두고 이렇게 말했다.

개념신(概念神).

혹은 고대신(Elder God)이라고.

우주가 창조되었을 때부터 같이 태어나, 까마득한 세월이 지난 끝에 자아라는 것이 사라지고, 오로지 개념적인 존재로만 남아 버린 존재들. 그러면서도 그간 우주가 계속 성장할 수 있고, 여러 개로 분화할 수 있게끔 지탱해 온 것들이기도 했다.

대지모신도 그중 작은 한 개의 톱니바퀴에서 시작된 것. 지금은 사라지고 없으나, 이 거대한 세상은 그런 작은 부품 하나쯤 사라졌다고 해서 움직임이 멈추거나 하지는 않았다.

모름지기 우주란 생동적이라 절대 멈출 수가 없었으니까. 정지된 우주는 그대로 죽은 것일 수밖에 없었다.

그런데도 올포원은 바로 그런 개념신들을 강제로 붙들고, 필요한 부분만 의도적으로 돌리며 서 있었다.

아무도 없이, 오로지 혼자서.

말도 안 되는 이적을 보여 주고 있는 것이다.

그 옛날, 창세기 때 대단한 활약상을 펼쳤다는 천마나 이런 모습을 보여 줄 수 있을까?

그는 이데아를 직접 '돌리는' 이적도 선보였다지만, 그래도 지금 올포원이 보이는 이 이적도 다른 신과 악마들이 보았을 때에는 놀랄 수밖에 없는 광경이었다.

하지만 그것도 하루 이틀이라야지, 그게 '연' 단위를 넘어서게 되면 제아무리 올포원이라고 하더라도 힘에 부치는 법이었다.

[경고! 과다한 데이터 처리로 인해 시스템에 막대한 과부하가 발생하고 있습니다. 문제 발생 장소에서 한 발 떨어져 주시기 바랍니다.]

[경고! 허용치를 훨씬 넘어선 정보량으로 인해 시스템 기능 중 일부가 마비되고 말았습니다. 시스템을 다시 시작할 것을 권고합니다.]

[경고! 해당 장소는 시스템의 기능이 작동하는 데 한계가 있어⋯⋯.]

⋯⋯

이미 이에 대한 경고 메시지도 계속 출력되고 있는 중이었지만, 올포원은 의도적으로 무시하고 있는 중이었다.

몇 년 전부터 개념신과 고대신들은 오랜 잠에서 깨어나 줄줄이 천계로 내려와서는 이데아를 강제로 돌리려고 하는 중이었다.

어째서 그들이 잠에서 깨어 그런 '의지'를 저절로 지니게 되었는지, 정확한 원인이나 과정은 모른다.

하지만 그 뒤로 올포원은 언제나 그들의 하강을 막기 위해 의식의 50퍼센트 이상을 항상 여기에 할당해야만 했다.

이전에 연우가 페르세포네 일당을 피해 타르타로스를 탈출했을 때나, 창공 도서관에서 탈각을 시도하려 했을 때에 나타났던 올포원이 모든 힘을 투사하지 못했던 것이 바로 이 때문이었으니.

한데 이제는 그 정도가 훨씬 넘어서서 항상 붙들리는 신세가 되고 있었다.

무엇보다 그 바탕에는.

촤르륵, 촤륵!

호시탐탐 그를 어떻게든 이곳에 묶어 두고, 힘을 잔뜩 빼놓아 낚아채려는 방해가 있었다.

곳곳에 맺힌 검은 멍울을 따라 삐져나온 쇠사슬이 올포원의 손발을 단단히 결박했다.

쇠사슬이 팽팽해지면서 안쪽으로 돌아가 올포원을 강제로 끌어내려 했지만, 그는 여전히 완강하게 버티고 있는 중이었다.

『어둠이 몰려오고 있습니다. 빛은 그런 어둠에 가려질

뿐이라는 것을 누구보다 잘 알 당신일 텐데, 언제까지 이리도 무의미한 저항을 되풀이할 생각이신가요?』

그때, 멍울 중 일부가 활짝 열리면서 하르모니아의 한쪽 눈이 드러났다.

잠들어 있던 개념신과 고대신들을 깨우고, 꿈속 세상을 이데아에 접촉시켜 쇠사슬로 그의 힘을 빼놓고 있던 장본인은 자신의 대척점에 놓인 존재를 지그시 바라보았다.

『오히려 황혼이 찾아오길 가장 바랐던 것이 당신이었고, 이제 그 무겁기만 한 의무를 벗어던질 기회가 왔는데도, 어째서 당신은 계속 이곳에 묶여 있으려는 건가요?』

올포원은 그런 하르모니아의 눈을 가만히 바라보면서 입을 떼었다. 새하얀 빛으로 가려진 아래, 그의 얼굴은 힘든 것과 별개로 여전히 고요했다.

『그야 이것이 이 몸이 짊어진 업보이자 의무이니까.』

『당신은 그런 의무를 누구보다 지긋지긋해하고, 싫어하지 않았던가요? 자기 의지 따위 없이 오로지 반복된 행위만 있는 그런 삶을 증오하지 않았던가요?』

『의무가 싫다 하여 내팽개치고, 업보가 지루하다 하여 등지게 된다면 세상은 오로지 방종과 무분별로만 가득 찰 뿐일 테지. 나 같은 미련한 놈이 하나쯤은 있어야 그래도 세상이 무사히 돌아가지 않겠나?』

담담하게 내뱉는 올포원의 목소리에서는 현기마저 가득 느껴졌다.

　『그대도 남들이 알아주지 않음에도 그대가 짊어진 의무와 업보를 묵묵히 이어 나가고 있는 것은 똑같지 않던가? 전부 그런 게지.』

　『당신이 짊어졌다는 것들이 사실상 당신의 아버지가 도망치듯 떠나며 강제로 떠맡긴 것이라 하여도?』

　『그렇다 하여도 내 생각은 달라지지 않는다네.』

　『역시나 당신은 이해하기 어려워요.』

　『어려울 것 없다네. 그냥 그대나 나나 서로가 추구하는 바를 향해 묵묵히 걸어 나갈 뿐이라는 것이니. 거기서 빚어지는 충돌이야 어쩔 수 없는 것이고. 그대의 말마따나 이곳에서 스러진다고 하여도, 이 몸은 걷는 것을 멈추지 않는다는 뜻이라네. 고행(苦行)이란 그런 게 아니겠나.』

　하르모니아가 쓰게 웃었다.

　『당신은 수도자로 태어났어야 했어요. 그랬다면 이름난 고승이 되어 세상을 이롭게 했을 테죠. 지금처럼 원망만 사지 않았을 텐데.』

　『내가 태어난 곳에선 이런 말이 있다네.』

　순간, 하르모니아는 얼굴을 뒤덮은 빛을 뚫고 그의 눈이 번뜩였다는 생각이 들었다.

『부처를 만나면 부처를 죽이고, 스승을 만나면 스승을 죽여라.』

올포원의 목소리에 힘이 가득 실렸다.

『내가 지옥으로 가지 않는다면, 누가 가리?』

『역시. 당신은 이런 곳에 오지 말았어야 해요. 영웅이 될 상이 억지로 피를 뒤집어쓴 꼴이니……. 그러니.』

하르모니아의 목소리는 엄숙했다.

『당신을 존경하는 뜻에서, 이제 편히 잠에 들게 해 주겠어요.』

『쉽지는 않을 걸세. 이 몸은 올포원(All for One), 모든 것의 정점에 있으며 홀로 존재하여 유아독존(唯我獨尊) 하는 존재이며. 비바스바트(Vivasvat), 모든 인간의 어머니였던 내 어머니의 친부께서 직접 당신의 존함을 내려준 존재일지니.』

쿠쿠쿠쿠……!

올포원이 풍긴 기세를 따라 이데아가 요동쳤다.

그 속에서.

올포원이 포효했다.

『그런 이 몸을 과연 누가 막을 수 있을 텐가? 어디 해볼 수 있다면 해보아라.』

　　　　　　*　　　　*　　　　*

[이곳은 77층, 빛의 관입니다.]

[77층의 시련을 시작합니다.]

[시련: '당신이 보고 있는 현실 세상은 동굴 벽에
비친 그림자와 같다'. 모든 물질은 본디 절대 변형될
수 없는 보편적인 모습을 지니고 있기 마련이고, 이
모습이 존재하는 세상이야말로 절대 불변하지 않는
진리를 담고 있습니다.

이곳은 바로 그러한 불변하지 않는 진리를 담은
세상을 모방한 세상입니다.

감각도, 인지도 제대로 이뤄지지 않아 흔들리는
이곳에서 당신의 정신은 오로지 새하얗게 뿜어지는
빛만을 바라봐야만 합니다.

빛을 인지하여 그 너머에 있는 '무언가'를 획득하
세요.

그런다면 당신의 영혼도 무언가를 얻게 될 것입니다.]

연우가 우회로를 통과했을 때에 보게 된 건, 새하얗기만
한 세상이었다.

크로노스의 기억 속에서 보기도 했던 곳.

오로지 빛으로만 가득한 세계.

거기에 노출되고 있노라면, 영혼이 저절로 맑아지고 복잡한 생각이 사라지는 기분이었다.

하지만 연우는 그게 못내 불쾌했다.

자신은 바라지 않았는데도 불구하고, 강제로 그런 것을 겪어야만 했으니까. 어쩌면 이곳 스테이지에 들어온 그들의 힘을 빼 놓기 위한 전략일지도 몰랐다.

[알 수 없는 힘이 스테이지 효과를 강제로 취소하였습니다!]

['상태: 아타락시아'가 불발되었습니다.]

연우는 눈이 확 뜨이는 기분이었다.

그리고.

[경고! 이곳은 플레이어 '비바스바트'의 권능이 미치고 있는 대성역입니다. 허락받지 않은 무단 침입은 차후 불이익을 받을 수 있습니다. 되돌아갈 것을 권고합니다.]

[경고! 당신은 현재 타인의 대성역을 불법 점거

중입니다. 온갖 디버프가 발생합니다.]

[디버프로 인해 속성 저항력이 저하되었습니다.]

[디버프로 인해 항마력이 저하되었습니다.]

……

[시스템 키(已)가 작동하여 모든 경고 메시지를
종료합니다.]

수도 없이 떠오르는 경고 메시지 너머로, 온갖 색채를 자
랑하는 빛무리들이 강한 충격파와 함께 퍼져 나가는 것이
보였다.

쿠쿠쿠쿠!

천계의 신들이 일제히 강림을 시도하면서 대성역을 공격
하고 있는 것이다.

특히 올포원의 본체를 조금이라도 빨리 찾기 위해 빛의
세계로 진입하려는 여러 주신들의 활약이 가장 눈부셨다.

『아들아.』

그때, 크로노스의 목소리가 나지막하게 울렸다.

사실 이곳에 오기 전에 크로노스는 연우에게 한 가지 부
탁을 했었다.

이곳 어딘가에 갇혀 있을 페렌츠 백작을 구해 달라고.

튜토리얼에서 올포원에 의해 강제로 끌려왔던 그를 도와

준 은인이 아니던가. 연우 역시 페렌츠 백작이 있었기에 오늘날 자신이 크로노스를 만나 이곳까지 올 수 있었다는 것을 잘 알고 있었기 때문에 그러겠다고 대답했었다.

무엇보다. 그는 흡혈군주의 남편이기도 하지 않던가.

"……오랜만이구나, 여기도."

츠츠츠—

연우 뒤쪽으로 검은 아지랑이가 피어나면서 하나로 뭉쳤다.

흡혈군주 바토리가 눈을 가늘게 뜨며 빛의 세상을 바라보았다. 그녀의 눈동자는 여러 감정으로 크게 일렁이고 있었다.

*   *   *

"엄마다, 엄마!"

세샤는 마을 어귀로 들어서는 아난타를 발견하고 반가운 마음에 쪼르르 달려가 폭 안겼다.

아난타는 그런 딸의 머리를 부드럽게 쓰다듬어 주었다.

"엄마 없는 동안 아저씨, 아주머니들 말씀 잘 듣고 있었지?"

"당연하지! 세샤는 착한 아이인걸…… 요?"

세샤는 기운차게 대답하다 말고, 도중에 말꼬리를 끌면서 고개를 옆으로 슬쩍 돌렸다. 작은 이마에 식은땀이 송골송골 맺히는 게 보였다.

참 거짓말을 못 한단 말이지. 아난타는 웃음이 번져 나오려는 것을 꾹 참고 눈을 가늘게 좁히면서 물었다.

"무슨 사고 쳤구나?"

"아, 아니에요. 아무것도."

"엄마한테만 말해 볼래?"

"그, 그게……."

"그게?"

"하지 말라고 계속 그래도 남자애들이 내 고무줄 자꾸 끊고 갔단 말이야. 그리고 여자애들 치마도 자꾸 들추려고 하고. 그래서……."

"한 대 쥐어박았구나?"

"아, 아니."

세샤는 손가락을 매만지면서 우물쭈물했다.

아난타의 눈웃음이 살짝 더 커졌다.

"그럼?"

"다섯 대……."

"뭐? 호호호!"

아난타는 자기도 모르게 크게 웃음을 터뜨리고 말았다.

외뿔부족은 전통적으로 보통 아이 때부터 무공을 단련시킨다. 그러다 보니 저들끼리 '논다'고 말하는 것도 실상 싸움을 가리키는 경우가 많았고, 부족을 벗어나면 또래에서 그들을 이길 수 있는 경우는 거의 전무했다.

그런 거친 아이들을 세샤가 혼내 줬다(?)고 하니 웃음이 나올 수밖에.

이전부터 세샤가 마을 아이들을 완전히 휘어잡고 있다는 건 알고 있었지만, 아무래도 이제는 거의 평정(?)을 이룬 모양이었다.

이건 차정우의 핏줄이라서 그런 걸까, 아니면 브라함의 조기 교육 때문인 걸까.

'아빠 때문이겠지. 절대 지지 않으려는 게, 이럴 때 보면 참 판박이란 말이지.'

아난타가 이런 생각을 했다는 걸 알면 차정우가 그게 무슨 소리냐면서 펄쩍 날뛰겠지만…… 이미 아난타는 '차' 씨 집안사람들의 성격을 너무 잘 알고 있었다.

"그래서 우리 세샤가 여자애들 대신에 남자애들을 혼내 줬구나?"

"응!"

세샤는 아난타가 혼을 내지 않는다는 것을 알고는 다시 밝은 얼굴로 돌아와 크게 고개를 끄덕였다.

"근데 엄마, 엄마."

"왜 그러니?"

"아빠랑 브라함은?"

세샤는 다른 가족들은 오지 않았나 싶어 주변을 두리번 거렸다.

아난타는 쓴웃음을 짓고 말았다.

하양을 구출하고 난 뒤, 다른 사람들은 모두 연우를 따라 올포원을 잡기 위해 77층으로 넘어간 상태.

아난타는 그 무리에 끼어 봤자 방해만 된다는 것을 잘 알기 때문에 하차를 한 상태였다.

그동안 세샤를 너무 오랫동안 홀로 방치해 두기도 했었고.

지금은 이렇게 밝게 자라고 있지만, 그래도 한창 부모의 손길을 필요로 하는 나이가 아닌가. 잠들었을 때도 그렇고 지금까지도, 엄마로서 너무 무책임했던 것 같다는 생각이 들었다.

그래서 아난타는 아무 대답 없이 세샤를 더 세게 끌어안았다. 세샤는 엄마가 왜 이러나 싶어 눈을 동그랗게 뜨면서도, 부드러운 품이 좋았던지 가슴에 얼굴을 마구 비비면서 '헤헤' 하고 웃음소리를 흘렸다.

아난타는 그렇게 세샤의 머리를 쓰다듬으면서, 가만히 하늘을 바라보았다.

'정우, 빨리 돌아와. 세샤가 이렇게 기다리잖아.'

아난타는 77층 공략이 실패하더라도, 그들이 무사히 돌아올 수 있기만을 간절히 바라고 또 바랐다.

*　　　*　　　*

흡혈군주는 그동안 연우의 그림자 속에 터를 잡고 한동안 두문불출하고 있었다.

어설픈 탈각으로 인해 스테이지를 마음대로 돌아다니기가 힘들었던 데다가, 자신의 힘이 연우에게 큰 도움이 되기 어려우리란 걸 자각하고 있었기 때문이었다.

마해에서 처음 만났을 때야 자신이 훨씬 강했다지만, 그가 창공 도서관을 나오고 난 뒤부터는 자신이 뛰어들 판이 어디에도 없었다.

이래서야 마해의 왕 중 한 명이라고 자칭하기도 부끄럽지 않겠는가.

심지어 소싯적에 라이벌이기도 했던 부—파우스트조차도 이미 그녀를 추월한 지 한참이었다.

그래서 흡혈군주는 그림자 속에서 폐관 수련을 시도했다.

다행히 연우는 한때 그녀가 좇기도 했었던 칠흑의 후예인바. 그의 영역에 있으면 칠흑의 세례를 받을 수 있었고,

창공 도서관에서 얼핏 봤던 계시록을 통해 영혼을 성숙시키는 것도 가능했다.

흡혈군주가 이루고자 한 목표는 아주 간단했다.

입신(入神).

올포원 때문에 이룬 건지 실패한 건지 알기 힘들 탈각을 마저 완성하고, 초월까지 이뤄 내어 완전한 신격을 터득하고자 했던 것이다.

그리고 연우가 최후의 결전이라면서 77층에 들어선 순간, 흡혈군주는 드디어 자신이 나설 차례라는 것을 깨달을 수 있었다.

이곳에.

그토록 꿈에 그리던 지아비가 있었다.

언제나 냉소 어린 표정만 짓던 흡혈군주의 얼굴이 흥분으로 살짝 붉게 달아올라 있었다.

"많이 강해진 것 같으십니다."

"너에게 방해가 되어서야, 함께하겠다고 약조했던 것이 전부 부질없는 게 되어 버리지 않나. 나는 절대 허언을 하지 않는다. 그리고 백작님은 반드시 내 손으로 구해야 한다. 올포원, 그놈의 심장에다 칼도 박아 넣어야 하고."

흡혈군주의 타오르는 눈길을 보고 있노라니, 절대 방해는 되지 않을 것 같았다.

완성한 신격도 이제 마해의 왕 중에서도 수위에 꼽힌다고 할 정도의 급인 것 같았다. 라플라스에는 미치지 못하더라도, 삼왕(三王)이나 사왕(四王)쯤은 노려 볼 만하지 않을까?

그리고 흡혈군주에 이어서 대장로도 포탈을 타고 넘어왔다.

"이곳이 77층이로군. 나 때는 레드 드래곤이 있어 76층을 통과하는 것도 그리 쉽지 않았었는데 말이지. 역시 오래 살고 볼 일이야."

안경을 고쳐 쓰고 있는 그의 주변으로 배광의 입자들이 산산이 부서지면서 쏟아지고 있었다.

은연중에 사위를 짓누르는 격이 또 이전과 완전히 달랐다. 대장로도 초월을 이뤘다는 뜻이었다. 연우는 그를 보면서 확신할 수 있었다. 천계 내에서도 지금 대장로를 상대할 수 있는 존재는 손에 꼽으리란 것을.

츠츠츠—

그림자가 번져 나가고, 권속들도 차례로 모습을 드러냈다.

드디어 올포원을 상대한다는 사실에 잔뜩 고무된 샤논.

여전히 냉정하게 칼을 손질 중인 한령.

말없이 바람이 되어 연우 주변을 맴도는 레베카.

병사들의 전열을 빠르게 정비하는 람.

다른 거인들과 함께 다가올 전투에 크게 반색하며 포효를 내지르는 발데비히.

빛의 세계 위를 크게 유영하면서 죽은 동족들의 한을 풀어 주기 위해 전의를 다지는 여름여왕과 칼라투스.

부—파우스트는 하늘을 따라 수십 수백 개의 마법진들을 띄운 채로, 연우의 뒤에서 인페르노 사이트를 활활 불태우고 있었다.

그리고 그런 권속들을 가만히 바라보고 있는 칸과 레온하르트. 뒤이어 대규모 포탈이 열리면서 부유성 라퓨타도 모습을 드러냈다.

『이 빌어먹을 형님 같으니라고! 이렇게 재미난 이벤트가 벌어질 것 같았으면 나부터 불러야 할 것 아니우!』

라퓨타의 대외 확성기를 통해 판트의 목소리가 쩌렁쩌렁하게 울렸다.

라퓨타의 입구 쪽에 판트와 에도라, 도일을 비롯해 아르티야의 멤버들은 물론, 휘하 클랜원들도 잔뜩 도열한 것이 보였다.

그들의 얼굴에는 하나같이 긴장한 기색이 역력했다.

최강의 플레이어이자 일인 클랜이기도 한 올포원을 상대한다고 하는데, 어느 누가 긴장하지 않을 수가 있을까.

하지만 그들 중에는 새로운 역사가 쓰이는 장소에 서 있다는 사실만으로도 전의에 불타는 이들도 많았다.

"시작하지."

연우의 말이 떨어지기 무섭게.

콰르르릉—

퍼버벙!

가장 먼저 움직인 것은 본 드래곤, 바로 여름여왕이었다.

한껏 아가리를 뒤로 젖히더니 그대로 브레스를 내뿜었던 것이다.

그녀가 본래 터득하고 있던 화 속성에 죽음의 속성이 더해지고, 여기다 칠흑까지 뒤섞이자 브레스는 생전의 것과 비교도 할 수 없을 정도로 강렬했다.

불기둥이 빛의 세계를 뚫고 안쪽 깊숙한 곳에 작렬하는 것으로도 모자라, 마치 들불처럼 마구 번져 나가면서 표면에 있던 모든 것을 깡그리 밀어 버렸던 것이다.

크롸롸롸!

거기다 칼라투스가 크게 포효를 내지르면서 하강을 시도, 갖가지 마법들이 발현되어 빛의 세계를 수도 없이 난도질했다.

두 사룡에게 있어서 올포원은 용살대전을 두 차례나 일으켜 동족들을 멸종으로 이끌었던 철천지원수.

오랜 기다림 끝에 목적지에 다다랐으니 가장 먼저 움직이는 게 당연한 것이었지만.

이는 지켜보고 있던 플레이어들에게 '충분히 해볼 만하다'는 인식을 심어 주는 데 충분했다.

라퓨타가 다시 움직였다. 플레이어들은 갖가지 버프를 잔뜩 단 채로 스테이지에 뛰어들었다. 땅도 하늘도 도저히 구분할 수 없는 장소였지만, 전의는 그들의 눈을 가리고 있었다.

『숱하게 죽어 나가겠구나.』

크로노스는 불나방이나 다름없는 그런 녀석들을 보면서 혀를 찼지만.

"저는 떠민 적 없습니다. 죽으면 죽은 대로 재사용이 가능할 테고. 전력이 감소할 일은 없을 듯합니다."

연우는 대수롭지 않다는 듯 짤막하게 대답했다.

크로노스는 그런 연우를 보면서 아주 잠깐이나마 위화감에 젖었다. 신으로서 오랫동안 살았고, 인간으로 보낸 시간은 그리 길지 않은 자신마저도 곧 줄줄이 죽어 나갈 인명이 안타까운데, 아직까지 인간이나 다름없는 아들이 이토록 냉정한 대답을 하니 새삼 멀게 느껴졌던 것이다.

아무리 죽음을 가까이 두었다고 하더라도. 싸우다 죽는 것이 탑에 들어온 플레이어들의 운명이라 하더라도, 너무 그들을 '자원'으로만 여기는 태도였던 것이다.

하지만 그런 아들의 모습이 얼추 이해가 되기도 했다.

'너는 아직도 이 세상을, 이 탑을 용서치 않은 것이구나.'

남들에겐 8대 클랜과 아홉 왕이 줄줄이 죽어 나간 이때, 연우의 복수도 모두 끝난 것으로 비칠 테지만.

아직까지 연우의 복수는 완전히 끝난 게 아니었다.

동생을 죽음으로 몰아넣은 가장 큰 원흉은 8대 클랜도, 아홉 왕도 아니었다.

철저한 방관.

그리고 의도적인 무시.

헤븐윙과 아르티야가 성세를 이룰 때에만 관심을 보이다가, 정작 필요할 때에는 등을 돌리고 만 그들이 모두 그의 눈에는 공범으로만 보였다.

물론, 그 많은 플레이어들을 모두 학살할 수는 없는 노릇이기에 그런 미친 짓은 하지 않고 있었지만.

연우는 오로지 자신과 클랜의 후광만을 쫓아온 파리 떼들을 전략적 도구로만 바라볼 뿐이지, 마음을 준 적이 단한 번도 없었다.

콰릉, 콰릉, 콰르르—

콰콰콰콰!

크고 작은 폭발이 수도 없이 번져 가는 가운데.

어느새 샤논을 비롯한 권속들도 일제히 디스 플루토를
이끌고, 속속 하강을 시도했다.

[죽음의 태엽이 빨리 감기 됩니다.]

[권속들에 '투쟁'과 '죽음'의 가호가 뒤따릅니다!]

['죽음의 행진'이 시작됩니다!]

연우는 잘게 부서지는 빛의 세계를 바라보면서, 회중시
계를 꺼내 쇠사슬과 연결시켰다.

찰칵!

[시간의 태엽과 연결되었습니다.]

[태엽이 많이 망가진 상태입니다. 기능 중 상당수
를 사용하실 수 없습니다.]

[신력이 부여되어 기능 중 일부를 복구합니다.]

째깍, 째깍—

시곗바늘이 빠르게 돌아가고.

[시간의 태엽이 작동합니다!]
[2배속으로 빨리 감기 됩니다. 광속화(光速化)가
이뤄집니다.]

파아앗!

연우는 그대로 빛살이 되어 권속들과 수하들이 만들어
준 길을 뚫고 들어갔다.

비그리드를 한 손에 쥔 채로. 합일을 이루며 앞을 가로막
는 것들을 모조리 베어 나갔다.

[죽음의 태엽이 맹렬한 속도로 회전합니다!]
[수많은 톱니바퀴들이 같이 맞물려 돌아갑니다!]
[현재 맞물린 톱니 수: 666개]

['죽음'의 개념이 작동합니다!]

그 순간, 연우의 존재를 인식한 빛의 세계가 거칠게 꿈틀
거렸다.

[대성역이 위험한 존재를 인식하였습니다.]

[최고 등급의 방화벽이 가동됩니다.]

빛의 세계에서부터 뿜어져 나오던 수천수만 개의 기둥들이 일제히 새로운 형태를 갖춰 나갔다.

그것을 본 순간, 연우의 안색도 딱딱하게 굳었다.

빛의 기둥이 변한 존재는 전부 용종이었다.

한때, 77층을 넘기 위해 도전했다가 올포원에 의해 도살되었던 바로 그 용들이 죽어서 올포원의 권속들이 되어 있었던 것이다!

「비바스바트으! 네놈이 끝까지……!」

당연히 여름여왕의 분노는 이성을 상실케 하고 말았고, 브레스도 더더욱 강렬해질 수밖에 없었다. 칼라투스의 포효도 더 쩌렁쩌렁하게 스테이지를 울렸다.

한편, 여름여왕 하나도 감당하지 못해 76층을 넘지 못했던 플레이어들은 드래곤을 떼거지로 마주치게 되자 드래곤 피어에 완전히 질리고 말았다.

그렇게 혼잡한 난전 중에 에인션트 급의 용종 대여섯 마리가 한데 모여 연우에게로 브레스를 뿌려 댔다.

그냥 무시하고 지나기엔 쉽지 않을 것 같아, 검뢰로 모두 치워 버리려는데.

[동맹군, '니플헤임'이 참전을 선언하였습니다!]

[헬이 강림합니다!]

콰르릉!

별안간 연우의 앞으로 검은 벼락이 떨어지는가 싶더니, 헬이 고혹적인 모습으로 나타나 거칠게 손을 뿌리며 브레스를 모두 치워 버렸다.

『우리 ### 님의 옥체에 감히 더러운 손을 대려 하다니! 나도 아직 못했는데 부러워 죽겠…… 아, 아니, 하여간! 3기 팬클럽 회장으로서 절대 용납 못 하니까 꺼져!』

"헬?"

연우는 전혀 생각도 못 한 존재의 등장에 눈을 살짝 크게 떴다.

순간, 헬이 감전이라도 된 것처럼 몸을 파르르 떨었다. 그러고는 잔뜩 달아오른 얼굴로 뒤쪽을 획 하고 돌아보았다. 어쩐지 숨소리가 거칠었다.

『다…… 시…… 불러 주시겠어요?』

"……헬?"

연우는 방금 전까지 기세등등하던 헬의 모습이 어쩐지

갑자기 달라진 것 같다는 인상을 받았지만, 그래도 도와준 게 있으니 떨떠름한 표정으로 이름을 다시 불러 주었고.

『꺄아아악! ### 님이 내 이름을 직접 부르셨어! 헬은! 헬은 오늘 죽어도 여한이 없어요!』

"……?"

헬은 제자리에서 방방 뛰면서 즐거워 죽으려고 했다. 눈이 반짝반짝 빛나는 것이 어쩐지 위험해 보여, 연우는 저도 모르게 한 발자국 주춤 물러서고 말았다.

『### 님……!』

헬이 당장이라도 연우에게 와락 안기려 들 것처럼 굴 때.

『헬! 또 무슨 이상한 짓을 하고 다니는 거냐!』

『칫! 또 잔소리만 많은 귀찮은 양반 왔네.』

헬은 허공에서부터 울리는 목소리에 얼굴이 싸늘하게 식어서는 귀찮다는 듯 투덜거렸다.

[요르문간드가 강림합니다!]
[펜리르가 강림합니다!]

헬의 좌우로 검은 벼락이 떨어지면서 각각 거대한 몸집을 자랑하는 뱀, 요르문간드와 자그마한 강아지, 펜리르가 나타났다.

왕!

반갑다며 꼬리를 흔드는 펜리르 위에는 역시나 꼬마의 모습을 한 아가레스가 앉아 있었다.

『후후! 그동안 잘 지냈나?』

[아가레스가 강림합니다!]

대체 동마왕군의 아가레스가 왜 펜리르 등과 함께하고 있는 건지 알 수 없었지만.

그가 참여했다는 것은 그만큼 큰 전력을 확보했다는 뜻이나 다름없었다.

물론, 녀석을 여전히 완전한 아군으로 믿기는 힘들었다.

『그나저나 오랜만에 봐서 그런가? 너에게서 아주 좋은 냄새가 나는구나.』

지금도 연우를 보는 녀석의 눈빛은 탐욕으로 젖어 있었으니까.

특히 아가레스는 평상시와는 다른 냄새를 맡은 듯, 시선이 쇠사슬과 연결된 회중시계로 단단히 고정되어 있었다.

『친숙하면서도 맛있는…… 그런 냄새.』

아가레스가 붉은 혀로 입술을 가볍게 축였고.

츠츠츠!

회중시계가 잘게 떨리더니, 차정우의 사념체가 천천히 모습을 드러냈다. 아가레스가 가진 것과는 상반된 순백색의 날개를 펼치면서.

『오랜만이야, 아가레스.』

『역시! 역시 너였구나! 너였어! 아하하하!』

아가레스는 다섯 살 난 외형에 어울리지 않게 광기에 찬 웃음을 터뜨렸다.

그러다 도중에 뚝 그치면서 한쪽 입꼬리를 말아 올렸다.

『형제가 나란히 그렇게 앉아 있으니 참으로 보기 좋구나. 그래. 아주 좋아.』

『아직도 미련을 못 떨친 거냐, 너는?』

『미련을 떨쳐? 내가 왜? 늘 말했지만 너희 형제는 내 것이다. 그 영혼만큼은 누구에게도 줄 수도 뺏길 수도 없어!』

『네가 이러는 건 사실 우리 영혼이 탐나는 게 아니라, 베드로의……!』

『닥쳐라! 차정우, 아무리 너라 해도 그 뒷말을 이으려 한다면 입을 찢어 버릴 테니까!』

아가레스는 차정우의 말허리를 도중에 자르면서 크게 으

르렁거렸다. 순간, 광기가 분기(憤氣)로 변하면서 대기가 뜨겁게 달아올랐지만, 차정우의 입가에 맺힌 쓸쓸함은 사라지질 않았다.

거기서 연우는 아가레스의 광기 어린 집착에 자신이 모르는 다른 이유가 숨어 있다는 것을 알아차릴 수 있었다.

아가레스는 차정우의 사념체가 아닌, 그것이 깃든 회중시계를 집요하게 노려보았다. 방금 전까지 보이던 탐욕은 이제 광기 어린 집착으로 변해 있었다. 어떻게든 저것을 가지고 말겠다는 의지가 단단히 깃들었다.

당장이라도 회중시계를 갖기 위해 달려들 듯한 모습이었지만, 아가레스는 섣불리 움직이지 못했다.

『마음 같아서는 시건방지기 짝이 없는 헛소리를 지껄인 차정우, 네놈부터 혼내고 싶지만.』

콰아아아!

다시 여러 마리의 광룡(光龍)들이 이쪽으로 몰려오고 있었다.

『우선은 저 귀찮은 것들을 전부 정리하고 나서 생각해야겠어!』

순간, 아가레스의 등 뒤로 수십 쌍의 검은 날개가 활짝 펼쳐지면서 하늘을 뒤덮을 듯 크게 치솟았다.

[아가레스의 요청에 따라, '동마왕군'이 출현합
니다!]

[동맹군, '동마왕군'이 참전을 선언하였습니다!]

검은 날개가 잘게 부서지는가 싶더니, 그 사이로 강대한
마기를 풍겨 대는 악마들이 속속 나타나 저마다 광룡을 한
두 마리씩 붙잡아 싸우기 시작했다.

왕! 왕왕!

펜리르도 곧 거대한 늑대로 변하면서 근방에 있던 광룡
의 목덜미를 단숨에 물어뜯고, 뒤이어 다가오던 녀석에게
발톱을 휘두르며 머리를 터뜨렸다.

요르문간드와 헬이 바쁘게 뛰어다니고, 니플헤임 소속의
악마들도 속속 강림했다는 메시지가 뜨면서 이번에는 검은
빛무리도 같이 퍼져 나갔다.

『형.』

"그래. 더 서두르자."

째깍, 째깍!

[시간의 태엽의 감기는 속도가 빨라졌습니다!]
[현재 속도는 4배속입니다.]

연우는 자신을 둘러싼 세상의 속도를 최대한 느리게 만들면서, 몸을 다시 스테이지 중심지 쪽으로 움직였다.

[시간의 태엽이 최대 속도로 감기고 있습니다. 현재 속도는 8배속입니다.]
[죽음의 태엽이 빨리 감기 됩니다!]

[두 개의 태엽이 동시에 작동합니다!]
[신체가 과부하 상태가 되었습니다!]
[주의! 두 태엽이 감기는 속도가 너무 빠르면 톱니바퀴의 마모와 손상이 심각해질 수 있습니다!]
[주의! 두 태엽이 감기는 속도가 너무 빨라 신위에 막대한 피해를 끼칠 수 있습니다!]

태엽을 동시에 두 개나 감으면 그만큼 무리가 따를 수밖에 없었다. 하물며 완숙의 상태가 되었다고 해도, 아직 탈각도 이루지 않은 필멸의 육체라면 더더욱.

아마도 거마신룡체라는 특이한 체질을 지녔기 때문에 그나마 여기까지 버틸 수 있는 것일 테지.

하지만 연우는 신체에 부담되는 과부하나 중압감 따윈 전혀 아랑곳하지 않았고.

[경고! 두 태엽이 감기는 속도가 너무 빠릅니다!
신체의 내구도가 급속도로 저하되고 있습니다! 유
의해 주십시오!]

[경고! 시간의 태엽의 마모와 손상 정도가 예상
치를 훨씬 웃돌고 있습니다! 중단할 것을 권고합니
다!]

[두 태엽의 상승 작용으로, '죽음'의 개념이 강화
되었습니다!]

[개념 부여로 알 수 없는 힘이 강화되었습니다!]

연우는 오히려 거기서 파생되는 모든 힘을 비그리드에
담아, 음검을 펼쳤다.

검뢰팔극의 형태로.

쿠릉, 쿠릉, 쿠르르르—

콰콰콰쾅!

비그리드를 거칠게 휘두를 때마다, 죽음의 개념이 덧씌
워진 검뢰가 잇달아 빛의 세계에 작렬했다. 그를 붙잡기 위
해 달려들던 광룡들이 모조리 쓸려 나갔다.

[알 수 없는 힘이 대성역, '광역(光域)'을 분쇄하고자 합니다.]

[실패하였습니다!]

[알 수 없는 힘이 대성역, '광역'을 분쇄하고자 합니다.]

[실패하였습니다!]

......

빛의 세계는 어떻게든 연우의 거친 공세로부터 버티려 노력했지만, 좀처럼 쉽지 않았고.

[알 수 없는 힘이 대성역, '광역'에다 '죽음'을 이식하는 데 성공하였습니다!]

['죽음'으로 인해 대성역, '광역'의 내구도가 빠른 속도로 하락합니다!]

[모든 가호가 정지되었습니다.]

[모든 축복이 정지되었습니다.]

......

[모든 기능이 정지되었습니다.]

오극에 다다랐을 때, 결국 틈을 내보이고 말았다.

그리고.

육극에서 방화벽은 완전히 무너지고 말았다.

[알 수 없는 힘이 방화벽의 일부를 분쇄하는 데 성
공하였습니다!]

연우는 부서진 결계를 뚫고 안쪽으로 착지했다.

그곳은 새하얗다 못해 투명하게까지 보이는 세상이었다.

감옥.

크로노스의 기억 속에서 페렌츠 백작이 그렇게 부르던 곳.

"백작! 어디에 계시오, 백작!"

그때, 연우를 따라왔던 흡혈군주가 애타는 목소리로 페
렌츠 백작을 불렀다.

언제나 도도한 모습을 보였던 그녀였지만, 지금만큼은
애가 타는 얼굴을 하고 있었다.

"백작!"

하지만 온 사방이 외부보다 더 하얀 이 감옥에서 죄수들
을 찾기란 그리 쉬워 보이지 않았다.

연우도 화안금정을 같이 뜨려던 그때.

"부인!"

저 멀리서, 페렌츠 백작의 목소리가 들렸다.

"나 여기에 있소, 부인!"

"대체 어디에 계시는 겁니까……!"

분명히 목소리는 가까웠다. 하지만 도무지 그의 모습이 보이질 않았다. 혹시 자신들이 올포원이 만든 환청이라도 듣고 있는 걸까.

'설마?'

그러다 연우는 문득 든 생각에 비그리드로 허공을 거세게 내그었다.

그가 자르고자 한 것은 이 감옥이 아니었다.

그 너머에 있는 시스템이었다.

[알 수 없는 힘이 성역에 설치된 방화 체계를 마비시켰습니다.]

[방화 체계, '환영'의 가동이 중지됩니다.]

츠츠츠!

마치 무대 위에 쳐진 백색 장막을 거두듯, 빛의 세상이 한 겹 치워진 자리로 수많은 사람들이 수용된 공간이 나타났다.

"백…… 작!"

"부인! 정말 당신인 것이오?"

거기서 지난 수백 년 동안, 단 한 번도 서로를 잊은 적이 없던 페렌츠 백작과 흡혈군주가 서로 얼굴을 마주 보며 뺨을 쓰다듬고 있었다.

정말 눈앞에 있는 사람이 그 사람이 맞는 것인지, 혹여 자신이 환상이라도 보고 있는 게 아닌지, 손끝으로 매만지고, 코끝으로 체향을 맡았다. 그리고 서로를 와락 끌어안았다.

['사자 소환' 이 발동되었습니다.]
[누구를 소환하시겠습니까?]

"라나."

휘휘휘!

그리고 그들의 딸인 라나까지 불렀을 때. 세 사람은 눈물 바다에 빠지고 말았다.

살면서 다시 만날 수 있을까 싶었던 부모와 자식이 그렇게 다시 만났으니까. 특히 딸이 죽은 영혼의 상태로 돌아온 것에 페렌츠 백작은 가슴 아파했다. 이곳에서 스크린으로 딸의 죽음을 지켜봐야만 했던 그이기도 했기에 아픔은 더 컸다.

하지만 그들 가족은 눈물은 흘릴지언정, 이성을 잃진 않았다. 한순간의 감정 기복에 사로잡혀 기회를 놓칠 수 있었으니까.

"크로…… 노스."

페렌츠 백작은 아내와 딸의 등을 다독이면서 연우 쪽을 보았다. 어느새 현신을 마친 크로노스가 이쪽을 보면서 웃고 있었다.

『그때 했던 약속은 지키었소.』

크로노스가 페렌츠 백작의 도움을 빌려 '송곳'으로 이 감옥을 탈출할 계획을 세울 당시, 그는 지나치듯이 백작에게 물은 적이 있었다.

자신이 만약 이곳을 빠져나가게 된다면, 당신은 무엇을 원하느냐고.

―내 소원 말인가? 허허허! 상상만 해도 아주 기쁘군. 계획이 성공할지 여부도 모르는 판국에 그런 희망이라도 품을 수 있단 것이.

―그러니 말해 보라는 것 아닙니까. 상상은 무엇을 품든 간에 누구에게도 빼앗기지 않을 자신만의 보물이니까. 이곳을 나가고 싶다든가, 아니면 흩어졌다던 가족들의 행방을 알고 싶다든가?

―흠! 정말 그럴 수만 있다면 말일세.

―거 보라니까. 결국엔 있다니까. 그래. 뭡니까?

─가족을 보고 싶군.

─탈출하고 싶다가 아니라?

─다른 건 크게 바라지 않네. 그저 아내와 딸의 손
이라도 잡아 볼 수 있다면…… 눈을 감기 전에 한 번
만이라도 그럴 수 있다면…… 그것만으로도 족할 뿐.

그렇게 말하면서도 페렌츠 백작은 가능하겠냐면서 쓰게
웃기만 했다. 그러고는 완전히 잊어버렸던 것을, 크로노스
는 여태 잊지 않고 있다가 결국 이뤄 준 것이다.

그것이 너무나 감사하고 고마웠기에.

페렌츠 백작은 흔들리는 눈으로 크로노스와 연우를 바라
보다, 이내 무언가를 다짐한 듯 한쪽 무릎을 꿇으면서 천천
히 제자리에 부복했다.

"칠흑의 신도, 나더슈디 차흐치테 페렌츠가 이 자리에서
맹세합니다. 이 몸을 이루고 있는 영과 육은 살아서도 죽어
서도 영원토록 당신만을 따를 것입니다."

뒤이어 흡혈군주와 라나도 한쪽 무릎을 꿇었다.

"칠흑의 신도, 에르체페트 바토리도 이 자리에서 맹세합
니다."

"칠흑의 신도, 라나 페렌츠도 이 자리에서 맹세합니다."

[새로운 신도가 맹약을 선언하였습니다!]
[새로운 신도가 맹약을 선언하였습니다!]

[신앙 수치가 일정 수치를 초과하였습니다.]
[더 많은 칠흑의 속성을 획득하였습니다.]
[더 많은 칠흑의 속성을 획득하였습니다.]
......
['죽음'의 개념이 강화되었습니다.]
......
[당신을 숭배하고 신앙하는 신도들을 더 많이 확보하세요. 신앙 수치가 높아질수록 사용할 수 있는 칠흑의 양도 많아집니다.]

[칠흑왕이 당신의 존재를 처음으로 인식하였습니다!]

츠츠츠!

연우를 중심으로 칠흑이 아지랑이처럼 피어오르면서 몸을 칭칭 감았다.

보는 것만으로도 섬뜩해지는 모습.

연우는 자신을 둘러싼 죽음의 개념이 더 단단히 강화된

듯한 느낌을 받았다. 666개의 톱니바퀴와 맞물린 태엽이 한층 정교해진 기분이었다.

더 많은 칠흑의 속성을 터득했다는 안내 메시지가 의미하는 게 바로 이것일 테지.

하지만 연우의 눈에 밟히는 메시지는 따로 있었다.

칠흑왕이 자신을 인식했다는 말.

그게 의미하는 바가 절대 작지 않기 때문이었다.

'칠흑왕이…… 조금씩 의식을 차리고 있다는 건가? 아니면 그냥 무의식중에 내가 있다는 걸 감지한 건가?'

여태껏 이런 내용의 메시지를 받아 본 적은 없었다.

천마의 말에 따르면, 칠흑왕은 탑 아래에 단단히 갇혀 있고, 당시의 충격으로 인해 기나긴 잠에 들고 말았다. 그러면서 이 세상에 반물질과 무질서, 꿈과 죽음, 혼돈 등 다양한 개념들이 나타나 세상의 음(Minus or Negative)을 이루게 되었다.

개념적인 존재에 가깝기 때문에 이렇다 할 의식이나 자아 같은 것이 정립되질 않아 '기나긴 잠에 빠졌다'고 표현되기도 하는 그가…… '인식'을 했다는 것은 여러모로 많은 의미를 담고 있을 수밖에 없었다.

그것이 자신에게 득이 될지, 아니면 해가 될지는 아직 감이 잡히질 않았다.

칠흑왕의 힘을 빌리는 입장에서 보면 분명히 앞으로 더 많은 힘을 전달해 줄 것 같기는 하지만. 그래서는 더더욱 녀석에게 구속되는 꼴이 되고 말 테니까.

더구나 하르모니아라는 다른 후예가 있는 이상, 마음 놓고 칠흑왕의 힘을 가져다 쓸 수도 없었다.

어쩌면. 칠흑왕은 자신과 하르모니아를 두고 경쟁을 붙이고 있는 건지도 몰랐다.

정확히 그의 의도가 무엇이 되었든 간에, 어쨌든 연우에겐 더더욱 정신을 바짝 차려야겠다는 경각심을 일러 주는 결과를 낳았다.

만약 하르모니아와 시의 바다가 외치는 대로 칠흑왕이 조금씩 눈을 뜨고 있는 것이라면. 결코 그냥 소홀히 여길 수는 없는 노릇이었으니까.

하지만 그건 그것이고, 지금은 올포원을 사냥하는 데 집중해도 모자랄 판국이다.

연우는 자신을 신으로 떠받들겠다면서 복종과 숭배를 맹세한 페렌츠 백작의 가족들을 내려다보았다.

'신격들이 바치는 숭배는…… 그만큼 크고 많은 양의 신앙들을, 질 좋은 신앙들을 모을 수 있는 좋은 방법이 된다.'

이미 죽음의 신과 악마들이 그를 '주인'으로 모시겠다면서 복속을 맹세하지 않았던가.

하지만 그건 어디까지나 왕이자 군주로서 따르겠다는 뜻이지, '신'으로 모시겠다는 뜻은 아니었다.

왕과 신은 얼핏 '따른다'는 개념 때문에 비슷한 것 같으면서도, 완전히 다른 특성을 지니고 있기 때문이었다.

'왕을 따른다'는 뜻은 대상이 지도자로서의 소질이 있고, 자신의 이익 실현을 대변해 줄 수 있을 것 같으니 따르는 거래에 가까운 것이라면.

'신을 따른다'는 것은 대상을 마음속 깊이 복종하고 숭배하며, 맹목적으로 따르는 것이라 할 수 있었다.

거기에는 거래와 같은 계산적인 내용이 전혀 들어 있지 않다. 사심(私心)이 들어가서는 맹목적일 수 없기 때문이었다. 그것은 대상이 자신을 봐 주지 않더라도 먼저 내놓는 마음이며, 영원토록 봐 주지 않아도 원망하지 않는 순수한 마음이다.

때로는 그런 순수가 광기가 되고, 편집증이 되어 피해를 일으키는 경우가 있기도 하다. 마군이 그러했고, 시의 바다가 그렇지 않던가.

하지만 기본적으로 신앙은 사람이라면 누구나 가질 수밖에 없는 '결여'를 채우는 것에 가깝기 때문에, 몇몇 특수한 경우를 제외하면 긍정적인 효과를 낳는다.

그렇기에 죽음의 신과 악마들이 연우에게 바치는 것은 충성이었지, 신앙이 아니었다. 그들의 신앙은 오로지 칠흑왕만을 위한 것이기 때문이었다.

만약 연우가 칠흑왕의 후계 자리를 포기한다고 한다면?
죽음의 신과 악마들은 뒤도 돌아보지 않고 연우에게 등을
돌릴 게 틀림없었다. 그리고 배반자라면서 서슴지 않고 창
칼을 겨누려 들 테지.

하지만.

'이들은 다를 터.'

연우는 페렌츠 백작의 가족들을 보는 내내 입가에 미소
가 맺혔다.

이들은 원래 칠흑을 좇던 자들이었고, 탈각과 초월을 경
계한 올포원이 강제로 붙들어 둘 만큼 강한 힘을 터득하는
데 성공했다.

그런 이들이 복속을 맹세했다. 그리고 그 대상은 더 이
상 칠흑왕이 아닌, 연우 개인이었다. 이미 신격이나 다름없
는 그들이 바치는 신앙이니만큼, 신앙도 그만큼 급속도
로 오를 수밖에 없었다. 더 이상 성장할 곳이 없었던 영혼
의 격도 더 부쩍 꽉 찬 느낌이었다.

이미 망자 거인들의 신으로 숭상받으며, 사룡들을 부리
고도 있다지만. 그것과는 전혀 다른 느낌이었던 것이다.

그리고 이것은 연우가 개인적으로 바라던 바람직한 현상
이기도 했다.

신앙도의 수치를 끌어올리는 것.

77층 아래에 있는 모든 신앙들을 자신에게로 집중시키는 것.

그것이 이번 올포원 레이드에 있어 가장 중요한 열쇠가 될 테니까.

그래서.

연우는 이들의 맹세 앞에서도 별다른 말을 하지 않았다.

경험상 때로는 말을 하지 않는 게 상대에게 그에 걸맞은 무게를 느끼게 할 수 있다는 것을 잘 알기 때문이었다.

대신에 감옥에 있던 다른 존재들을 돌아보았다.

사실 연우가 가장 먼저 감옥을 급습하고자 했던 이유에는 페렌츠 백작과의 약속을 지키게 해 달라는 크로노스의 간청도 있었지만, 다른 목적이 있었기 때문이었다.

"……흡!"

"…….."

"…….."

몰래 페렌츠 백작 등을 힐끔거리던 죄수들이 연우와 눈이 마주치자 저마다 황급히 시선을 다른 쪽으로 돌렸다.

마치 몰래 물건을 훔치려다가 들킨 사람들 같은 모습.

어딘지 모르게 다들 하나같이 잔뜩 주눅이 들어 있었다. 조금씩 이쪽의 눈치를 살피는 와중 두려워하는 기색마저 느껴졌다. 올포원이 강제로 끌고 온 이들이니만큼, 저마다 품고 있는 기질이나 격은 대단한 것 같은데…… 어쩐지 무언가가 꺾여 나간 듯한 모습이었다.

"백작."

"예."

"어떻게 된 거지?"

연우는 크로노스처럼 존댓말을 쓰지 않았다. 자신을 신으로 숭배하기로 했다면, 그에 걸맞은 위계질서를 확실히 잡는 게 가장 중요했다. 때로는 언어가 관계를 구분 짓는 척도가 되기도 했으니까.

다행히 페렌츠 백작도 그것을 당연하게 여기는 듯했다. 연우가 던진 질문에 대해서도, 주어는 생략되었지만 완전히 이해를 한 듯 보였다.

연우와 보이지 않게 연결된 신앙선(信仰線)이 그의 뜻을 지레짐작할 수 있게 해 준 것이다.

"구속된 자유와 까마득한 세월은 제아무리 창칼처럼 잘 벼려진 의지라 하여도, 그 날을 무뎌지게 하기에 충분한 법입니다."

"녹이 슬었단 뜻인가?"

"그렇습니다."

연우가 눈을 가늘게 좁혔다.

이 감옥에 갇힌 죄수들 모두 이미 올포원에 대항할 의지가 완전히 꺾였단 뜻이었다.

한때는 플레이어와 랭커들을 대표하며, 올포원의 아성마저도 노렸을 만큼 거대한 야심과 뛰어난 실력을 지녔던 이들 모두가.

확실히 크로노스의 기억 속에서도 비슷하기는 했었다.

붙잡혀 온 크로노스에게 관심을 보인 건 페렌츠 백작 외에는 없었으니까. 나머지는 무관심하거나, 관심을 보여도 가벼운 호기심에 불과했었다. 무기력증이 이들을 지배했다고 봐야겠지.

물론 그만한 위치에 오른 이들이 아무리 오랜 시간이 지났다고 한들, 한두 명도 아닌 모두가 똑같이 의지가 꺾였다는 사실이 믿기지는 않았지만.

'오히려 그렇게 꼿꼿한 존재들이었으니, 보다 큰 난관 앞에서 한 번 부러지고 나면 수복이 힘들지도 모르는 일이지. 아니면 올포원이 이 감옥에다 어떤 수작이라도 걸어 뒀던가.'

처음 77층에 진입했을 때 적용되려던 아타락시아와 같은 효과에 지속적으로 노출된다면 점점 힘이 빠질 수밖에 없을 것이다.

아마 페렌츠 백작이 아직까지 꺾이지 않은 건, 이들 중에서 비교적 가장 최근에 갇힌 존재이기 때문이겠지.

'이래서는 안 되는데.'

연우는 눈을 가늘게 좁혔다. 죄수들을 독려하고, 올포원
에 대적할 말(馬)로 부리려 했건만. 그리고 페렌츠 백작의
가족들처럼 자신을 숭상하게 하여 신앙도도 끌어 올릴 계
획이었던 그로서는 전혀 생각지도 못한 난관에 부딪힌 셈
이었다.

하지만 그렇다고 해서 이들을 그냥 방치할 수만도 없는
노릇이었다.

'죽은 용종들처럼 올포원의 권속이라도 되면 골치만 아
파질 테니까.'

결국 연우는 독하게 가기로 마음먹었다.

올포원이 여러 신격들을 상대하느라 정신이 없다고는 하
나, 자신의 성역에 깊숙하게 침투한 연우의 존재를 눈치채는
건 금방이었다. 그 전에 모든 일을 마무리해 둬야만 했다.

휘휘휘휘!

연우는 칠흑을 최대한으로 개방했다.

그러자 연우의 발끝에서부터 그늘 한 점 없던 땅을 따라,
그림자가 먹물처럼 가득 번져 나갔다.

[그림자 영역]

"어, 어어?"

"이, 이, 이건 뭐야! 아악!"

죄수들은 낯선 그림자에서 벗어나기 위해 주춤주춤 물러섰지만, 완전히 피할 수는 없었다.

그림자는 단숨에 감옥을 새카만 색으로 물들였고.

촤르륵, 촤륵!

거기서부터 튀어 오른 쇠사슬이 일제히 그들의 손발을 단단히 구속했다.

죄수들은 어떻게든 쇠사슬을 벗어나려 아등바등했지만, 대지모신도 떨쳐 내지 못했던 것을 그들이 물리칠 수는 없는 법이었다.

['사자 소환'이 발동되었습니다.]

[누구를 소환하시겠습니까?]

"라플라스."

츠츠츠!

「절 다시 불러 주셨네용! 홍홍홍! 무엇을 하면 될까용, 주. 인. 님?」

"……막아."

연우는 어쩐지 들어서는 안 될 단어를 들은 것 같았지만,

자체적으로 뇌내 필터링을 거치면서 짤막하게 명령했다.

다행히 라플라스는 연우의 지시를 단숨에 알아차린 듯했다. 곧장 거대한 본체로 돌아가더니, 손을 앞으로 빠르게 내민 것이다.

동시에 그림자가 닿지 않았던 저 안쪽에서부터 새하얀 빛의 입자로 구성된 광선이 이쪽으로 쏘아졌다.

다행히 광선은 라플라스의 손에 부딪치면서 수십 개로 갈라져 다른 곳에 작렬했다.

반쯤 부서진 라플라스의 손을 보면서, 죄수들은 모두 섬뜩함을 느껴야만 했다. 저기에 훤히 노출되었다면 어떻게 되었을까? 흔적조차 남기지 못하고 죽었을 것이다. 올포원이, 다시 돌아오려 하고 있었다.

「사실 최고 관리자로 있으면서, 이따금 궁금하기도 했단 말이쥥.」

라플라스의 시선이 닿은 자리, 빛의 입자들이 뭉치면서 사람의 형상을 갖추려 하고 있었다.

[플레이어, '비바스바트'가 강림합니다!]

「분명히 시스템이 잘 굴러갈 수 있도록 보수와 관리를 도맡아 하는 저희들이 있는데, 그것과는 별개로 자아를 갖춘 화신이 있는 것이니까용. 그렇다고 저희와 협력을 하는 것도 아니고…… 왜 관리국이 필요한 것인지, 참 의아하단 말이지용. 그래서 내린 결론은 아주 간단했어용.」

라플라스는 과거 타르타로스에서 봤던 티탄보다도 훨씬 큰 몸체를 자랑했기 때문에, 아래에서는 좀처럼 얼굴을 볼 수가 없었다.

하지만 어쩐지 연우는 녀석이 웃고 있는 것 같다는 느낌이 들었다.

무료함으로 점철된 마해가 싫어, 오로지 흥미를 유열하기 위해 탑으로 올라온 마물(魔物).

「그냥 그 화신을 때려잡아 보면 알 수 있지 않을까 하는 것이었지용. 그럼 시스템이 어떻게 나올지 알 수 있으니까용. 그리고 지금, 우리 주인님께서 그런 아주 좋은 기회를 만들어 주셨단 말이지용?」

그런 마물은 또 다른 새로운 흥밋거리를 찾자, 잔뜩 흥분된 기색을 띠며 올포원을 향해 재생된 팔을 거칠게 휘둘렀다.

콰르르—

단순히 휘두른 것인데도 불구하고, 그 궤도에 놓인 공간들이 일제히 부서져 나갔다.

[성역의 일부가 영구 파손되었습니다!]

[성역의 일부가 영구 파손되었습니다!]

......

[탑에서 관찰되지 않은 새로운 형태의 물질이 성역을 오염시키고 있는 중입니다!]

제아무리 플레이어라는 자격을 얻었다고 할지언정, 라플라스의 구성 요소는 혼돈과 무질서. 타계로 간다면 당장 외신 급으로 분류될 수도 있는 존재였던 것이다.

반면에 올포원은 탑을 세운 천마로부터 비롯되어 균형과 질서를 대변하는 빛을 속성으로 띠고 있었다.

당연히 속성이 정반대인 라플라스는 그에게 골칫거리일 수밖에 없었다.

다른 플레이어나 초월자들처럼 탑의 시스템에 완전히 종속되어 그에게 신앙을 가져다 바치는 것이 아니었으니까. 라플라스는 올포원에 있어 속박을 받지 않는 몇 안 되는 존재였던 것이다!

당연히 라플라스의 공격은 올포원에게 '상처'를 줄 수밖에 없었고.

콰콰콰!

둘의 격돌은 스테이지에 막대한 악영향을 끼치기에 충분

했다.

　온통 빛으로만 가득할 것 같았던 스테이지 곳곳에 균열이 퍼지기 시작했다. 어둠이 옷에 묻은 잉크처럼 곳곳에 튀어 번져 나가고, 여태껏 수많은 죄수들을 묶어 두던 감옥이 산산이 부서졌다.

　라플라스는 아주 크게 웃었다. 녀석의 광소가 메아리가 되어 쩌렁쩌렁하게 스테이지 곳곳에 울렸다. 모든 신과 악마들이 그를 보고 있었다.

　그곳에서.

　촤르르륵!

　연우는 쇠사슬을 더 팽팽하게 잡아당기면서 여전히 두려움에 찬 얼굴을 한 죄수들에게 물었다.

　"마지막으로 기회를 주지. 자유와 구속, 너희들은 어떻게 할 거지?"

　자유를 원한다면 고통스러운 투쟁을 해야 할 것이나, 편안한 구속을 원한다면 죽음이 따를 터.

　물론, 후자를 선택한다면 뒤에는 강제로 권속으로 삼을 예정이었다. 싸울 의지가 없다면 강제로 고삐를 채워 마소처럼 부리면 될 일이었으니까.

　전자를 택한다면 기회를 줄 예정이었다. 그동안 꺾인 의지를 다시 세울 수 있는.

투쟁과 죽음, 두 가지 모두 연우를 상징하는 신위이기 때문에 그로서는 녀석들이 어떤 선택을 내리든 간에 아무런 차이가 없었다.

다만, 그들의 의사를 한 번이라도 물어 준 것뿐이었다.

"저, 저희는……."

그리고 거기서 돌아온 그들의 대답은.

"싸, 싸우겠습니다."

"저희도 도울 수 있게…… 해 주십시오."

싸우고자 하는 마지막 남은 열망이었다.

페렌츠 백작과 더불어 감옥을 둘러싼 수많은 신격들의 모습에서 아주 작은 희망의 불씨를 본 것이다.

연우의 입가에 미소가 번졌다.

"그럴 수 있게 도와주지."

　　[새로운 신도가 맹약을 선언하였습니다!]
　　[새로운 신도가 맹약을 선언하였습니다!]
　　……
　　[신앙 수치가 급속도로 쌓이고 있습니다!]
　　……
　　[신앙 수치가 일정 수치를 초과하였습니다.]
　　……

[더 많은 칠흑의 속성을 획득하였습니다.]
[더 많은 칠흑의 속성을 획득하였습니다.]
......

　연우는 죄수들, 아니, 이제는 새로운 신도들이 된 이들에
게 칠흑의 세례를 부여했다.

　그 순간.

　신도들을 따라 일제히 배광(背光)이 떠올랐다.

　수십 개에 달하는 빛무리가 한데 어울리면서 세상을 물
들이는 모습은 찬란하면서도 매섭게 느껴졌다.

　그 속에 숨겨진 기운은 사기(死氣)와.

　투기(鬪氣)였다.

　콰콰콰콰!

　['투쟁'의 신위가 강화되었습니다!]

〈다음 권에 계속〉

마법군주』 발렌 작가의 신작!

『정령의 펜던트』

"정령사는 말이지, 되고 싶다고 해서 되는 게 아니야.
그냥 그렇게 태어나는 거지.
날 때부터 정해진 운명 같은 거라고."

dream
books
드림북스

수라전설 독룡

시니어 신무협 장편소설

ORIENTAL FANTASY STORY & ADVENTURE

"하나도 남김없이 모두 죽일 것이다.
놈들을 전부 죽일 때까지 절대로 끝내지 않아."

유구한 역사를 자랑하는 약문(藥門)들의 잇따른 멸문지화.

시체가 산처럼 쌓이고 피가 바다처럼 흐르는
절망의 지옥에서 마침내 수라(修羅)가 눈을 뜬다!

★
dream
books
드림북스

『제왕록』, 『무림에 가다』 시리즈의 작가 박정수
그가 거침없는 현대 판타지로 돌아왔다!

『신화의 전장』

주먹을 믿지 마라.
우리가 살아가는 이 땅에 인간을 벗어난 자들이 존재한다.

dream
books
드림북스

환생왕

ORIENTAL FANTASY STORY & ADVENTURE

요도/김남재 신무협 장편소설

정체를 알 수 없는 세력들에 의해
비참한 최후를 맞이한
천룡성(天龍城)의 후계자 천무진.
그런 그에게 찾아온 또 한 번의 삶.
그리고 그를 돕기 위해 나타난 여인 백아린.

"이번엔…… 당하지 않는다."

이젠 되돌려 줄 차례다.
새로운 용이 강호를 뒤흔든다!

dream books
드림북스